双葉文庫

十三階の女

吉川英梨

目次

第一章　戻ってきた女

その日、彼女はハイヒールを履いて約束のバー『アリエル』に向かった。勝負の夜に選んだハイヒールは、挑発的なパイソン柄でヒールの高さは十センチもある。

履きなれている感を出すために、彼女はこれを履いて桜田門のお濠付近を何往復もした。

警視庁本部庁舎前の立ち番警察官が「あの刑事はなにをしてるんだ」という顔で見る。私服姿だが、彼女は水色のストラップを首にかけていた。ＩＤカードをジャケットの内ポケに突っ込んでいても、霞が関界隈でそれは警視庁本部勤務の刑事であることの象徴になる。

黒江律子《くろえりつこ》、二十八歳。警視庁公安部公安一課三係三班所属の巡査部長。

しかし本当の〝奉仕先〟は公安部ではない。

バー『アリエル』の地下にある個室で、諸星雄太《もろほしゆうた》は落ち着かない様子でソファにもたれていた。フチなしメガネの奥の細い瞳が、隣に座る律子のハイヒールを絶えず追う。ただ寝癖を直しただけの髪型で、諸星は東京の雑踏に埋没するほど存在感が希薄だった。

「あんまりこういう店、慣れてなくて。女子とは無縁の人生だったし。大学でも合コンとか、ああいうの醒めちゃうタイプで」

——それで青春時代に行き場をなくした滾《たぎ》る情熱を、新左翼の活動に注ぐようになってしまったとでも？

律子は本音を微塵も顔に出さず、低くて柔らかすぎるソファから体を起こし、赤ワインを口にした。再びソファに身を預ける際、腰を諸星の方へ寄せた。左半身が密着した。諸星の体は硬く張りつめていたが、律子を拒絶する様子はない。

「必要以上に自信がないみたい」

律子は勇気づけるように、諸星の耳元で囁《ささや》いた。くすぐったかったのか、諸星はびくりと肩を震わせて、悲しそうに笑った。

「雄ちゃん以上にダメな男なんて、腐るほどいるのに」

言って律子は、諸星の細く頼りない腕に顔を半分うずめて甘えた。ふとテーブルの上のキャンドルが気になった。あの中に超小型ＣＣＤカメラが仕込まれている。この位置からだと下着が見えると思い、律子は身を寄せるそぶりで足を組んだ。

「今日、〝男〟を見せてくれるんでしょう」

言って律子は諸星の太腿に手を這わせた。下腹部を通り過ぎて、反対側に置かれた諸星のショルダーバッグを摑む。茶封筒がフラップの下からのぞいている。

新左翼過激派グループ『臨海労働者闘争』が大型連休中に起こす新幹線爆破テロ計画の一部が、あの中に入っている。

「ああ。パンチラ、見えなくなっちゃった」

年上の部下が残念そうに呟《つぶや》いたのを、古池慎一《こいけしんいち》は白い目で見返した。

バー『アリエル』の個室を監視するモニターは全部で五台。キャンドルに仕込んだモニターが、ワンピースの隙間からのぞく律子の下着を捉えていた。

「見えていると気づいたんだろ」

こちらに気を配る余裕が彼女にあるということだ。

小柄で痩せた体をゆったりめのワンピースで隠し、目尻に跳ね上げたきつめのアイラインでマンガのように丸い瞳をシャープに際立たせる。小さな顎に申し訳程度にちょこんとある唇に真っ赤なルージュを引き、パイソン柄のハイヒールで少しでも色気を演出してやっと大人になれた——そんな律子のうなじを、諸星が舐めるように見ている。

右耳上にアップしてラフにまとめたセミロングの髪から、おくれ毛がうなじに垂れる。髪型も座る位置も全部、計算済だ。

六本木にあるバー『アリエル』の専用地下出入口近くに路上駐車する大型バン。清掃会社のロゴが描かれている。監視拠点となっているこの車内には、四人の男と様々な機材が所狭しと積んであり、むさくるしい。

警視庁公安部公安一課三係三班。古池はこの班をまとめ、指揮をする班長で警部補だが、律子同様、本当の忠誠を誓うのは警視庁公安部ではない。

「どちらにしろ、今日のような日は〝見せる下着〟を穿いているそうだぞ」

古池の言葉に、部下たちは途端につまらなそうな顔をした。

最近は女性の登用を積極的にしているとは言っても、警視庁の女性警察官の数は四千名弱、全体の九％にも満たない。うち、公安所属は更にそのパーセンテージを下げる。律子はまだ二十八歳ということもあり、この世界で稀有《けう》な存在だった。

稀有であるのは、公安という特殊業務において女性という特性をいかんなく発揮し大胆に作業展開するという点でも言えることだった。男のつまらないプライドや弱さをうまくコントロールしながら、『性』を提供するまでにはいかずに情報を取る。

彼女を見つけ、育てたのは古池だ。

今日も律子は、新左翼テログループの作業玉——情報提供者から、重要テロ情報をさらりと、あっけなく、いとも簡単に奪い去る。それは男から見たらまるで根拠のない奇跡を連発しているようにも見えた。『女』という魔術で作戦を成功させる。男たちはそれで納得しつつあった。

律子の小さな悲鳴がヘッドフォンから漏れた。

古池は反射的にモニターを見た。諸星が律子を押し倒し、馬乗りになっていた。非正規労働者として、企業や社会から尊厳を踏みにじられ続ける童貞男が、男女の空気をうまく読めずに暴走している。

律子が手にした茶封筒はソファの下に落ちていた。律子が手を伸ばそうとして、諸星が阻止する。律子の両手を摑み、キスをしようと不器用に迫る。律子は微笑んだ。

〝焦ってるの。かわいい――〟

諸星の、律子を拘束する手が緩んだ。律子が起き上がる。諸星はだらしなく口を開け、幼い子どもが母親を崇拝するような瞳で律子を追う。律子は起き上がる動作のついでに、床に落ちた茶封筒を拾った。自身のトートバッグにねじ込む。

「よし！　電話を入れろ」

古池の合図ですぐさま部下が携帯電話をかける。

画面の中、律子はあらためて諸星の求愛に応えるそぶりを見せたが、一瞬のうちに〝やだ、電話〟と身を翻した。スマートフォンに出ながらもうトートバッグを摑み、部屋を出ようとした。

「車出せ！　ヒルズの駐車場だ」

そこで律子と封筒の受け渡しをする予定だ。バンのエンジンがかかったとき、律子の戸惑う声が聞こえた。画面を見る。諸星が乱暴に律子のトートバッグを奪ったところだった。茶封筒を抜き取ると、自分のバッグに戻す。

〝約束が違うだろ〟

〝約束通りよ。期待通り、あなたは男を見せてくれた。でも喫緊の呼び出しなの。またすぐに連絡――〟

諸星は想定外の行動に出た。律子の腕を強く引き背中を押す。律子はハイヒールを天に向けソファに落ちた。下着がまた見えたが、誰ももうそのことを言わなかった。

「車を停めろ。電話、鳴らし続けろ」

急停車したバンの中で、部下が律子の携帯電話を鳴らし続ける。律子は電話を理由に諸星の体を押しのけようとするが、一度欲望に火がついた獣は止まらない。

律子のワンピースのネックを強引に引っ張る。白く小ぶりな律子の胸が、諸星の青白い手にぐちゃぐちゃに揉みしだかれた。

「まずいです。レイプされます……!」

焦り、色めき立つ部下の中で、古池だけが冷静だった。

「待て。ここで作業玉との関係がこじれたら台無しだ」

関係が絶たれ、テロ情報を取れなくなる。公安の情報提供者、つまりは二重スパイという職務から解放された諸星が、どんな行動にでるかもわからない。公安刑事だという素性をばらしている律子の情報を、組織に売るかもしれない。それこそ、律子の身に危険が迫る。レイプされた方がまだましだという壮絶な結論に行きつく。

一般的には、女性公安刑事はこういった特殊任務にはつかないとされている。

だが彼らが忠誠を誓う組織だけは例外だった。

『十三階』

彼らがそう符牒《ふちょう》する組織は警察庁直轄の諜報組織だ。

全国都道府県警察に所属する公安警察官たちの中でも、ほんの一握りの優秀な者だけが呼ばれる特別な講習を経て、この部隊の構成員となる。

そのトップは警察庁警備局の理事官で、春秋の人事異動で突然その名前が表舞台から消えることから〝裏の理事官〟と呼ばれる。律子たちは表向きには警視庁公安部公安一課に所属する地方公務員だが、この裏の理事官の直接の指示の下、諜報活動を行う。そのため、警視庁公安部内でも、誰が『十三階』に所属していて、なんの捜査をしているのか、上層部の数人しか知らない。

末端作業員たちは全国に配置されている。その活動内容は限りなく非合法に近く、時に完全なる非合法活動も厭《いと》わない。直属の上司にあたる各都道府県警の係長も課長も部長も、彼らがなんの諜報活動を行っているのかを知らない。これが〝公安刑事とは隣のデスクの捜査員がなんの職務にあたっているのか知らない〟と言われる所以だ。

かつてこの諜報組織は『サクラ』『チヨダ』『ゼロ』という符牒がついていたが、それが外部に漏れるたびに呼称を変える。数年前に組織を警察庁中央合同庁舎十三階に移転したことから、『十三階』と呼ばれるようになった。

その『十三階』の女は、万が一の時は性を売る覚悟で作業に臨む。

『作業』とは公安用語で、工作、諜報活動全般のことをいう。

古池はヘッドセットを装着し直し、誰に言うでもなく呟いた。

「黒江。耐えろ――」

諸星が乳房に吸い付いて離れないのを感じながら、律子はこの状況を切り抜けることを冷静に考えていた。右手を伸ばし、店員呼び出しボタンを探る。店員の登場で、諸星は我に返って体から離れるはずだ。あとくされなく「また今度ね」と離脱できる。

律子は必死に腕を伸ばした。呼び出しボタンに、ジェルネイルを施した爪が触れる。

突然下半身が持ち上がり、体がずるりと下がった。呼び出しボタンが遠のく。諸星は律子の両足を抱え上げ、下着を脱がした。ぱさりと、顔の近くに下着が降ってきた。諸星は律子の下腹部を執拗に舐めはじめた。諸星のチノパンが、勃起したペニスで膨らむ。

いつかこんな日がくると、覚悟はしていた。絶対的な信頼関係がないと、作業玉の運営はできない。男女の信頼関係や強い結びつきの延長線上に性的な行為があるのは当然のことだ。

しかし、男性作業員が女性情報提供者と寝ることと、女性作業員が男性情報提供者と寝ることには、大きな違いがある。男のそれは「あいつ、任務ついでに楽しみやがって」という揶揄《やゆ》で終わる。女のそれはもはや「性被害事案」と扱われる。男女は法律がそう定めようとも、平等ではない。

そんなときは臨機応変に対応せよ。そんな面妖なルールが『十三階』ではまかり通る。

律子は抵抗をやめた。

なぜか、一週間前の姉の結婚式の光景が、脳裏に浮かんだ。

二〇一五年の早春、ひとつ年上の姉は結婚して黒江亜美《あみ》から服部《はっとり》亜美になった。地元の長野県上田市から近い軽井沢で厳粛な式を挙げたのち、豪華な披露宴を催した。

律子は、亜美ほど美しく上品で控え目な、〝女としての逸品〟を見たことがなかった。彼女はその美貌に劣らぬ品位と優しさを持っている。そんな姉を娶《めと》るのは、若手の長野県議会議員だ。

「天国のお父さんがきっと誰よりも喜んでいるわね。事実上、新郎が地盤を継ぐようなものですもの」

ひな壇から離れた親族席で、誰かが言った。律子の亡き父も長野県議会議員を務め、志半ばで亡くなった。律子が八歳の時のことだ。

左隣でアルコールを残念そうに断っているのは、妹の萌美《もえみ》だ。もうすぐ二十歳になる大学生。上手に化粧をしてチューブトップのドレスにラメ入りのストールをまとい、この親族テーブルの主人公だった。

上田市内の実家から式場に向かう時「そんな恰好で結婚式に出るの⁉」と叫んだのは萌美だ。律子は黒のパンツスーツの上下に、革タイプのスニーカーを履いていた。紐なしタイプのプレミア物で、フォーマルな場でも通用する。十五万円も払った代物だ。

「萌美の安っぽいヒールよりよっぽど値が張るのよ」

律子が反論すると、「値段の問題じゃないでしょう、TPOを言っているわけ」と生意気な口をきく。母が一蹴した。

「律子になに言っても無駄よ」

ブーケトスが始まった。独身女性はどうぞ新婦の下へお集まりください、と司会者が言う。萌美は嬉々として立ち上がり、親戚たちからのエールをパッと開いた両手で無邪気に受け止める。姉の亜美ほどの美人ではないが、律子のはるか上をいく愛嬌がある。萌美のあの無邪気さとコミュニケーション能力の高さは、尊敬に値する。律子に足りないものだった。

「よお、あんたもだろ！」

酔っぱらった伯父に肩を叩かれ、律子は渋々立ち上がった。会場の照明が落ち、階段中腹に立つ新郎新婦にスポットがあたる。律子は暗闇に紛れ、会場を出た。

トイレの個室でぼんやりと、愛する人の横でスポットライトを浴び輝く姉を思い出した。

恋人はもうずっといない。国家を守る、体制の擁護者としての最たる組織『十三階』の捜査員に、『個』はない。『十三階』に所属するための壮絶な警備専科教養講習の過程で、少しずつ『個』を消されていく。

ブーケトスが終わったころ、律子はテーブルに戻ろうとして、母と叔母の辛辣《しんらつ》な会話を聞いた。母は、長女の完璧な結婚式にはそぐわない、暗いため息をついていた。

「萌美も無事大学に送り出してほっと一安心と思ったけど――先が心配なのはやっぱり律子ね」

「どうして。しっかり警視庁で働いているじゃない。公務員よ、安定しているし」

「そうだけど、あの子に寄りつく男がいるのかしらと思って。小さいころから議論好きの頭でっかちで、服装もかわいげがなかった」

「今日も確かに……あれじゃあね」

叔母も苦笑する。

「警察官になるなんてあの子らしいけど、警備関係の部署とばかり繰り返すだけで、どんな肩書でどんな仕事をしているのか、絶対に話さないのよ。で、自分は立派な職務についているようなデカい顔をして」

母はシャンパンを口にした後、棘《とげ》のある吐息を漏らし、言った。

「女の子なのに」


体の中心が裂かれたような衝撃に、律子ははっと我に返った。下腹部に異物を感じる。それが押し引きを繰り返す。諸星が卑猥《ひわい》に笑い、酒臭い吐息を律子の顔にまき散らしながら、律子の下腹部に指を突っ込んでいた。

レイプされると思った。

律子はその後のことをよく覚えていない。

気が付くと、律子はソファの前でハイヒールを手に、立ち尽くしていた。ピンヒールの先が血で染まり、諸星が左目を両手で押さえて悶絶している。その指の隙間から、太い血が糸を引き、落ちた。

アリエルでの失態から一週間、律子は東京都府中市にある警察大学校内の寮の空き部屋で、軟禁状態で過ごしていた。

運営する作業玉からの強姦未遂を前に過剰防衛の末、相手の左目を潰すという重傷を負わせた。茶封筒を取り返せぬまま現場から離脱。諸星はその後病院に駆け込んで命に別状はないようだが、病院の通報でやってきた警察官の到着を前に逃げ出し、地下に潜ってしまった。諸星が情報提供者であることをやめ、この事実を『臨海労働者闘争』に漏らしたら、律子の身に危険が及ぶ。警察施設内での軟禁は特殊任務に失敗した捜査員を匿《かくま》う目的もあり、アリエルでの傷害事件を捜査する末端の所轄署刑事たちが律子を特定できないようにするための措置でもあった。

部屋にはデスクとベッドとテレビ、そしてパソコンがあるだけだが、建物が新しいこともあり、ビジネスホテルの一室のように心地よい。しかし外部との連絡・接触は一切禁止されている。律子がいま唯一連絡を許されているのは古池だけだった。支給された携帯電話もパソコンのネット接続も、全て後始末を仰せつかった古池班の部下たちによって監視、傍受されている。

報告書を作成しなくてはならないが、諸星が律子を押し倒したあたりから完全に手が止まった。思い出そうとすると頭痛がする。しかも今日は、ひどく下腹部が痛んだ。下から不定期に響く鈍痛。律子はトイレとデスクを何往復もした。

午前八時。律子に食事を運ぶため、古池が律子の部屋を訪れた。コンビニの袋を律子に突き出す。古池は毎日、食事や着替えを差し入れにやってきては三十分くらい雑談をして、去っていく。

アリエルで茫然自失だった律子を離脱させたのも、古池だった。現場での痕跡は専任の『掃除班』が見事に消し去っている。

「諸星はその後、どうですか。〈R〉の動きは」

〈R〉とは『臨海労働者闘争』の符牒だ。

「〈R〉に一切動きはない。諸星の行方も摑めていない」

一週間、このやり取りの繰り返しだった。

「あの——。任務にはいつ復帰できますか」

「六本木署が傷害事件としての立件を見送った上で、お前の証言や秘聴・秘撮映像を元にした敗因分析報告書をあげて校長がゴーサインを出すまで、だ」

『校長』とは、『十三階』の事実上のトップである裏の理事官を指す。現在の校長は平成九年入庁組のキャリア官僚で、校長になったということはイコール、同期の中で出世コースのトップに躍り出たことになる。古池と同年代だと聞いた。

「現場から眼球を潰された男と一緒にいた女が消えたんだ。あまり謎が多過ぎると、今度は記者連中が騒ぎ出す。〝菅生《すごう》事件〟の二の舞だけは避けたいと、校長も言っている」

菅生事件——『十三階』の前身組織である『サクラ』の工作員が交番に爆弾を仕掛け、共産党員に罪をなすりつけようとした事件だ。作戦は世間の知るところとなり、公安が事件をでっちあげ不当逮捕に走ったと、広く『サクラ』は批判にさらされ、幹部に五名もの処分者を出した。当時も『サクラ』がその工作員の身をかばい、中野区にあった警察大学校に匿っていた。

復帰まで長い。律子はここでの軟禁生活を、覚悟を決めて受け入れるしかなかった。

古池は立ち上がった。

「また夕方、来る。なにか欲しいものは？」

律子は一瞬口ごもった。

「なんでも言えよ。エロ本でも差し入れするか」

冗談だとわからず、律子は黙した。古池は自嘲するように肩をすくめ「じゃ」と背中を見せた。「あの」ようやく律子は口にした。

「これから差し入れの担当を、女性警察官に替えてもらえませんか」

「事情を察してくれ。『十三階』に女性作業員がいないこともないが、投入や作業玉の運営でとてもこんな雑用は頼めない」

律子は唇をかみしめた。

「なんだ。俺では不満か」

「いいえ。かえって申し訳ないくらいで」

「気にするな。なんでも言いつけてくれて構わない」

律子は羞恥を堪え、頼んだ。

「生理用品を、お願いしていいですか」

古池は顔色ひとつ変えず「ああ」とだけ答えた。表情筋が一切動かなかったからこそ、瞳孔の揺れが目立った。

「――えっと。どんなのだ?」

「普通のナプキンで構わないです。それから、痛み止めも。バファリンとかロキソニンとか」

「わかった。また夕方――いや、それはすぐに必要か」

律子は頷《うなず》くことに手間取った。古池は必要以上に察して言った。

「いまの質問は失礼だったかもしれない。すぐ買いに行く」

古池の電話が鳴った。古池は通話しながら後ろ手に扉を閉め、見えなくなった。律子はどっと疲れて、ベッドの上に座り込んだ。すぐに扉が開いて古池が部屋に戻ってきた。律子は女の生体に戸惑う男の顔から、厳しい局面を前にした公安刑事の顔に変貌している。律子は反射的に立ち上がった。

「どうしたんですか」

古池はスマートフォンを耳に当てたまま、部屋のテレビに一目散に駆け寄り、リモコンのスイッチを入れた。

「爆発の規模は。確かに新幹線なんですね⁉」

律子は視界が歪んでいくのを感じた。強い眩暈《めまい》をこらえ、茫然とテレビ画面に映し出された黒い煙を見る。NHKは特別報道番組に切り替わった直後で、画面上に文字情報が氾濫していた。報道ヘリの映像が、無数の線路が束ねられるように密集するターミナル駅上空を捉えている。

映像がアップになる。駅の屋根の一部にいびつな穴があき、黒煙が噴き上がっていた。駅で起こった惨状が、黒煙の隙間に覗く。

JR金沢駅で爆発。死傷者多数――という言葉が画面の片隅に踊る。

「まさか、かがやきですか」

律子は部屋のデジタル時計の時刻と日付を見た。二〇一五年三月二〇日。午前八時五十分。北陸新幹線開業日だった。

警戒していた『臨海労働者闘争』による新幹線テロは、ゴールデンウィーク中に行われるというのが諸星からの情報だった。どの新幹線が狙われるのか、律子が手に入れかけた茶封筒の中に入っていたはずだった。

律子の心にじわりと、あの日から懸念していた感情が湧く。あの時我を失わず作業玉とのセックスを受け入れていれば――。

十二時現在の警察庁発表によると、爆弾は北陸新幹線かがやきの東京発一番列車が11番線ホームに進入するのと同時に爆発。死者はホームに駆け付けた鉄道ファンやマスコミ関係者を中心に五十六名に及び、重軽傷者は百名を超えていた。

情報が欲しい。本部に戻った古池をはじめ、作業班の同僚たちの携帯電話を鳴らしたが、応答はない。諸星の電話を鳴らしてみた。電源が入っていなかった。外部との連絡は一切禁止だったが、いまは監視班も律子の動向に逐一気を配る余裕がないようで、お咎めはなかった。

十三時、やっと古池と連絡がついた。

「犯行声明動画が、事件発生時刻の三十秒後にアップされていた。〈R〉ではないようだ」

律子の脳を圧迫していた罪悪感が、ふっと緩んでいく。

「いったいどんな組織ですか。マークしていた班はないんですか」

「公安がノーマークの組織のようだが、犯行声明はデジタル処理されたもので、単独テロの可能性も捨てきれない」

律子はパソコンで動画を検索しながら、尋ねた。

「相手はJRですから、旧国鉄時代の労働組織から派生したテログループの可能性は？」

「あいつらもうヨボヨボだぞ。それより、地元選出の衆議院議員が重傷を負っている。彼を狙ったものという疑惑もある」

布田《ふだ》昇二《しょうじ》という石川一区選出の衆議院議員。その名を聞いて律子は戦慄《せんりつ》した。

「布田は確か、元『チヨダ』の――」

「そう。校長だ」

「だとしたら、これは公安への宣戦布告とも取れます」

「とにかくいまは情報が錯綜している。県警の警備局から情報を集めているところだ」

石川県警警備局がすでに金沢駅構内の全防犯カメラ映像を解析していた。顔認証システムなどの最新鋭解析機器を駆使して、爆弾を爆発させたと思《おぼ》しき人物の特定に入っているという。

電話を切ってすぐ、律子はネット上で犯行声明動画を見つけた。すでに閲覧数は数万を超えている。

再生。白い背景と画面いっぱいに若い女性の顔が映し出された。黒のおかっぱ頭で、二十代半ばくらいのその女性は、人目を引く可憐さがあった。しかし、なにかが不自然である。CGで作られたような、生き物としてのリアルさに欠けた顔つき――。

彼女は、その違和感を口元にもいかんなく発揮しながら、犯行声明を口にする。口唇の動きと言葉が全く嚙《か》み合っていない。視線も画面を捉えているようでいて、ときどき意味もなく別方向に飛んで微笑んだり、目を見開いたりしているが、頬の筋肉が目と口の動きと連動していない。

まるで、動くモンタージュ写真のようだ。

その声もまた、誰かの声を拾い集め強引に組み合わせたもので、聞く者に異形の者に対して持つ独特の恐怖感を煽《あお》った。

『我々。名もなき戦士団は。ここに発足。正式に発表します！　格差、貧困。劣悪な労働環境。平和憲法の破壊。政治不信。野党の機能不全。民主主義は限界です！　私たちは今日それを。暴力で。世界に訴えます。かがやき。爆破！　惨劇が伴わなければ、広く世界に伝わりません。私たちの革命。始まったばかりです。スノウ・ホワイト』

動画は唐突に終わった。

律子はこの動画を見て、アイドルオタクによる単独テロの可能性を強く感じた。暴力で社会の変容を訴える過激派テロ組織とは程遠い、軽いノリが動画から滲み出る。

だが、北陸新幹線開業という歴史的な日に、東京からの一番列車を狙うという大胆な犯行。噛み合わない。

十九時、死者が七十三名にまで膨れ上がったと発表があったところで、ノック音がした。古池が戻ってきたのだ。扉を開けると、古池は無言で紙袋を突き出す。生理用ナプキンが入っていた。

「――すいません、こんな日に」

「いや。それでいま、石川県警から校長に報告があった」

「犯人が特定できたんですか」

「ああ。爆心地にいてバラバラに吹き飛んだらしい」

「自爆テロ――」

アイドルオタクの愉快犯という線は即座に消えた。

「身元の特定を急いでいるが、二十代から三十代の男性で、指紋にマエはなし。各照会作業にも一致はなかったが、身体的特徴が」

律子は無言で、言葉の続きを待った。古池の瞳が鈍く、悲痛に沈んでいく。

「残っていた頭部から、左瞼と眼球に比較的新しい治療痕が見られた。防犯カメラ映像でも、犯人は左目に眼帯をしていた。映像、見るか」

ずっと思い出せなかった記憶が突如、洪水のように律子を呑みこんだ。

アリエルで卑猥に微笑みながら律子の体をむさぼっていた諸星。体を押しのけようと無我夢中で足を蹴り上げた。パイソン柄のハイヒールが脱げ落ちた。起き上がろうとしたら、眼前に諸星の拳が振ってきた。四つん這いの状態でソファの下に倒れた。腰を引かれぐいっと尻を持ち上げられた。律子は手をついた先に落ちていたハイヒールを摑み、振り向きざまにヒールを諸星の顔面に突き出した。その切っ先は諸星の左眼球を直撃した。あの時、ハイヒール越しに手に伝わってきた、水の入ったゴム袋を突き破ったような弾力のある感触が、わっと右手に蘇った。

律子は溺水者のように記憶の洪水から喘《あえ》ぎ、言った。

「私が殺した。七十三人も――」

「違う」

即座に古池は否定し、続けた。

「俺たちが殺した」

＊

律子は十七時半に定時退庁した。

桜田門の警視庁本部庁舎表玄関を出た途端、真夏特有のムンとした湿気と熱気が肌に張り付く。冷房で冷え切った体にはちょうどよく、律子は汗ひとつかかずに地下鉄霞ケ関駅の階段を降りた。

やっと温まった肌が、車内の冷房で瞬く間に冷えていく。公安四課の資料室も冷房がきつい。その通風口の真下に席がある律子は、真夏でも長袖で仕事をしていた。

警視庁の公安部員が現場でかき集めてきた情報をパソコンに入力し、相関図を作成する仕事だ。その片手間に、公安部員からの資料閲覧の申し込みに応じる。事務のような仕事だが、情報の性格上、事務員では務まらない。

『十三階』で重大な失敗を犯し、現場を離れた律子が就くにはぴったりの仕事だった。

あれから一年と五か月が経った。

中目黒で乗り換えて、代官山で下車した。スニーカーのセレクトショップが多数軒を連ねる。律子は仕事以外のプライベートの時間を、ほとんどこの代官山で過ごしていた。

スニーカーショップの店員は律子と顔見知りだが、あまりに頻繁にやってくるので「また買うの」と苦笑いをする。スニーカーマニアが集う店だが、金に糸目をつけずに買い漁る客は多くはない。

「ニューバランスのクロカンモデル、新色もう出ました?」

「入ってますよ。黒江さんのためにちゃんと取っておきました」

女性店員が店のバックヤードから商品を持ってきた。すでに二〇一六年春夏モデルのクロスカントリーモデルは揃えていたが、ビビッドな赤だけが生産数が少なく、手に入らずにいた。これでコンプリートだ。

律子は他にコンバースの専門店に立ち寄り、今日だけで三足購入した。スニーカーの箱が入った紙袋を両手いっぱいに抱え、自宅官舎のある赤羽橋へ帰宅する。鉄筋コンクリート造りの三階の部屋は猛烈な暑さだった。1LDKのリビングの北側の壁は、スニーカーの箱が天井まで積み上がっている。

新品のスニーカーの箱を開ける前に、今日、律子の足を守ってくれたルテシアのレザースニーカーの手入れをする。ブラシで泥や埃を落とした後、スプレーをかけて汚れを丹念に落とす。最後に革靴専用のツヤ出しクリームで磨いた後、スニーカーの中に消臭スプレーを振りかけた。

スマートフォンが鳴った。妹の萌美。明日八月十三日から盆休みを取っており、高速バスで一緒に帰省する予定だった。飲み屋にでもいるのか、電話の向こうが騒がしい。

「電話のときくらい静かな場所に行ったら」

「移動してコレなのよ。サークルの飲みでさ。あはは、やめてってば」

電話をする萌美に誰かがちょっかいを出しているのか、萌美が笑い転げる。電話の奥から「萌のおねーさーん！　美人じゃない方の」と男性が笑いながらこちらに呼びかける声が聞こえてきた。「ちょっと黙れ」と萌美が乱暴に言った。だいぶ酒が回っているようだ。

「萌。大学ちゃんと行ってるの？」

「ずっと夏休みだし」

律子はため息で言葉を飲み込んだ。自分の大学時代も、褒められたものではなかった。

「えーなに、心配してるの。自分の心配しなって、お姉ちゃん。休みの前日の夜にその静けさ、ありえないし。いま、お姉ちゃんがなにしてたか当ててあげよっか」

「当てなくていい」

「明日のスニーカーなににしようっかな。上田に帰る日は〝上等兵〟〜！　孤独にもほどがあるってば、きゃはは」

翌日、約束の池袋駅でどれだけ待っても萌美は現れなかった。スマートフォンも繋がらない。乗車直前、ようやく萌美は通話に応じた。まだ寝ていたのは明らかで「お姉ちゃんチケットキャンセルしといて」ともごもご言う。二日酔いなのだろう、電話越しに酒の匂いが漂ってきそうなほど呂律《ろれつ》が回っていなかった。

律子は去年の正月までは長野新幹線で帰省していた。北陸新幹線と名称が変わってからは一度も乗車していない。自分には乗車する資格がない。

都会の喧騒《けんそう》から逃れ高速道路に入って数時間、窓の外に無機質な遮音壁を見続ける。トンネルやカーブが多くなってきたころ、長野県に入った。ふいにトンネルの合間に現れ瞬間的に消えていく長野の緑は、去勢された東京の緑と違い、野性的で力強い。

上田駅前でバスを降りた。新幹線も停まる上田駅前は、観光地として栄えている。駅前ロータリーにある巨大な水車と真田幸村の騎馬像を前に、記念撮影をする観光客の姿がいつも見られる。

実家は駅から徒歩十分ほどで、信州大学の近くにある。盆地の上田市は東京と同じくらい暑いが、今日の上田の暑さはなにかが違うとふと感じた。皮膚にねばりつく異様な湿気と黒い雲。実家まであと五分のところで、大粒の雨に打たれた。傘がない。


「まぁ、律子。裸足なの⁉」

実家の広々とした玄関の引き戸を開け、出迎えた母は、開口一番そう叫んだ。ずぶ濡れでスニーカーを抱き、たたきに立つ律子を呆れた目で見る。

すでに実家に到着していた姉の亜美が、洗面所からバスタオルを持ってやってきた。

「今日は〝上等兵〟だったのね」

「ナイキのエアマックス95。限定品で日本未発売だったから、手に入れるのホント大変だったのよ。濡らすわけにいかないわ」

「そう。個性的な柄ね」

「サファリ柄。職場じゃ履けないし、出番がなかったんだけど。まさか雨にあたるなんて。この子もツイてない」

先にシャワーを浴び、着替えて台所に顔を出すと、親類の女たちがせわしなくキッチンに立って宴会の準備をしていた。キッチン台は女四人が並んでもまだ余るほどに広い。

すでに男衆は渡り廊下の先にある八畳間の和室四つの襖《ふすま》を取り去り、座卓を並べて繋げ、宴会を始めていた。

地元の名士として連綿と続く黒江家は、手入れのよく行き届いた古民家で、昭和の香りがした。律子は料理を運び、男たちに酌をして挨拶に回った。仕事はどうだとは聞かれなかった。いつ結婚するんだ。どこそこにこんな男がいるんだが会ってみるか。

親類縁者以外にも、亡き父の元後援会の人々もやってきていて、「地盤を継ぐのは律ちゃんだと思っていたのに。どうして警察官なんだよ。しかも長野県警でもなんでもなく、警視庁って」といまだに残念がった。

「ここだけの話――」

元後援会長は律子の耳に口を寄せる。

「服部家に黒江家が食われたようなもんだろ。まさか、亜美ちゃんが議員先生と結婚するなんてな――」

老齢の元後援会長の白濁しかけた瞳が、ちらりと亜美夫婦をとらえた。亜美は珍しく給仕をせず、静かに夫の服部慶介《けいすけ》の隣に座っていた。服部も酒を断り、冷えた日本茶で妻の親類たちと談笑していた。

「服部君も長男だから、養子は無理だろ。律ちゃん、次男坊を摑まえろよ。黒江家の存続はあんたにかかってんだ！」

強く肩を叩かれた。隣に座っていた叔母が「はいコレ、次男坊たち」と律子の眼前に見合い写真の束を突き出した。

「上田の選りすぐりの男たちを集めてきたんだから。これは、しなの銀行上田支店の係長さんで、こっちは北上建設の――」

地元有力企業の名前が次々とあがる。受け取るのを躊躇《ちゅうちょ》していると、向かいのテーブルの亜美がフォローするように言った。

「叔母さん、無駄よ。律子にはずっと思いを寄せる人がいるんだから」

フォローと言うよりも蛇足に近かった。慌てた律子をよそに、叔母や元後援会長が「どんな男なんだ」「警視庁なのか」「長男か、次男か」と質問攻めにした。

突然、服部がグラスをフォークで鳴らし、一同の注目を集めた。元後援会長は耳を塞ぎ、叔母は目を眇《すが》めた。なにか発表があるらしいが、米カリフォルニアの大学を卒業している服部は、時々こんな風に場違いな行動で黒江家の人々を辟易《へきえき》させた。

服部に促され、亜美が少し恥ずかしそうに立ち上がる。

「えー。ここでみなさんに嬉しい発表をいたします。実は、いま亜美のお腹のなかに、僕たちの新しい命が……！」

小諸《こもろ》市内の盆踊りに顔を出さなくてはならないとかで、姉夫婦は午後八時前に実家を出た。律子は敷地横の駐車場まで見送り、助手席に座る亜美の手を握って体を気遣った。

「次、会うときはもうママなんだね」

「律子は叔母さんよ」

二人で顔を見合わせて笑った。

「お正月には甥を紹介するから。だから律子は、彼氏を紹介してよね。ずゝだして、いゝ！」

長野弁で激励した亜美を乗せ、服部は黒のレジェンドを発進させた。近くに住む亜美夫婦とは頻繁に会っているからか、母は見送りに出ず、玄関の上がり框《かまち》で来客用のスリッパを整理していた。戻ってきた律子を見て「そうだ」と下駄箱を開けた。

「この間、ちょっと銀座に用があって三越で買ったものなんだけど──」

「銀座？　東京に出てきてたの」

連絡してくれたら会ったのに──とは、言わなかった。それは母も同じだ。互いに傷つけあわない距離感を把握している。

母は靴の入った箱を取り出し、蓋《ふた》を開けた。ベージュ色のエナメルのパンプスが入っていた。黒いリボンがフェミニンだ。

「律子に似合うと思って。一足ぐらいこういうのがあっても困らないでしょう。デートのときぐらいは……」

言いかけて、母は口をつぐんだ。猛烈に訴えたい懸念事項を、プレゼントという形にして娘に送る。母なりの優しさだった。

「お母さんがお父さんとデートしたときにスニーカーを履いたのは、トレッキングのときだけよ」

最後にしっかり嫌味を添えて、母は台所仕事に戻った。

律子は上がり框に腰かけ、パンプスに足を入れてみた。シンデレラのガラスの靴のようにそれはぴったりだった。履き心地もいい。大きめサイズのティシャツに細身のジーンズという恰好だったが、姿見で見ると繊細な足元が全体をラフすぎないように締めてバランスが良かった。

律子はそのままぶらぶらと散歩に出た。

夜の国道141号は大型スーパーマーケットや外食チェーン店がぽつりぽつりと営業している程度で、人通りは殆どない。昼間、律子を濡らした黒い雲はもうどこかへ霧散し、涼風が遠慮がちに頬を撫でる。

酔いで火照る体に風がなんとも気持ちいい。アルコールのせいなのか、自分の失敗で消えた七十三人の命がせめぎ合う窮屈な心が、ふと軽くなった気がした。

もう幸せを求めてもいいですか。そもそも許可などいらなかったのかもしれない。律子はなんの躊躇もなく古池に電話をかけた。

かつての指揮官である古池に、いつから想いを寄せるようになったのか覚えていない。

大学時代に不思議な出会いをした。その時から好きだったような気もするし、彼の下で働くようになってからのような気もする。あのテロのせいで『十三階』を去り、余計に恋い焦がれるようになった気もする。

ふられたら、家に帰って余りの酒をいただきながら、叔母が持ってきたお見合い写真をめくろうと思った。古池は二度目のコールで電話に出た。もしもし、と言う声は探るような色がある。

「黒江です。お久しぶりで」

「久しぶりか？　一昨日資料をもらった」

「ああ——。そうでした」

そして顔を合わせるたびに「戻って来い」と言われていたが、ここ数か月はその言葉を聞くこともなくなっていた。

「どうした」

「いま、お仕事中ですか」

「いや。自宅に帰ってる」

ふと律子は不安になった。古池のことを何も知らない。知り合ってもう七年になるのに、部下になってからは完全に個を消し、仕事上の従属関係以上の関係性はなかった。古池が独身なのか、年齢すら知らない。下手をしたら、偽名であることも考えられた。『十三階』にはそんな捜査員もいる。電話の向こうに妻が、恋人がいるかもしれない可能性を、考慮していなかった。

「黒江……？」

古池が電話の向こうで呼びかけた。脳内の逡巡に足を取られたようにもたつく律子の横を、救急車と消防車がサイレンを鳴らして通り過ぎていった。

「お前こそ、いまどこだ？」

「上田です。実家に帰っていて」

「へえ。実家、長野だったのか」

知っているのだろうが、あえて聞いたのだろう。個としての関係を古池と築けていないことにいまさら気が付いて、律子は弱気になった。今度はパトカーが二台、通り過ぎる。

「やかましいな。なにか、事故か」

「こ、古池さんて、独身ですか」

唐突な質問だったせいか、古池は一瞬黙った後「は？」とだけ返した。失敗したと思い、強く目を閉じる。再び前を見たとき、北東から斜めに切り込むように交差する一般道との交差点で起こった交通事故が目に入った。

周囲にガラスやプラスチックの破片が散乱する中、ボンネットが完全に破壊された赤のプジョーが、白線を跨ぐようにして明後日の方角を向いて停車している。

角のアイスクリーム店の昇り旗をなぎ倒し、黒の乗用車が横倒しになっていた。傾いた電柱を支点に、くの字に曲がる。黒のレジェンドだった。

「なんでそんなこと知りたいんだ」
「——姉が」
「え?」
「姉の車が、交通事故に」

亜美夫婦は即死だった。赤のプジョーの運転手は三日間死線をさまよった挙句、死亡した。野《の》島《じま》幸《ゆき》人《と》というサラリーマンで、事故直前、路地裏で物損事故を起こしている。遺体から基準値を大幅に超えるアルコールが検出された。

捜査の結果、一時停止義務を怠り法定速度を七〇キロオーバーで国道へ入った赤のプジョーが、レジェンドに激突したことがわかった。

三人死んだが、事実上は四人だ。母は半狂乱になり、帰京した萌美はマスコミに泣いて怒りをぶちまけた。どうしてお姉ちゃんが死ななくてはならなかったのか。お姉ちゃんは黒江家のひまわりであり、太陽だったと。

通夜は翌日に執り行われたが、告別式の日程がなかなか決まらなかった。友引だったり、盆休みで僧侶が捉まらなかったり、火葬場が休業していたり。

律子は、いったん東京に帰りたいと母に申し出た。
「どうして。こんなときに仕事なの」
「喪服を取りに帰りたいの」

「通夜のものでいいじゃない」

地元のレンタル衣装店で借りたものだった。黒のパンプスも借りた。夜の数時間だけだったから耐えられたが、葬儀となると火葬場に行くこともあり一日仕事だ。

「借り物の靴で一日過ごすのは無理だわ」

「まさか、スニーカー？」

律子は黙り込んだ。革製で紐がないタイプのスニーカーなら——と思っていた。母は心底軽蔑した目で律子を見た。

「あなたバカなの。姉の葬式の日にスニーカーなんて。頭が狂ったの」

「パンプスや革靴は嫌なの」

「嫌とかそういう問題ではないでしょう。冠婚葬祭なのよ、どうしてスニーカーにこだわるの。お母さんはあなたをそんな非常識な娘に育てた覚えはないわよ！」

「お父さんが死んだときだって、お母さんは強引に私に革靴を履かせたじゃない……！」

初めて言う話だった。母は目を丸くして、その瞼《まぶた》を震わせた。

「お父さんが殺されたときも、私は嫌だと言ったのに、人前に出るのに体裁が悪いからと窮屈な革靴を履かせたの。スニーカー以外の靴を履くといつも嫌なことが起こる……！」

作戦に失敗した日も、ハイヒールだった。亜美が事故死したときも、パンプスを履いていた。母は茫然と律子を見据えた。

「そう……。それじゃ亜美が死んだのは、お母さんのせいね。お父さんが暴漢に刺されたのも、お母さんのせいね……‼」

母は律子を瞳でなじり、言葉で自分自身を罵った。萌美や他の親類が仲裁に入った。律子の味方は誰もいなかった。亜美の死から涙ひとつ流さない律子を、科人《とがにん》でも見るような目で見た。それでも律子は日帰りで赤羽橋の官舎に戻り、革製の黒いスニーカーを履いて葬儀に出た。

焼香の列はなかなか途切れず、最長で二〇〇メートルにも及んだ。列に、喪服姿の古池の姿を見つけたとき、律子は初めて涙があふれた。


古池に促され、律子は僧侶の読経が続く中、セレモニーホールを出た。長野、松本ナンバーが並ぶ駐車場の中で、品川ナンバーの日産スカイラインが駐車している。警視庁の面パトで、『十三階』が日常的に使用しているものだ。運転席で古池が律子を待っている。

プライベートで上田まで来たわけではないことに気付き、目頭の熱いものが冷たく引いていく。律子は助手席に座り込んだ。

「いま少し時間大丈夫か」

お悔やみの言葉ひとつなく、古池が切り出した。県議会議員の交通事故死。古池はこの件を、かつての部下の家族が不運の事故に巻き込まれたと見ていないのだ。公安刑事らしい。なんでも疑ってかかる。律子は話を逸《そ》らした。姉の事故が陰謀だなんて話は聞きたくない。

「先日はすいません。気が動転して、おかしな電話をかけてしまいました」

古池は無言で律子を見返しただけだった。右目はひとえ瞼だが、左目はいつも不安定で二重だったり、奥二重になったり、寝不足のときは三重になったりした。右の顔は冷酷そうだが、左はひどく優し気に見えた。職務中、助手席に座ることが多かった律子は、いつも古池の左側を見ていた。

古池は厚紙のインデックスファイルに入った何枚かの報告書を律子に突き出した。律子は受け取り、内容をざっと確認した。レジェンドに突っ込んだ飲酒運転の男・野島幸人の身上書だった。上新信用金庫システム部保守運用係、という肩書。これまで飲酒運転で摘発された詳細も記入されていた。

二枚目は裏の経歴書だった。二〇一四年の飲酒運転による物損事故で閑職に追われた。労働組合に訴えるも取り合ってもらえず、長野労働局に通い詰めるうち、『臨海労働者闘争』幹部と接触――。

律子は無言で、黒革のスニーカーに視線を落とした。

「お前はいち抜けた、だったからな。〈R〉の諸星がなぜ『名もなき戦士団』に加わって北陸新幹線テロ事件を起こしたのか。詳細を知らないだろう」

律子はファイルを閉じた。

「――捜査は進んでいるんですか」

「もちろんだ。あちらの組織図は完成しつつある。お前は間違いなく狙われている。このまま指をくわえて見ていたら、家族を次々失っていくことになるぞ」

律子は静かに、古池を見返す。それを待っていたかのように、古池は仰々しく言った。

「『十三階』に戻れ」

この一年五か月の間、何度となく古池に言われた言葉だったが、今日のそれは重みが違った。

古池はキングストンのUSBメモリを、律子に突きつけた。容量が1TBある世界最大容量のものだ。

「野島も北陸新幹線爆破テロ事件に関わっている可能性が高い。お前の目で確かめろ。そして判断しろ」

律子はもう一度無言で、古池を見返した。『個』を完全に消し去った無機質な瞳。体制の擁護者たる者の見本がそこにあった。

「――姉は、私のせいで殺されたと?」

古池は大きく首を横に振った。

「違う。俺たちのせい、だ」

金沢駅の11番線ホーム。東京発の一番列車を迎え入れようとするホームは、数メートル間隔に立つ柱の上部に金箔をあしらったオブジェが取り付けられていて、古風な街灯が立ち並ぶような趣《おもむき》があった。ホーム内ですし詰め状態の人の群れが、一斉にカメラを線路側に向けている。ほとんどが成人男性だが、女性の他、父親に肩車される子どもの姿もちらほらと見える。中継カメラが数台、脚立の上で待機し、駅員や警備員がかすれた声で安全確保を呼びかける。

防犯カメラ映像の時刻は二〇一五年三月二〇日八時四十七分ちょうど。北陸新幹線東京発の一番列車が定刻より二分遅れで、滑らかにホームに進入してくる。カメラのフラッシュ、歓声。先頭車両がホーム端に到着する直前の八時四十七分十二秒、閃光で画面が一瞬白くなった。ドンという音。煙。人の体が飛ぶ。悲鳴。画面が色を取り戻した時、あたりの光景は一変していた。湧き上がる黒い煙、横倒しになり折り重なる人々。手。足。血。落ちたホームの屋根から剝き出しの配線がのぞく。そこに引っかかる人のようなもの。外壁をもがれたかがやきの一両目。乗客が折り重なり、荷物が散乱する。

陰惨な光景の中、場違いに舞い上がる金色の瞬《また》きがあった。木っ端微塵になった金箔のオブジェで、その金色が更に現場の凄惨さを色濃く演出している。

律子はタイムバーをスライドして防犯カメラ映像を巻き戻した。ホームにあふれる人。天に突き出された無数の手とカメラ。進入する新幹線。閃光。爆音。黒煙。悲鳴。死体。血痕。阿鼻叫喚地獄。

律子はもう一度、タイムバーをスライドした。紙袋を提げた諸星雄太の姿が爆心地近くにあった。左目に眼帯をしている。人々が北陸新幹線かがやきに注目しているのに対し、諸星は防犯カメラをじっと見つめている。死への畏《おそ》れも社会への挑発もない、死んだ魚のような瞳。かがやきがホームに進入する。人々が一心にカメラのシャッターを切る中、諸星は俯《うつむ》いて、紙袋の中に右手を突っ込んだ。閃光。爆発。黒煙。悲鳴――。

「ちょっと。なにしてんの」

律子ははっと我に返り、後ろを見た。ボレロタイプの喪服をまとった萌美が、勝手に部屋に入ってきていた。律子が高校時代まで過ごした二階北側の部屋は階段のすぐ隣にあるが、階段を上がる足音に気付かないほど集中していた。

萌美は肩越しに律子のタブレット端末の映像を見て、唇を震わす。

「葬儀抜け出して火葬場にも来ないで。なにその動画――」

律子は画面を落とした。

「仕事よ」

「こんな日に⁉　亜美ちゃんが茶毘に付されている真っ最中に、人が吹き飛ぶ映像なんか見て、頭おかしいんじゃないの！」

律子は静かに、萌美を見返した。萌美は渾身の力で、律子を睨んでいた。

「お姉ちゃん、なんか気持ち悪いよ」

律子は一度瞬《まばた》きをしただけだった。

「警視庁に入ってから、ずっとキモい」

千代田区霞が関の桜田通り沿いに、総務省と軒を分ける形で警察庁中央合同庁舎がある。古池は水色のストラップについた警視庁のＩＤカードを一旦ポケットに突っ込み、黒革の財布を取り出した。通用口に財布ごとかざし、通過する。古池は『十三階』本部がある警察庁合同庁舎の入館許可証も持たされている。

エレベーターの箱に入る。十四時、他に乗る者はいなかった。13のボタンを押し、静かにため息をついた。

律子は十四時半に『十三階』を訪ねると約束した。電話を受けたとき、律子は東京行きの北陸新幹線に乗車したところだった。あの失敗から一年五か月、初めて新幹線に乗ったはずだ。古池は何千枚にも及ぶ律子への内偵資料を思い出す。

彼女を『十三階』に戻すための内偵。

その孤独すぎる日常には同情を通り越して失笑が漏れた。今年の上半期だけで、彼女は百万円近くをスニーカーに費やしていた。男の気配、ゼロ。友人ゼロ。休日やアフターファイブはスニーカーショップ巡りをした後、カフェでスニーカー雑誌を捲る。

数か月に一度、妹の萌美と会っていたが、女性としての人生を動かそうとしない律子を、萌美の方が説教している様子だった。

初めて会ったとき、律子はごく一般的な、世俗まみれの女子大学生だった。律子は古池の出身大学の十二年下の後輩にあたる。『十三階』がまだ『ゼロ』と符牒されていたころ、古池はある作戦行動の失敗で現場を一旦離れ、人事課を兼任しリクルート活動に徹していた。優秀な女性公安刑事を一人でも多く勧誘することが必須だった。

警視庁は公務員の中ではワーストの人気で、なんとかリクルートできたとしても、公安を志望する女性警察官など皆無に近い。大学時代からその仕事のすばらしさと誇りを徹底的に伝え、青田買いする必要があった。

説明会の前、大学の就職相談センターに古池は何度となく足を運び、学生の群れを眺めた。仕事柄、人を見る目に自信はある。大学関係者でもない男が構内をうろつくと不審がられると余計な懸念をし、必要もないのに作業着などで変装をしたこともあった。公安刑事の悪い癖で、当時の校長が大笑いしたのを覚えている。

律子は年下の恋人といちゃつきながら、ふざけた様子でエントリーシートを書いていた。現代っ子らしい退化したような小さな顎と、色気もクソもない丸い瞳。瘦せた体は小学生のようだ。それでも「リクルートスーツ姿が妙にエロい」と恋人から耳元で囁かれ、ふと目元に女の色が浮かぶ。男女関係において、それなりに清濁の経験を積んできた賢さを、ふと感じる。

後日、その律子が生真面目な顔をして警視庁のブースを訪ねてきたのだから、古池は思わず吹き出しそうになった。あちらもまた、古池を見て目を丸くしていた。

「えっ、就職センターの掃除のおじさん？」

律子は古池の変装を見破っていた。現役公安刑事顔負けの面識率——雑踏の中で人の顔を見分け、記憶する能力——だった。絶対に公安に欲しい。古池はその日から律子に猛アピールを始めた。

あの時の年下の彼氏とは、律子が警察学校に入ったのちに自然消滅したらしい。その後、卒配先で知り合った生活安全課の巡査部長と付き合っていたという情報があるが、丸の内署の警備課で公安刑事人生をスタートさせたころに破局している。以降、彼女には男の気配が一切なかった。『十三階』に奉仕する人間としては安心だが、彼女を育て上げた古池は時々、組織に忠実すぎる彼女が心配になった。律子を妹か娘のように思う。いつかは普通の女性の人生を歩ませてやりたい。

それなのに、また自分は律子を『十三階』に引きずり込もうとしている。ひどい矛盾だった。

十三階で降りた。廊下を歩き、なんの表札も出ていない扉を開けた。目の前は壁で、部屋をぐるりと囲むように続く狭い通路がある。部屋の隅を半周してようやく、『十三階』のトップが君臨するスペースに出た。

執務デスクに座っていた〝校長〟こと栗山真治《くりやましんじ》理事官は、〝先生〟と呼ばれる秘書官と鹿児島の芋焼酎を片手に雑談していた。鹿児島県警の警備部長が報告がてらやってきて上納したものだ。

栗山は〝裏の理事官〟のわりに、そんなに目立っていいのかというほど濃い顔をしていた。幹部会議などに顔を出したときも、のっぺりした日本人顔が並ぶ中で、南米の外交官が混ざっているような違和感があった。だが優秀であり、ノンキャリ警察官の間でも親しみを持たれている方だ。

「古池。てっきり黒江と来るのかと」

「あとから来ます」

「なにか摑んだって？」

言いながら栗山は執務デスクから応接ソファに移動し、古池にも椅子を勧めた。

「摑んでなきゃ、校長室で話したいなんて言わないでしょう」

「あっけなく復帰となりそうだな」

「認めていただけますか」

「彼女がなにを摑んだかにもよる」

古池はひとつ頷き、秘書が出した冷えた麦茶で喉を潤した。

「こだわるね、お前は」

「なんです？」

「黒江にだよ。惚れてるのか」

古池は笑い飛ばした。

「逆か。黒江が古池に惚れてるのか」

「作戦行動上、恋人同士のフリをすることも多い。そう見えるだけじゃないですか」

「あの忠誠心は、お前に向けられたもののようにも見える。警専講習じゃ、国家と結婚したつもりでとか言われるようだが」

「女性は違いますよ。国家の母となれと」

「——命を賭して国家を守れと？」

「女が命がけになるのは、夫じゃなくて子どもの方です」

栗山は自分の妻のことを思い出したのか、どこか自嘲したような苦い顔になった。栗山は前警視総監のひとり娘と見合い結婚している。

「〝早宮事件〟か？」

突然、栗山が尋ねた。古池の真意を見抜きたくて、唐突な尋ね方をしたのだろう。古池は微塵も動揺を見せなかった。そう訓練されている。

「いつの話を」

「恋人だったんだろ。自殺した――」

「よくそう勘違いされます」

律子は十四時半ちょうどに、校長室に現れた。紺色のパンツスーツに焦げ茶色のレザースニーカー。汗ばんでいて、ワイシャツの開いた第一ボタンからのぞく白い肌に汗の粒が細かく浮いていた。若さがあふれている。赤いストラップの入館許可証を首から下げていた。彼女はまだ部外者なのだ。

栗山が立ち上がり、律子に哀悼の意を述べた。律子はただ曖昧に頷き「あの、報告させていただいても？」と、本題に入ろうとする。相変わらず愛想がない。

「なにか摑んだんだね？」

「姉の交通事故が〈R〉によるものなのかについては、正直申し上げてなにも突き止められておりません」

古池も栗山も、ただ無言で律子を見返す。

「しかし、北陸新幹線爆破テロ当日の、構内すべての防犯カメラ映像を提供していただいたおかげで、興味深い事実がひとつ」

金沢駅構内の防犯カメラ台数は二二九台。容量は1TB近くある。栗山は「顔認証システムを貸したのか」と古池に尋ねた。古池は無言で首を横に振った。栗山が「続けて」と律子に言う。

律子はトートバッグからタブレット端末と、大学ノートの束を取り出した。ノートは十冊以上ある。みっちりとメモが書き込まれ、ところどころラインマーカーの色が見えた。天才こそ非常な努力をする。古池は目を細め、律子を眺めた。

「私は任務を途中放棄しましたので、事件に使用された爆弾の形状や起爆方法、並びにその搬入方法など一切の情報を知りません。私がこれからする推測に対して事実と異なる点がありましたら、その場で訂正してくださいますか」

古池も栗山も、無反応に徹した。『十三階』が摑んだ情報を与えるのは、律子の復帰が認められた後の話だ。男二人の無言は女性に相当なプレッシャーを与えるものだが、律子は微塵も動揺することなく続けた。

「新聞等の報道によると、諸星は東京で爆弾を製造後、紙袋に入れて羽田空港のセキュリティを通過。小松空港に降り立ってバスで金沢駅に到着したということですが」

やはり、古池も栗山も答えない。

「お菓子の包装紙に包まれたお手製爆弾がまんまとセキュリティゲートを通過した。ハブ空港として国際化の進む羽田空港が、世界中にその醜態をさらすことになり、セキュリティ面で大規模リニューアルを余儀なくされた――紙面通りの記述を事実としてよろしいですか」

ため息ののち、栗山が答えた。

「五月にあった伊勢志摩サミットが答えになる。各国首脳は帰り際にわざわざ羽田空港に立ち寄らされた。セキュリティが徹底強化された羽田空港で〝アメイジング〟と言ってもらうだけで、去年の失態は帳消しになる」

「それ、無駄なリニューアルだったかもしれません」

古池は思わず腰を浮かせた。

「なんだって」

律子はタブレット端末を出し、A9と題されたファイルをクリックした。土産物店が並ぶショッピングモール内にある九号防犯カメラの映像だ。土産物店は八時半にオープンする。当日は北陸新幹線開業日ということもあり、開店直後から各土産物店は人でにぎわっていた。

「諸星は開店と同時に中に入り、出入口近くの店で笹ずしを、中ほどの店で佃煮を購入しています。これから自爆テロを起こす人間が、なんのためにと思いませんか。事実、ここで購入した土産物は諸星ともども木っ端みじんになっています」

「諸星はただの運び屋として利用されただけだと？」

古池は尋ねた。爆弾は遠隔操作できるタイプのものではなく、諸星が意思を持って起爆ボタンを押したことは間違いない。だが、律子はその情報を知らないはずだった。

律子が誤った方向に推理を展開しようとするのではと推測した古池だが、次の瞬間にはカウンターパンチを食らうことになった。

「違います。この二件の買い物は、諸星が次に入る店での本当の目的をかく乱するためだったのではないかと思うのです」

「――どういうことだ」

思わず栗山も声を出した。

「つまり、諸星がこの土産物街にやってきた本当の目的は、次に入る九谷焼専門店にあると、申し上げたいのです」

律子はタブレット端末を二人の上官へ向けた。古池だけでなく、栗山もまた腰を上げて映像を覗き込む。佃煮屋で佃煮を購入した諸星は、迷うそぶりもなく向かいにある九谷焼の店へ入った。

「この店、店内の一部が防犯カメラの死角になっています。ちなみに、この土産物街に入る全八二店舗のうち、店内に死角があるのはこの店だけでした」

店は土産物街の東隅に位置する。付近を捉えた防犯カメラは二台。店の出入口を映す九号カメラと、レジ付近の一七号。

「諸星が入店したのは八時三十九分。店内には二名の客と、一名の店員がいました」

律子はタイムバーを戻し、五分前の映像を表示させる。諸星がまだ笹ずしを購入している時刻だ。黒のナップザックを背負うニット帽の男が入店。同時に、ベビーカーを押す女性が入る。一見夫婦のように思えた二人だが、ニット帽の男は一分後に店を出た。

「この、ママ風の女性に注目ください」

黒のダウンジャケットにチャコールのワイドパンツ。茶髪のショートカットはゆるくパーマがかかり、前髪は厚く眉毛を隠す。鼻まですっぽり覆うマスク。露出しているのは目だけ。

律子は一旦画像を停止し、女性の姿を拡大してみせた。

「ベビーカーに赤ん坊はおらず、大きなマザーズバッグが置かれているのみです」

律子は映像を再び、再生させた。

女はレジの店員に声をかけ、ディスプレイされている九谷焼の夫婦茶碗について熱心に質問している。

三分後、諸星が入店。死角に入る。女性は購入を決意したのか財布を出した。店員が陳列されている商品を取り、レジ奥で包装を始めた。女は包装を待つ間、店内をうろつき、やがて死角に消えた。

十秒後、諸星が先にレジ前を通って店を出た。急ぎ足であるのは当然で、彼はこの七分後に新幹線ホームで爆弾を爆発させる。持ち物は変わらず、ショルダーバッグを背負いお菓子の紙袋、他二つの紙袋を提げている。

五分後の八時四十五分、女が出てきた。律子が再び静止画像を切り出す。拡大したのはベビーカーに置かれたマザーズバッグだ。入店前のものと比較した。ふくらみやその大きさに変化がない。

「彼女は購入した夫婦茶碗を紙袋ごとマザーズバッグの中に突っ込んだようですが、おかしいですよね」

「ああ。おかしい。かさが変わっていない」

栗山がそう同意した。

「マザーズバッグからなにかを取り出して、カメラの死角で諸星に渡したと推測できませんか」

古池は厳しい視線を投げかけた。

「マザーズバッグの中身はセーターとか子どものダウンジャケットだったかもしれない。上から九谷焼の入った箱を強引に入れたとしたら、衣類は潰れて、それ以上かさばることはない」

「おっしゃる通りですが、私は彼女がどうも気になります。だって一時間前には、モール内のカフェでひとり朝食を摂っているんですよ。ＯＬみたいな服装で」

栗山が古池を見た。古池が「映像を出せ」と言うより早く、律子は三二号防犯カメラ映像を再生した。

漆黒のおかっぱ頭に、上下黒のスーツ姿の女性が、スマートフォンをいじりながら朝食を摂っている。黒縁のメガネをかけており、先ほどの母親風の女性とは全く雰囲気が異なる。同一人物には見えなかった。

「本当にこれが同一人物か」

「私にはそう見えます。ちなみに彼女は私が確認した限り、実に三度も、金沢駅構内で人着を変えています」

古池は警視庁本部庁舎の公安フロアにいる部下たちをその場で呼び出した。

「顔認証システムを大至急持ってこい。それから画像解析ソフト、歩容認証システムも。校長室だ」

歩容認証システムとは、歩行時の姿勢や歩幅、腕の振り等で個人を特定する最新鋭解析機器だ。顔認証システムと連動すればその精度は限りなく百パーセントに近くなる。

十分後には古池班に所属する三名の作業員がそれぞれにパソコンを持ち、校長室に集まった。資料室に飛ばされた女がなぜ『十三階』にいるのか。怪訝な顔が並ぶ。亜美の事故死のリサーチも、律子に防犯カメラ映像を渡したのも、全て古池がひとりでやったことだと律子は気がついたようだ。古池にふと視線をやったが、なにも尋ねなかった。

「まずこのママさんとOL、顔認証にかけてみましょう」

古池班の中で最も若手だがITに強い南野《みなみの》が映像をシステムに落とし込んだ。一致。栗山がため息をつく。

「女の変装は厄介だぞ。なんてったって素人でも化粧のテクニックがハイレベルだ」

「顔認証はサングラスにもマスクにも勝てます。どんなメイクをしても問題ありません」

古池に促され、南野が1TBにも及ぶ金沢駅構内の全防犯カメラ映像から、ママ風のマスクの女性をサンプルとして、認証ボタンをクリックする。

「五分ほどで結果が出るかと」

古池は今度、歩容認証システムを操る中堅どころの作業員、柳田《やなぎだ》にも命令した。

「ベビーカーを押している姿はサンプルにならないだろう。このOL風女性の歩容を抜き出して、検索にかけろ」

柳田はメガネを押し上げることを返事として、早速作業を始めた。寡黙な人物で、女性の律子とは距離を置く公安部員だった。

「俺はなにを？」

言ったのは、作業班の中でも年齢を重ねた三部《さんべ》だった。刑事部鑑識課出身のベテランだが階級は律子や南野、柳田と同じ巡査部長。古池よりも年上で、古池に敬語を使わない唯一の人物だ。

律子が指示をした。

「三部さん、この女性はその時々によって顔の露出部位を変えています。露出部分を切り出して組み合わせてください」

三部は返事をせず、古池に質問を飛ばした。

「いつ復帰したの」

古池はただ首を横に振り、従えという目をした。三部は肩をすくめながらも「ま、律ちゃんのお願いごとならなんでもやりますよ」と、せわしくパソコンを動かし始めた。

女の足取りは即座に判明した。東京からの高速バスで七時に金沢駅に到着。黒のワンレングスにサングラス。モデルのような出で立ちだ。北陸新幹線開業で朝からイベントが行われている駅前広場を突っ切り、畳んだベビーカーを引きずって構内に入る。ベビーカーを多機能トイレに隠すと、後に爆心地となるホームを下見。

トイレに入る。次に出たときには、ＯＬ風の恰好に着替えてカフェで朝食を摂った。八時二十分。再びトイレ。ママ風の恰好でベビーカーを押して出てきた。八時四十分、諸星と接触。九谷焼の土産物店を出ると、再びトイレへ。

茶色の髪をお団子にまとめた女子大生風の装いで出てきた。マスクをしており、目にはボリューム感のあるつけまつげをつけていた。畳んだベビーカーをカバーで覆い、一見するとそれと見えないようにしている。爆発の混乱は構内にも及んでいたが、うまく紛れながらタクシーに乗り込み、金沢駅から消えた。

栗山はその場で石川県警警備部長の電話を鳴らした。金沢駅に出入りする全タクシー会社が保存する車載カメラの映像を全て分析するように求める。

女のモンタージュを作成していた三部が絶句した。

「なんてこった。白雪姫のお出ましだ」

律子は古池を押しのける勢いで、三部が作成した画像を覗き込んだ。「やっぱり」という言葉が漏れる。

「スノウ・ホワイトか――」

古池の言葉を、柳田や南野も茫然と肯定する。「よく似ています」

電話を切った栗山が絶句した。

「どういうことだ。スノウ・ホワイトは実在しないと結論づけたはずだぞ。あの犯行声明の映像の女は、組織が世間のインパクトを狙ったただのCGだったんじゃないのか」

かつてのパレスチナ解放人民戦線（ＰＦＬＰ）のライラ・カリドのように、若く美しい女性はテロ組織にとって恰好の広告塔となる。北朝鮮工作員の金賢姫《キムヒョンヒ》なども、結果的に党の意向にそぐわぬ形となったが、北朝鮮が国家としてテロ行為を行っていたと広く世界に認知されたという点では〝広告塔〟と言える。もし大韓航空機に爆弾を仕掛けたのが、自殺した老齢の男性工作員ひとりだったならば、南北問題に端を発したあの航空機爆破事件が全世界であれほど盛んに報道されることはなかっただろう。

「どうにもこうにも……額、目、鼻、口、輪郭、耳。全て、実在するアイドルや女優など有名人のパーツを組み合わせてＣＧ処理した顔が、犯行声明に使われていたんですよ。実在するなんて思いませんよ」

そんな顔を防犯カメラ映像で顔認証にかけたとしても、ヒットするはずがない。

柳田が念押しした。

「スノウ・ホワイトは、自分の顔のパーツとよく似た有名人を探し出して組み合わせ、似るように細工したってことですか」

「顔認証に引っかからないためだろう。そんな手間をかけるくらいなら、覆面姿で犯行声明を読めば十分だったはず。でもそうしなかった――」

古池は呟き、無意識で律子を見ていた。律子は古池の意図をくみ取り、大きく頷いた。

「ええ。こんな手の込んだことをしてまで、自分の顔を出したかった。ここにスノウ・ホワイトなる女性テロリストの、強い自己顕示欲を感じます」

その自己顕示欲は、次のテロが起こると強く予見させるものだった。彼女を一刻も早く見つけだし、逮捕しなくてはならない。

栗山が意を込めたように仰々しく立ち上がった。

「黒江。今日付けで『十三階』に復帰だ」

第二章　追いつめられた女

その『教室』で、生徒は律子たったひとりだった。

教鞭をとる古池は、『十三階』の拠点、警察庁の十三階の小会議室のスクリーンを前に、淡々と説明を続けていた。新左翼テロ組織『名もなき戦士団』の内部構成を表す相関図が緻密に表示されている。慣れぬ人は眩暈を起こすほどの情報量だ。律子は古池の説明をなぞるように、手元のノートに相関図を再現していく。

「『名もなき戦士団』は、いくつかの反対運動組織から追われた過激派によって構成されたと考えられている。ひとつは『６ｓｉｇｎｓ《サインズ》』」

東京六大学の学生を中心とした〝平和憲法を守る〟組織のことで、二〇一三年に秘密保護法案が可決される際に国会周辺で大規模なデモを繰り広げて知名度をあげた。その際に十五名の学生が機動隊と衝突して逮捕されている。

「この十五名は処分保留ですぐ釈放されているが、即座に６ｓｉｇｎｓを除名されて行き場を失った。チャンスありと彼らに接触したのが『臨海労働者闘争』だった」

『臨海労働者闘争』とは――と言いかけて、古池は「お前がいちばん知っているな」と割愛した。

律子がその組織内部の人物を情報提供者として養成、運営し、失敗の後に、北陸新幹線爆破テロ事件が起こった。律子はペンを置いて言った。

「確認までに。『臨海労働者闘争』は江戸川区から江東区の臨海工業地域で雇い止めにあった非正規労働者たちが結集し、再雇用の裁判を起こした『臨海労働者運動』から派生した一部過激派グループ、ですね」

律子には一年以上のブランクがある。つい最近まで、公安部公安四課で資料係を務めていたのだ。

「そう。労働者側の訴えが棄却された際に最高裁法廷内で暴れ、逮捕された連中」

彼らは文字通り『運動』から『闘争』へと活動方針を変えた。

「この『臨海労働者闘争』と『6signs』の過激派が合流、更に反原発運動や沖縄基地反対運動からはみ出た過激派たちも寄り集まって、新たに誕生したのが『名もなき戦士団』だ。しかし北陸新幹線爆破テロで華々しく設立を謳って以降、目立った動きはない。アジトも不明。つい昨日まで、犯行声明動画に登場したスノウ・ホワイトが実在していたことすら把握できていなかった」

スノウ・ホワイトは組織のトップなのか、ただの広告塔なのか。まだまだ情報不足だ。

「いま、うちの班はどんな作戦行動を?」

「元『6signs』のリーダー格の視察を行っているが、具体的な広がりは見えていない」

律子は一瞬考えた後、いつものように直球で意見した。

「まずは〈白雪姫〉のその後の足取りを追いませんか」

〈白雪姫〉——スノウ・ホワイトの符牒だ。

「それはコンピューターがやる。もう結果が出ているころだろう」

古池が電話で班員三名を呼び出した。北陸新幹線テロ後、スノウ・ホワイトが金沢駅から能登空港へタクシーに乗って立ち去ったところまで確認できている。能登空港の防犯カメラ映像の全てを顔認証システムにかければ、逃亡先はすぐに判明する。

ノートパソコン片手にやってきた若い南野は、プロジェクターとスクリーンが出ているのを見て「ついでに使わせてもらいます」と自身のパソコンと繋いだ。寡黙な柳田も手伝う。最年長の三部だけが「追いつきそうか」と律子に声をかけた。

「律ちゃんは飲み込みが早いから、すぐに俺たちを先導することになるんだろうな」

律子はただ頷いた。愛想が悪いのはいつものことと思ったのか、三部は咳払いの後、説明を始めた。

「〈白雪姫〉は三月二十日〇八五七、金沢駅からタクシーで能登空港に向かっている」

爆発から十分後のことだ。近隣の小松空港ではなく、石川県能登半島の先にある能登空港を選んだのは、爆発騒ぎで小松空港は閉鎖されると読んだからか。

「同日一〇五五、能登空港発羽田空港行ANA748便に、ギリで搭乗している。チケットはすでに『結城瑞穂《ゆうきみずほ》』という名前で三か月前に予約が済んでいた」

『結城瑞穂』なる人物はH号（犯歴）照会ですぐ身元が判明したと言う。

「結城瑞穂は振り込め詐欺の受け子として逮捕歴があった。これが逮捕時の写真」

色黒で金髪。げっそりと痩せこけて、薬物依存者のような雰囲気があった。有名女優やアイドルのパーツを組み合わせた顔と〝そっくり〟のスノウ・ホワイトの美貌とは、雲泥の差がある。

「『受け子』から名義売りの『役者』に落ちて戸籍を売った口だろうな。羽田到着後〈白雪姫〉は？」

成田空港行きのバス発着所の防犯カメラ映像を表示させ、南野が続けた。

「二十日のうちにバスで成田へ移動。二二三〇成田発イスタンブール行のトルコ航空機に搭乗。日本を脱出しています」

三部がパスポートの顔写真情報をホワイトボードに貼る。結城瑞穂の戸籍を乗っ取った後に取得したパスポートなのだろう。顔は、スノウ・ホワイト本人のものだ。

「日本に戻ってきた形跡は？」

律子が問う。柳田が切迫した表情で「ない」と答えた。律子は古池を見て言った。

「嫌な予感がするのは私だけでしょうか」

「いや。俺も同じくそう思う」

トルコ周辺国家には無数のイスラムテロ組織が蠢《うごめ》いている。トルコはその玄関口として、テロリストの卵たちが集い、通過していく場所だ。

柳田が言った。

「北陸新幹線テロの爆弾の運び屋がトルコに飛んだ——周辺を拠点とするテロ組織と何らかの接触を持つためでしょうか」

トルコ南東に位置するイラクにはアル・カイーダ、南方にはレバノンのヒズボラ。そして、隣接するシリアのヌスラ戦線と——。

律子は一同を見渡し、言った。

「ＩＳＩＳ」

イスラム国。現在、アラブ地域を混乱に陥れているイスラム原理主義過激派テロ組織だ。その指導者はかつて米同時多発テロ事件を起こしたアル・カイーダからも残虐過ぎることを理由に距離を置かれたほどの人物だ。

ＩＳＩＳはイラク戦争の混乱から立ち直れないアフガニスタンやイラクで勢力を固めていたが、隣国シリアの内戦に付け込んで侵略を始めた。二〇一六年現在、同国内の半分を掌握している。南野が興奮したように肩を震わせ、追加情報を口にした。

「『結城瑞穂』名義のパスポートはその後、国内線を利用してトルコ南東部の都市シャンルウルファで確認されたのが最後です」

ピンとこない一同に、南野はスクリーンにトルコの地図を表示して見せた。シャンルウルファは外務省が定める危険レベル2の地域であり、南へ進むとシリアとの国境の街アクチャカレにぶつかる。この一帯は危険レベル4、退避勧告が出ている。その目と鼻の先に、シリアの都市ラッカがある。

ＩＳＩＳが首都と定める街だ。

「国境を越えていたら、まずいです」

律子が言うより早く古池は内線電話を取り、繋がるまでの間、早口に言った。

「トルコの日本大使館から情報を取る」

在外公館には必ず警察官僚が出向しており、中には諜報活動をしている者もいる。防衛省からも武官が出ているが、そのあたりの人脈を校長の栗山に掛け合っているのだろう。

三部が言う。

「シリアに入っていないことを祈るのみか。しかし女だぞ。女なんて奴隷か自爆テロ要員だろ。下手をしたら人質事件に利用される」

律子が即座に首を振った。

「〈白雪姫〉は民間人ではありません。北陸新幹線テロに加担したれっきとしたテロリストです。その切り札を出せばＩＳＩＳは人質になんか使わずに、次の一手に利用しようとするはずです」

「次の一手とは？」

「〝米国の傀儡国家〟である日本国内での、イスラム組織によるテロです。これに成功したら、世界に大きなインパクトを与えられるとＩＳＩＳは知っています」

一般的に、日本国内でイスラムテロ組織がテロを起こすことは不可能と言われている。島国で外国人の数が圧倒的に少ない日本で、絶対的マイノリティである彼らがテロを準備するのはあまりに目立つからだ。

三部は懐疑的である。

「そう簡単に日本人がＩＳＩＳと接触できるとは思えないな。だいたい〈白雪姫〉はアラビア語を話せるのか。ある程度、影響力のある幹部への仲介者が存在しないと、下っ端に捕らえられて弄《もてあそ》ばれておしまいだ」

日本人で、仲介者となりうるイスラム教学者やジャーナリストなどは全員、外事三課の監視下にあり、〈白雪姫〉と接触の報告は上がっていない。

「公安が把握していない仲介者がいるのかもしれません。その捜査も含めて、ＣＩＡに協力を仰ぎますか」

律子が提案した。

「在トルコ米大使館にＣＩＡのオフィスがあります。〈白雪姫〉がＩＳＩＳと接触していたとしたら、ＣＩＡが情報を持っている可能性があります。現地でパーティ三昧の日々を送る日本大使館の出向組や武官とは、情報量はけた違いです」

律子は古池の了承を得る前に立ちあがった。

日本の公安機関と、米国の諜報機関であるＣＩＡは密接な関係を築いているとは言い難い。敵対しているわけでもないが、あちらが日本を重要視していないことも確かで、日本側が調査依頼を出してもすぐに返事がこない上、断片的な情報しかもらえないことが多い。

かつて、アル・カイーダのアジトから東海道新幹線の写真が出てきたという情報がＣＩＡからもたらされたことがあった。だが写真があったというだけで、その周辺情報は一切ない。アル・カイーダが来日してテロターゲットとして東海道新幹線を撮影したのか。日本でテロを起こすなら新幹線がいいのではないかとの雑談程度の話題から、ネット上の画像を拾って保存していただけなのか、わからずじまいだったのだ。

ＣＩＡが本気を出してくれないと質の低い情報しかもらえない。トルコの米国大使館に駐留するＣＩＡに突然電話やメールをしても、日本の依頼など後回しだろう。

律子は米軍厚木基地に駐在するＣＩＡ支局員、ロバート・イノウエに連絡を入れた。

初対面は大使館のパーティだった。日系三世で日本語が堪能。それを武器に自ら通訳などを買って出て饒舌に日本語を駆使してはいたが、ネイティブの日本人からするとやはりイノウエの日本語はカタコトだ。日本人の顔でたどたどしい日本語を話す様子を微笑ましく見ていた律子に、「バカにするな」と激昂したことがあった。

その後も情報交換のたびに似た態度を取った。日系人だが米国籍であり、純粋な日本人を必要以上に見下す人物。彼ならコントロールしやすい。律子は専用回線の通話口に出たイノウエに尋ねた。

「『名もなき戦士団』はご存じですね。次のテロターゲットに沖縄の米軍基地が候補に挙がっているという情報がありました」

CIAを動かすためにたったいま律子が思いついた偽情報だ。スノウ・ホワイトの渡航情報を与えたが、イノウエの反応は鈍い。

「米軍がターゲットなどという情報はこちらには入っていない。信ぴょう性は？」

イノウエのぶっきらぼうな声音は、こちらの要求をはねのけようとしているようだ。律子はあえて英語で答えた。

「あまり高くない。しかしそちらは信ぴょう性が低いという理由から、アル・カイーダの米同時多発テロ情報を無視してあのような結果を招いた過去がありますよね」

腹が立ったのか図星だったのか、沈黙があった。予想通り。次は日本語で続けた。

「『名もなき戦士団』は国内の社会問題を全てひっくるめてテロ活動の理由づけとしています。沖縄の米軍基地問題もしかり。北陸新幹線テロ以上のインパクトを世界に与えるために次のターゲットとして有効なのは、米軍基地以外にありません。米国を巻き込んだら世界中に衝撃が伝わりますからね」

イノウエからため息混じりの了承を引き出した。すぐにトルコの在外公館に情報を確認すると言う。

律子はトルコとの時差を確認した。サマータイム中なので、日本の方が六時間早い。まだあちらは夜明け時だから電話確認しても無駄だ。

首都アンカラに米国大使館が、イスタンブールとアダナにそれぞれ領事館がある。CIA支局があるのはアンカラだが、ISIS絡みの情報が収集されやすいのはアダナの領事館だろう。三つの中ではシリア国境から最も近い都市だ。

律子は十五時になるのを待って、直接アダナ領事館に連絡を取ることにした。それまでに、デスクの引っ越しと係長クラス以上の役職者へ挨拶回りをする必要があった。

校長の一声で課長クラスはすでに律子の異動を把握していた。秋の人事異動を待たずしてたった一人、公安一課に戻った律子を、周囲の捜査員たちは不思議そうに眺める程度で、深入りしようとはしなかった。

隣のデスクの刑事が何の捜査をしているのか、知ることができないと理解している。

十五時ちょうど。トルコ現地時間は朝九時。秒針が12を回ったのを確認し、律子は即座にトルコ・アダナの米国領事館に連絡を入れた。領事館内にあるCIA分局に繋いでもらう。ここから先はネイティブスピーカーとの会話となる。留学経験がない律子は大学受験程度の英語で対抗しなくてはならない。自然と肩に力が入った。

電話に出たのは男性分局員だった。すでにCIA日本支局から依頼のメールは受けていると答えると、早口だが端的な英語で続けた。

「メールを見て、〈ミスQ〉のことを思い出した」

「〈ミスQ〉?」

「ラッカ市内の協力者から、ＩＳＩＳの活動拠点モスクで働く東洋の女がいるという情報を聞いたことがある」

　そのモスクでは、自爆テロ要員としてラッカへ呼び集められたイスラム教徒の少女たちを受け入れているという。彼女たちは殆どが欧米諸国在住の移民二世、三世で、過去の戦火を免れた難民の子どもたちだ。

「その女は東の国から流れてきた〝革命家〟で、ＩＳＩＳに共鳴していると、堪能なアラビア語で自己紹介していたらしい」

　ＣＩＡはそれを聞き、清王朝時代の女性革命家・秋瑾《しゅうきん》を連想したという。英語でQiu Jinと表記するから〈ミスＱ〉と符牒がついたのだろう。いまや東の国の代表は日本ではなく、中国だ。

「〈ミスＱ〉の国籍や母国語はわかりませんか」

「わからない。彼女は自爆テロの指令を待つ少女たちの世話をしているが、日本人のような勤勉さや謙虚さはない。主導権を巡ってモスクの女主人とよく揉めている。だが非常に慎重な性格のようだ。モスク内の女性専用トイレでも決してニカブを取ろうとしない」

　ＣＩＡは拠点モスクの女子トイレですら容赦なく秘撮している――律子はそれに嫌悪を示すどころか、感嘆した。

「画像、動画はありませんか」

「あることはあるが、尖塔屋根付近に仕掛けたカメラの映像で、頭頂部が見えている程度。

顔はほとんど見えないし、見えたところでニカブに覆われて目が見えるだけだ」

「目だけで十分です。我々の顔認証にかければ」

日本警察は、科学技術だけは世界一でしたねと、CIA分局員は言って、電話を切った。

動画の容量は直近三か月分で1TBもなかった。画像解析度が低いのだろう。高度セキュリティをいくつか通過して律子の元に届くまで、三日を要した。

〈ミスQ〉は分析の結果、身長はほぼスノウ・ホワイトと同じと推定できた。しかし、頭頂部からつま先まで大きな黒布ですっぽりと覆っているため、歩容認証は不可。彼女は上に顔を向けることもなく、顔認証もここでは役立たずで、本人と断定できなかった。

映像解析は古池班総出で行われたが、やはり男性陣は女子トイレの秘撮動画分析に躊躇していた。あちらの便器は日本の和式タイプとよく似ているが、日本のように壁ではなく扉に顔を向けて便器をまたぐ。

監視カメラには、ニカブの下の尻を出して排せつしている様子が映る。

夫以外の男に決して肌を見せてはいけないイスラム圏の女性たちが、監視カメラの存在に気が付かずに臀部や太腿を晒す。それは見る側に強い罪悪感をかきたてる。男性陣は女子トイレでの分析を全て律子に任せた。

女子トイレという、男が出入りしえない空間は、ニカブをまとった女性たちにとって息抜きの場だ。ニカブは慣れていても息苦しく、視界が悪い。女たちは女子トイレではニカブを取り、化粧を直しながら井戸端会議に花を咲かせる。それは日本のOLたちの日常となんら変わりない。

〈ミスＱ〉は違った。

井戸端会議には一切加わらず、ニカブを取ることもなかった。だがそれはＣＩＡによる監視や秘撮を懸念しての行動ではなさそうだった。排せつ中に警戒するそぶりがないからだ。他のモスクの女たちと自分とをきっちり線引きし、どこかお高くとまっているように見えた。

律子は〈ミスＱ〉の仕事ぶりからトイレの回数に至るまで分析した。なにを食べ、なにを飲み、なにを残したのか。使用している生理用品の製造元まで徹底的に調べた。

日本との繋がりは、一切見えなかった。


「一旦、〈ミスＱ〉の線は捨てませんか」

会議の場で思い切ってそう発言した律子に、前のめりになっていた男たちの視線が刺すように集中する。律子のことをかわいがってはいるが、平気で女性蔑視発言をしてしまう三部が案の定「これだから女は……」と呟いた後、まるで小学生に言い聞かせるように言う。

「いま、〈ミスＱ〉の情報を追って外事の連中に現地へ飛んでもらうのかも含めて、メリットデメリットを議論で積み重ねているのに、その積み上げを途中で突き崩すような発言をするんじゃない。あんたは優秀だが、そうやって突拍子もないことを言うから困る」

柳田も同調するように頷くが、若い南野だけは気の毒そうに律子を見た。古池が尋ねる。

「お前が議論の腰を折るということは、別の捜査ラインに当てがあるということだろ」

「『十三階』には『十三階』のノウハウと経験があります。そこから捜査を進めるんです」

三部が反論しようとするのを制して、律子は言った。

「『名もなき戦士団』の相関図を見ていて、ふと思ったんです。〈ミスQ〉が〈白雪姫〉であることを前提にして話していますが、『名もなき戦士団』はその成り立ちがかつての『日本赤軍』によく似ている気がするんです」

一九六〇年代は様々な街頭闘争があった。学生運動、安保闘争、ベトナム戦争反対運動などで、それぞれから出た過激派が結託し、共産主義者同盟赤軍派を結成。

やがて幹部クラスが相次ぎ出国し、大菩薩峠事件で大量の逮捕者を出すと、組織は弱体化。形勢逆転を狙い、多量の武器を持つ革命左派組織と結託して『連合赤軍』を誕生させた。

一方、海外に出た幹部クラスは国際根拠地論を元に世界革命を起こそうと、中東のテロ組織パレスチナ解放人民戦線と共闘しイスラエルのテルアビブ近郊のロッド空港を襲撃。『日本赤軍』の名乗りをあげた。

「つまり、いろんな反体制派の過激派の寄せ集めが『連合赤軍』で、６ｓｉｇｎｓや沖縄基地反対運動、反原発運動の過激派が臨海労働者闘争に合流したのと似ていますし、その幹部と思しき人物が『名もなき戦士団』を名乗って、ラッカに逃亡、ＩＳＩＳと共闘しようとしているのだとしたら……『名もなき戦士団』は現代版『日本赤軍』になろうとしているのかもしれません」

律子の説明に、三部がうんざりしたように言った。

「そういうのを机上の空論と言う。そう思う根拠はなんだ。え、証拠は？」

「ここは刑事部ではありません。いい加減、見込み捜査で作業を展開する公安の空気に慣れてください」

娘ほどに年の離れた後輩に言われ、三部はカッと顔を赤くしたが、反論はできなかったようだ。苦虫をかみつぶしたような顔で律子を見る。

鑑識捜査を基本に、証拠を積み上げて犯人を特定していく刑事部捜査とは違い、公安部はある程度見込みで犯人に目星をつけた後、徹底的な視察・内偵で証拠を積み上げる。そして時に証拠をでっち上げてでも、テロを防ぐ。公安部の最終目的はテロ事件の阻止だ。事後捜査が基本の刑事部とは捜査手法が根本から違う。

三部は頭でそれを理解しながらも、認めようとしない。

「『日本赤軍』をまねているだと？　七〇年代の闘争を写真と映像でしか知らないだろ。若いもんが抱きがちな妄想だ」

〝空気〟が違う。三部はそう言い切った。当時の若者は本気でこの国の先を憂い、闘っていた。いまの若者たちは豊かさに溺れ、ただ現状に不満を並べて憂さ晴らしに暴力に走っているだけだ、と——。

律子は毅然と言い返した。

「三部さん。日本はもう豊かな国ではありません」

古池が口を挟もうとしたので、律子は察して先回りするように言った。

「とにかく、『名もなき戦士団』が組織された際に、そのトップである人物は先輩を見習おうとしたと思うんです。『日本赤軍』もしくは『連合赤軍』のような、逃亡と内ゲバで弱体化していく組織にならないためにも」

「つまり？」

古池が結論を急いだ。

「現在、生存している元赤軍メンバーと、この数年の間に接触している人物をあたってみませんか。案外〈白雪姫〉の素性はそこで浮上してくるかもしれません。在外公館の情報なんか、待ってられません」

柳田が首を横に振った。

「我々は無駄な作業をしている暇はない。〈ミスQ〉の映像分析が優先だ。ＣＩＡに、過去一年分のデータ全てをもらった方が――」

「三部さんや柳田さんがそうしたいならすればいいと思います。しかし直近三か月のデータを送ってもらうだけで、セキュリティの問題上、三日かかるんですよ。それを過去一年分となったら容量が大きくなる分、一週間、いや十日を要するかもしれない。その間、お二人はなにをされるんですか？」

南野が間に入ろうとしたが、律子は辛辣に言い放った。

「北陸新幹線テロから一年五か月。それは、『名もなき戦士団』の認知から一年五か月も経っているということです。それなのに私が復帰するまで〈白雪姫〉が実在していることすらも把握できていなかった。この一年五か月の間、みなさんはなにをやっていたんです？」

「お前！」

三部が激昂して立ち上がった。

「そもそもお前の失敗が引き起こしたテロ事件だろ。お前が作戦途中で女を思い出したから、七十三人も……！」

「三部さん」

古池がたしなめた。会議室の紛糾は肌に突き刺さるほど鋭い。若い南野は堪えるようにじっとうつむいている。律子は平然と、古池を見返す。あくまで班長の判断を仰ぐという顔。

古池はため息の後、言った。

「三部さん、柳田、南野は引き続き、〈ミスQ〉の分析を。俺と黒江は元日本赤軍メンバーをあたる」

律子は返事もせずに立ち上がり、誰よりも早く会議室を出ていった。扉の向こうから「なんですか、アレ」と柳田が吐き捨てるように言った言葉が聞こえた。

次の日の群馬県嬬恋村へのドライブは、古池にとって愉快なものではなかった。

律子と面パトに乗車する際、いつも古池がハンドルを握った。通常は階級が下の者が運転するが、律子は車の運転が不得手で、助手席にいると余計に神経が磨り減る。昔は二人きりの車内で軽口を叩いたこともあったし、律子がふと親密な瞳で古池の横顔を見つめることもあった。

今日の律子は不機嫌というわけではなさそうだが口数が少なく、無言で関越自動車道の車の流れを見つめている。時々、まずそうに缶コーヒーを飲み、車内でおにぎりをほおばった後、ピルケースから薬を出して服薬していた。なんの薬か尋ねたら、胃薬だと答えた。

目的地である嬬恋村の、とある農家に到着する直前、古池は念のために釘を刺した。

「相手をあまり刺激するなよ」

律子は心外だと言わんばかりに古池を見返した。

「当たり前です、そんなこと」

「いまのお前にとっちゃ当たり前じゃないだろ。昨日だって――」

「三部さんたちを刺激した？」

「あの言い方はない」

「次のテロは絶対に防がなくてはならないという意識が、彼らは低いのかなと感じます」

「そんなことはない」

「あります。だから私のように焦っていないんです、みんな」

古池は鬱蒼とした木におおわれた県道を進みながら、ついため息をついた。

「私は復帰したばかりです。気持ちは一年五か月前のテロ直後と同じなんです」

「――そうか」

「脳の機能が痛みを忘れるようにできているのが人間です。世間はもうあのテロも『名もなき戦士団』のことも忘れかけていますが、私たちは忘れてはいけないんです」

「人間を超越しろと言っているようだ」

「『十三階』の捜査員はそうであれと思います」

古池は返事をせず、ちらりと横目で律子を見た。フロントガラスを意味もなく、睨むように見つめている。彼女が復帰するきっかけは仕組まれた姉の交通事故死であり、野島幸人という『臨海労働者闘争』メンバーを追い詰めることのはずだが、彼女は不思議とその名前も事故のことも調べようとはしない。

――黒江の復帰は成功だったのか。失敗だったのか。

女の部下は改めて難しいと思う。自分で育てたのに、なにを考えなにを根拠に行動しているのか理解できない。コントロールしているつもりが、されているようにも感じる。

集落へ続く急な上り坂を、古池はアクセルを強く踏んで駆け上った。一面キャベツ畑が広がり、農家が点在している。駐車場と民家の境界線がよくわからなかったが、軽トラックが二台並んでいる横に古池は面パトを停車させた。車を降りる。東京の夏に慣れた古池には寒いほどの気候だった。

目的の人物は長靴を履き、畑をいじっているところだった。車に気が付くと立ちあがり、足にまとわりつく土を軽くあしらいながら駐車場に近づいてきた。

佐伯隆康《さえきたかやす》、七十三歳。ベトナム戦争反対運動から連合赤軍に加わった元活動家で、あさま山荘事件直前、警察の山狩りで逮捕された人物だ。
古池と律子は揃って名刺を渡す。佐伯は受け取ると「中へどうぞ」と民家の方へ歩き出した。

佐伯に目をつけたのには訳があった。

『日本赤軍』として海外でテロを起こしたテロリストたちは未だ逃亡中の七名を除き、逮捕、起訴され収監されている。彼らが拘留中に接見した相手は全て公安に記録されており、手紙のやり取りも全てコピーされている。その中に、〈白雪姫〉を彷彿させる人物は見当たらなかった。

あさま山荘事件に関与できなかった佐伯は海外に出て日本赤軍に合流することもなく、比較的刑期が短かった。現在はここでひっそりと農業をしながらも、時々思い出したようにメディアに登場し、インタビューに答えていた。道を失った若者から「かっこいい」「うらやましい」とファンレターをもらうこともある。

現在は公安の監視下から外れている佐伯なら、〈白雪姫〉も接触しやすかったのではないか――古池と律子はそう考えたのだ。

二人は古民家の和室に通された。佐伯はグラスの麦茶を二人に出すと、準備していたのか部屋の隅にあった段ボール箱を指した。

「これです。過去三年分の〝ファンレター〟」

「拝見します」

律子は言って、一通一通丁寧に精査していった。佐伯は名刺を再確認した後、尋ねた。

「警視庁の公安一課って、確か極左暴力集団担当ですよね」

古池が応じた。

「ええ。その通りです」

「『名もなき戦士団』？」

古池は笑って「麦茶がうまいですね」とわざとらしく話を逸らした。詳細を話すことはないという態度を示したつもりだ。佐伯も理解したように答える。

「水が違いますからね、東京とは。手紙ですが、これはまずいと僕が直感したものは、事前に県警さんに封筒ごと渡していますよ」

「承知しておりますし、調査済みです」

佐伯はふと遠い目になり、縁側越しに自身の畑を眺めた。出荷されることなく廃棄されたキャベツが山となり、畑のそばで茶色く腐っている。

「いつかまた誰かがやると思ってた。正直、遅すぎたくらいじゃないか。北陸新幹線テロ」

古池は神妙に首を傾げた。

「僕にファンレターなぞ送ってくる若者はみんな、社会からあぶれて自分の存在価値を見失った者たちだ。彼らは、当時武器を持って体制と戦った僕らを〝うらやましい〟、〝かっこいい〟と言う。自分の存在意義が見えるような〝闘う名目〟を、彼らは欲しがっているんだ」

一時期連続して起こった無差別殺傷事件がいい例だ、と佐伯は言った。

「あの時はまだ〝受け皿〟がなかったから。単独テロで済んだんだろうけどね」

佐伯が含みを持たせて、古池を見た。いまは『名もなき戦士団』という〝受け皿〟がある。社会に不満を持つ者たちが共闘すれば、より大規模な犯罪が起こるのは当然のことだった。そしてそれは『犯罪』から『テロ』へ格上げされる。

律子は差出人が女性の手紙を最優先で読み、古池に手渡していく。女性の手紙は圧倒的に少なかったが、それでも過去三年で十五人いた。うちほとんどが、大学の論文の題材にしたいという依頼や、マスコミ関係者だった。

ふと律子の手が止まった。『平井美雪《ひらいみゆき》』という差出人名に目を奪われている。全部で五通。三年前の春先に集中的に手紙を出していた。他の女性はほぼ全て一通、あっても二通までなのに、五通という数字は群を抜いていた。消印は東京都豊島区。

古池と律子は平井美雪からの手紙をピックアップして、目を通した。内容もまた、ひどく異質なものだった。論文でも取材でもファンレターでもない。

佐伯がそれを見て、言った。

「藤村絵美子《ふじむらえみこ》ファンの彼女かい。変わった手紙だったね、それは」

古池が目を眇めて佐伯に尋ねる。

「藤村絵美子というのは、『日本赤軍』の?」

「そう。『赤軍三大美女』のひとりのね」

ひとりは未だ逃亡中、一人は逮捕収監中の身、そしてもう一人、中東で命を落とした女性テロリストがいる。藤村絵美子。

三人とも女性テロリストとして名を馳せ、不謹慎ながら当時の公安捜査員の中にも熱狂的なファンがいたほどだった。特に藤村絵美子は、その残虐性と凶暴さで一目置かれる存在だった。

山岳ベース事件で仲間を粛清し、あさま山荘事件を逃げ延びて海外へ逃亡。『日本赤軍』としてテルアビブ空港乱射事件、クアラルンプール事件など数々のテロに関与し、八〇年代にヨルダンで逮捕されると、獄中自殺した女性だ。

彼女がなによりも世間から注目されたのは、闘争中に三人の息子を産んだことだ。

子を産む一方で、内ゲバ闘争では仲間を残虐に粛清する。殺害されたメンバーの中には、絵美子の内縁の夫で子どもの父親と目される男もいた。激しいリンチは、藤村絵美子が指示したと言われている。中東で引き起こした数々の事件でも、彼女ほど容赦なく民間人や人質の殺害を行った女はいない。

生を育み、死を操る女。聖女と悪女という二つの極限へ、針をいっぱいに振り切りながら生きた彼女に対し、世間だけでなく男性公安部員も大いに注目したというわけだ。

「その手紙をくれた子、藤村絵美子のことならなんでも知りたいという様子だった。絵美子の息子と知り合いだとかで」

古池は一瞬、律子と視線を絡ませた。

「彼を助けてやりたいから、母親のことをなんとか教えてくれないかと。すぐ返事を書こうと思ったけど、なにぶん僕も彼女のことはよく知らないとしか……。僕みたいに『べ平連』から闘争に参加した者と、学生運動から来た藤村さんとは、あまり親しくなるようなこともなかったし」

「佐伯さんは、実際に藤村絵美子の三人の息子と会ったことは？」

古池の問いに「ない、ない」と佐伯は首を横に振った。

「世間では、藤村さんが息子たちの目の前で父親をリンチ死させたとかってなっているけどね、それはない。だいたい、山岳ベースは軍事キャンプ目的の場所だ。警察や地元民からも逃れる必要があった。当時まだ幼かった子どもたちを連れて来られると思う？」

藤村絵美子は子どもを産むだけ産み、後は実母に子育てを任せて闘争に没頭していたというのが事実だ。佐伯は一旦視線を外し、暗い瞳で呟いた。

「まあ、藤村さんが子どもの父親の殺害を指示したのは、事実だけど……」

やがて佐伯はまっすぐに律子を見据え、言った。

「藤村絵美子の息子の耳にそんな事実を入れたくはないからね。どういう繋がりがあるかわからないけれど、平井美雪という彼女には、なにも知らないと返事をしただけですよ。それ以降、ぱったり手紙は来なくなった」

平井美雪という名前でH号（犯歴）照会にかけたが、前科前歴等は一切なかった。L1（免許証）照会では全国に二十三名のヒットがある。しかし豊島区に住所がある者はいなかった。三年前の手紙だから、もう引っ越したのか。勤務先・通学先が豊島区なのか。

嬬恋村から桜田門への帰路、律子は『十三階』メンバーのみがアクセスできる公安関係資料から、藤村絵美子の三兄弟の情報を取り出した。ハンドルを握る古池に逐一報告する。

「やはり、藤村絵美子の三兄弟はいまでも公安一課の監視対象となっています。優先度は低く、住民票の異動や転職歴などを追っている程度ですね」

「相関図、見られるか」

「はい。三人とも、現在は鬼籍に入っている絵美子の実母の養子となっていて、全員白河《しらかわ》姓を名乗っています。長男は現在五十歳、大手電機機器メーカー勤務。既婚で息子・娘がひとりずつ。関係者に平井美雪はいません」

「次男は」

「現在四十九歳、飲食店勤務。独身。やはり関係者に平井美雪は見当たりません——。ああ、三男ですね」

古池が尋ねる前に、律子は断定した。

「白河遼一《りょういち》、四十四歳。NGO団体『グローバルブリッジアソシエーション』通称GBAの代表。事務所所在地は東京都豊島区。現住所も豊島区内のマンションです。妻の名は美雪。入籍は二年前、旧姓平井。生年月日は一九八八年五月十日。二十八歳です」

「白河美雪。氏名の頭と尻尾を英訳すると、スノウ・ホワイトか」

古池は仰々しく言った後『白河美雪』の名で全照会をするよう指示した。やはり前科前歴はない。免許証情報では三人のヒットがあったが、生年月日が合わない。パスポートを取得した履歴も見当たらなかった。顔がわからない。

「ああ——。顔が見たいですね」

律子はつい感情を迸《ほとばし》らせて言った。

「白河美雪以上に、白河遼一の方が気になるな。NGO団体ほどテロ組織のフロントになりやすいものはない」

律子はGBAのホームページを開いた。

「中東の荒れた旧戦地での植樹活動が主な活動内容のようです」

「ボランティアを派遣しているのか」

「ええ。中長期で、主な派遣先はパレスチナ自治区やパキスタン。他、アフガニスタンやイラクの非戦闘地域とあります。外務省の渡航禁止地域は対象外としているようです」

「中東に太いパイプがある人物と見て間違いないな」

「ええ。〈白雪姫〉をラッカへ導いた仲介役は白河遼一かもしれません」

古池がため息交じりに言った。

「『名もなき戦士団』の組織図が大きく変わる」

古池班による、白河遼一のアドレス作業が始まった。

対象に完全に張り付いて二十四時間行動確認し、日常の流れやよく訪れる場所を把握する作業だ。白河の自宅住所は東京都豊島区東池袋三丁目。GBAオフィスから徒歩三分、築二十年のマンション、ミオ・カステーロ東池袋の五〇一号室に住む。

視察と近隣住民への聞き込みから、白河は妻の美雪と一緒に住んでいる実態が見えなかった。入籍は二年前だが、白河はこの物件に住んでもう六年だ。

平日は一般的なサラリーマンよりも少し遅い、十一時出勤。主なボランティアの派遣先が中東であるため、あちらとの時差に合わせて始業時刻が遅いのだろう。だいたい十四時くらいまでオフィスで仕事をした後、昼食に外に出ると、そのまま夜まで戻らない。出先は外務省だったり、各国大使館だったり、首都圏の大学のボランティアセンターだったり。夕食を済ませて午後八時頃オフィスに戻り、夜半まで仕事をこなすこともあれば、そのまま自宅へ直帰することもあった。

自宅、またはオフィスにいるとき、対象が誰と会話をし、誰と電話をし、誰とメールをしているのか。全て把握し分析するのが、公安の仕事だ。そのためには、自宅とNGO事務所に秘聴・秘撮機器を仕掛ける必要がある。まずはその作業時間に最適な日時を、割りださなくてはならない。律子と南野に課せられた仕事だ。

一週間のアドレス作業で判明した白河の行動パターンを分析した結果、自宅での秘聴・秘撮機器設置作業は九月五日月曜日に決まった。当日、白河は東北支援のNGO代表者会議に出席するため、仙台へ日帰り出張する。秘聴・秘撮機器を設置する絶好のチャンスだ。

監視拠点は一階下の空き物件だった四〇一号室。ここを賃貸契約済で、室内作業当日は古池と柳田が待機することになっている。

決行当日。

ミオ・カステーロ東池袋の向かいの雑居ビル駐車場に面パトを停めた。運転席の南野は、徹夜明けの早朝五時でもあくびひとつ嚙み殺すことなく、じっと息を殺していた。

助手席の律子も、ただ息を詰めて白河が家を出るのを待つ。そろそろ日の出の時刻、まだ外は薄暗いが、エンジンを止めているので暑い。都心の気温は明け方のいまでも二十五度。熱帯夜だった。南野はひとしきり汗を拭うと、二リットル入りペットボトルの水を飲み干した。ここに張り始めて二時間だが、もう二本目だった。

「大丈夫?」

律子は、つい数か月前に警備専科教養講習を終えて古池班に配属されたばかりの若手の南野を、気遣った。南野と律子は三歳差しかない。古池は同世代と括ってはいるが、律子にとっては九〇年代生まれというだけで、理解が及びにくい別世代の人間と思えてしまう。

「あ、いや——黒江さんの耳には入ってないと思うんですけど」

律子の声かけを待ってましたと言わんばかりに、南野は話し始めた。

「校長と古池さんが、GBAへの『投入』を検討しているらしいって、柳田さんから聞いて」

『投入』とは、監視対象組織に潜入捜査することを言う。万が一、GBAへの『投入』作業員に指名されたら——ISISとの関係性を明白にするため、実際にシリアに飛ぶ必要が出てくる。

南野はそれを恐れているのだろう。どれだけ警専講習で『個』を捨て国家の駒となれと諭され訓練されようとも、残虐行為を繰り返すＩＳＩＳに飛び込む覚悟などないだろう。

「嫌なら辞退すればいいだけの話よ」

律子は双眼鏡を覗き、ミオ・カステーロ東池袋の表玄関を確認した。深夜中、ずっと蛍光灯に体当たりしていたマイマイ蛾の姿が消えている。

「でも、誰かが行かなきゃならないですよね。僕がもし辞退したら――」

「古池さんが行くわよ、代わりに」

「えっ」

「喜んで行く。あの人はそういう人だもの――来た」

律子は双眼鏡を下ろし、ぐっと尻を前に滑らせてシートに身を潜めた。南野も低く構えながら、無線で白河が自宅を出たことを各班に伝えた。

この自宅前から池袋駅のＪＲ改札まで、約一キロの距離を、二〇〇メートルおきに近隣所轄署の公安刑事が待機している。ＪＲ東京駅の新幹線改札口では、東北新幹線に乗り込むのを確認するための要員を準備しているほどだ。白河が乗り込むのを確認して初めて、律子は彼の自宅に侵入、作業を開始する。

白河遼一はそうとも知らず、公安刑事の尾行の渦の中に静かに踏み込んでいく――。

紺色のポロシャツにジーンズ姿の中肉中背の男。端正な顔立ちだが、黒い短髪をお洒落にセットしているわけでもなく、雑踏に紛れる平凡さがある。

だが、律子ら公安部員にとっては絶対的に目を奪われる顔でもあった。律子は扉に身を潜めながら、もう一度、双眼鏡を覗いた。明け方で誰もいない、誰も見ていないという気のゆるみが無意識にあるのだろう、びっくりするほど大きな口をあけてあくびをする。その目尻に涙が浮かんだ。

脳裏に、藤村絵美子の内縁の夫と言われたある活動家の凄惨な遺体写真が浮かぶ。山岳ベース事件で身内から激しいリンチを受け、苦悶に口をあんぐりと開けたまま死に、埋められ、腐敗し、そして掘り起こされて解剖台に乗せられた遺体――警専講習の際に、教科書に載っていた写真だ。

「免許証の写真ではそうでもなかったけど。じかに見ると、父親と瓜二つですね」

同じことを考えていたのか、南野もそう言った。

母親が国内外でしたことも、父親の悲惨な最期も全て、白河本人は把握しているはずだ。こんな特異な生い立ちをどのように背負って生きてきたのか――ある種の覚悟を持って白河を監視すべきと意気込んでいた律子だが、あの間抜けなあくび顔を見て拍子抜けした。

紺色のポロシャツが無防備に揺れ、池袋の細い路地裏に小さくなっていく。やがて角を曲がり見えなくなった。そこは池袋の繁華街、サンシャイン60通りだ。南野が無線を入れる。

「A班・南野よりB班。〇五四五、〈王子〉がA線突破」

〈王子〉とは白河の符牒だ。妻が〈白雪姫〉ならば、夫は〈王子〉。必然的に、実態が不透明すぎてまだ符牒が決まっていなかった『名もなき戦士団』は〈鏡〉と呼ばれることになった。おとぎ話『白雪姫』の中に出てくる重要な小道具である。

六時三十二分。

東京駅に待機するF班が、白河を乗せた東北新幹線はやぶさの出発を無線で流した。律子はバックパックに入った道具一式を背負い、車を出る。南野はこのまま『防衛』部隊として、車内に残る。監視対象者本人や、そのほかの人物が作業中に対象施設に入ることがないか、チェックすることを『防衛』という。

都心の路地裏の六時半。出勤・通学に急ぐ人の姿はなく、新聞配達も終わった時刻。人の気配は全くなかった。階段で五階まで上がる。五〇一号室は、階段から最も離れた角部屋だ。部屋の前に到着したところで、尾行点検した。尾行する者がいないか確認し、まくためにする行動をいう。後ろを何度も振り返る、遠回りする、衣服を変える——時に、発車直前の電車を降りたり、飛び乗ったりするようなこともする。

特異動向なし。律子はウエストポーチに入れたピッキング用具であっという間に鍵を開けた。ドアノブを引く直前、ドアの隙間をくまなく点検した。侵入者の有無を警戒するため、髪の毛などを挟んでおく輩がいるからだ。だが白河は小細工を施してはいなかった。

「A班、黒江。〇六四五。入ります」

無線で各部隊から「了解」の返答が入る。監視拠点——一階下の四〇一号室で待機する古池からは、作業を一時間で終了するように注意が入った。白河本人が引き返してくることはあり得ないが、近隣住民との鉢合わせや気配を感じ取られることは避けなくてはならない。

事前のアドレス作業で把握しきれなかった人物が室内に残っている可能性もある。律子は泥棒のようにドアノブをゆっくりと回し、室内の雰囲気に五感を研ぎ澄ませる。生きる者の気配がない、無機質な空気を肌で感じる。ほんの十数センチの隙間から滑り込むように、音もなく室内に入った。

2DKの間取りの室内は、玄関を開けたすぐ先がもうダイニングキッチンだった。

廊下はなく、六畳の洋室と和室が並ぶが、扉が閉まっている。四十平米にも満たないこぢんまりとした室内の画像をくまなく撮影し、その場で階下の拠点にいる古池らにデータを送る。

どこにどの類の秘聴・秘撮機器を設置するのか、古池と三部で分析、決定し、律子にフィードバックすることになっていた。

上司の分析を待つ間、律子は白河の私物をチェックすることにした。築年数が古いせいか、部屋は収納設備がほとんどない。そのため、戸棚、本棚などの収納家具が所狭しと並ぶ。その上に更に小物入れやファイルボックスが整列し、更にその上に書類や雑誌、郵便物などが山積みになっている状態だった。

整理整頓が苦手なひとり暮らしの男性の部屋、という印象だ。地味なカーテン、キッチン用品の少なさ、洗面所・浴室に置かれた用品——事前の調査通り、妻の気配がどこにもない。

六畳和室への扉を開ける。片隅にパイプハンガーと洋服ダンス。簡素なパイプベッドの上に、布団が敷いてある。掛け布団が朝起きた形のままに捲られている。

ふとベッドから、強いメントールの匂いがした。湿布の匂いだろうか。それに男性特有の汗の匂いが混ざる。白河は四十四歳、そろそろ加齢臭に気を使う年のころと思われたが、外見の若さの通りか、不快感を伴う臭いは一つもしなかった。

ふと律子は、父親を思い出した。肩こり持ちで、毎日両肩に湿布を貼っていた。律子はよく肩をとんとんと叩いてやっていた。父の日には手作りの〝肩もみ券〟十枚つづりを作り、プレゼントした。そんなことまで、思い出した。父は享年四十四だった。

耳に入れた無線から、各自「特異動向なし」の報告が入る。律子ははっと我に返り、こちらも室内捜索を続けていることを報告した。

ベッド横のパイプハンガーにかかっているのは全て男性物の衣類で、押入れの中は書類や書籍、雑誌ばかりだった。妻どころか、女性の気配が全くない。

手持ちのタブレット端末に、添付画像を受信したアラートが鳴る。拠点の古池と三部が秘聴・秘撮機器設置個所を決定し、それを記した画像を送ったのだ。確認していると、古池から直接スマートフォンに電話がかかってきた。

「そう広くはないから、各室一か所ずつで死角はないだろう」

律子は画像をフリックし終えると、言った。

「トイレと浴室には仕掛けなくていいんですか」

「いまの段階でそこまでする必要はない」

男の入浴や排せつシーンなど見たくないとでも言いたそうな様子だった。

律子は古池に室内の様子を簡単に報告し、妻・美雪の気配が一切ないことを伝えた。話しながら、玄関脇にある備え付けのシューズボックスの扉を開けた。サンダルや革靴、履き潰した安物のスニーカーなど、特に目を引くものはなさそうだと思った瞬間、律子は驚愕で言葉が詰まった。

最下段に、パイソン柄のヒールが見えた。

「黒江。どうした？」

突然律子が口を閉ざしたので、通話口で古池が尋ねる。律子は無言のまま、手袋の手でそのハイヒールを手に取った。律子が北陸新幹線テロの引き金を引いたパイソン柄のハイヒールと全く同じメーカーで同じサイズのものが、そこにあった。

全身の産毛が逆立ち、悪寒が背中を駆け抜けていった。

律子は警察庁『十三階』の会議室で、古池の戻りをひとり、待っていた。

白河の自宅にたったひとつ置かれた女性物のハイヒール。押収するわけにはいかないので、長らく鑑識畑にいた三部が応援に入り、その場で指紋採取した。指紋はひとつも検出されなかった。念のためにヒール部分にルミノール試薬を吹きかけたが、こちらも血液反応は出なかった。

そもそも、律子が履いていた現物は当日、現場に踏み込んだ専任の『掃除班』が持ち去った。ここにあるはずがないと古池は言い、一旦『十三階』に戻るように律子を説得したのだ。動揺しているつもりはなかったが、「いまのお前では正しく秘聴・秘撮機器の設置ができない」と強く言った。

会議室前の廊下を歩く、男たちの気配がする。扉が開いた。古池がビニール袋に包まれた靴を手に持ち、現れた。扉の脇に立って校長の栗山を先に通す。もうひとり背後にいたようだが、栗山が「一旦そこで待ってろ」と声をかける。古池はすぐに扉を閉めてしまった。

律子は立ち上がり、敬礼した。古池の手に持っているものに目が行く。パイソン柄のハイヒール。右足のヒール部が赤茶色に変色していた。古池は乱暴にガラステーブルの上にそれを置くと、律子の横に立った。栗山に了承を得て、揃って座る。

一呼吸置いて、栗山は言った。

「一時間ほど前に、追っ手の作業員を仙台に送り込んだ。NGO代表者会議は復興庁仙台オフィスの会議室内で行われているそうだ。白河に特異動向なし」

「このまま、二十四時間監視体制を敷いて頂きたいのですが」

律子は前のめりになり、尋ねた。栗山の視線が、ビニール袋に包まれたハイヒールを捉えた。

「そういうことになるな。白河と〈R〉を繋ぐものとも思えるが、なんのために公安の失敗の〝象徴〟とも言うべきものを自宅に置いている？」

指紋が検出されないということは、誰もあの靴を使用していないということになる。

「こちらの失敗の象徴なら、あちらにとっては勝利の象徴ということかもしれません」

古池が言う。律子は鋭くその言葉にかぶせた。

「もしくは、挑発か」

栗山が「挑発？」と濃い眉毛を眉間に寄せた。

「公安を動揺させるための――つまり、白河は公安の調査が入ることを事前に察知していたのかもしれません」

男二人に、沈黙があった。その顔色に何かを吟味する色がある。「なにか？」と尋ねた律子に、古池が言った。

「お前の耳にも入っているだろう。『十三階』は白河への『投入』を決定している。つい昨日、作業員を任命したばかりなんだが――あいつで大丈夫でしょうか」

古池が思案顔で、視線を栗山に移した。

「他に適任がいない。〈王子〉と〈R〉を繋ぐ物証が出た以上、ますます奴しか適任がいないということになる」

誰ですか、と尋ねるまでもなく、栗山が扉に向かって「入れ」と声を上げた。

颯爽と扉を開けて姿を現した長身の若い男を見て、律子は懐かしさに思わず目を細めた。同時に、胸に鈍い痛みが走る。いずれはＩＳＩＳに『投入』される危険な任務に抜擢された人物――。

「知り合いだったか」

栗山が律子に問う。答えようとして、男が先に口を開いた。

「僕たちは警専講習の同期ですよ。中沢百合子《なかざわゆりこ》巡査部長、お久しぶりです」

栗山と古池が変な顔をする。律子は笑った。

「それは当時の名前ね。ここではもう本名でやってるわ」

『十三階』所属を目指して全国都道府県警からかき集められる公安部員は、全員偽名で警備専科教養講習に参加する。律子は中沢百合子と呼ばれていた。

「あなたは青木《あおき》君のまま？」

「いまは水橋賢治《みずはしけんじ》でやってるよ」

作戦行動中の偽名だろう。あくまで本名は名乗らないという顔をしている。律子は立ち上がり、名刺を渡した。

「改めまして。公安一課の黒江律子です」

名刺を受け取った水橋は「本名は律子さんか」と無邪気に笑った。首を傾げる律子に言い訳する。

「いや、いかにもという気がして。君はダントツの努力家だったからね。自分をよく律しているなと思っていた」

『十三階』所属となり、もう三年がたつ。そろそろ裏の工作員らしく、瞳に翳《かげ》りが見えてもよいころだが、水橋は当時のまま変わりがなかった。研修中、彼はどちらかというと落ちこぼれで、教官だけでなく同僚たちのフォローと激励でなんとか生き残った作業員だ。

なにをするにも一歩遅く、教官に「のろま、ばか、間抜け！」と耳元で怒鳴り続けられていたが、それを飄々《ひょうひょう》とやり過ごすメンタルの強さがあった。

栗山は律子の隣に座るよう水橋を促した。「顔見知りなら話が早い。古池」栗山の一言で古池は立ち上がり、クリップ止めされた分厚いファイルを各自に配った。

「作業案だ。〈王子〉視察担当の黒江と、〈王子〉に投入の水橋、連携方法の確認をしておくこと。資料や作業物品の受け渡し、情報交換をする場合その拠点などを二人で事前に決めて報告しろ」

律子と水橋が同時にページをめくろうとして、栗山が静かに切り出した。

「水橋。来月、お姉さんの結婚式があるそうじゃないか」

なぜ知っているのかという顔はほんの一瞬で、水橋は一拍遅れて頷いた。『十三階』は所属作業員の家族構成やその事情を逐一情報収集して、徹底管理している。当の本人よりも。

「出席できない旨はすでに伝えてあります」

「よろしい。頑張りたまえ」

栗山は彫りの深い顔つきだが日本人らしい表情の乏しさでそう言うと、古池と共に会議室を出て行った。

扉が閉まる音と一瞬の静寂を挟み、律子は開口一番切り出した。

「まさかあなたが『投入』とはね」

「必然だよ。ついこの間まで僕は〈R〉に投入されていたんだ」

R——『臨海労働者闘争』のことである。

「私が作業玉の運営に失敗した後ってこと？」

「そう。あのテロの後。諸星が〈R〉からどういう経緯で〈鏡〉の下で自爆テロに走ったのか。その道筋を追うのが僕の使命だったんだけど。一年以上休養していて突然戻ってきた君に、三日でしてやられるとはね」

二つの組織を繋いでいたのはやはりGBAの白河だったと水橋は説明する。

「僕は〈R〉の幹部にアピールしたんだ。ISISに憧れている。武闘訓練を受けて真の強さを身につけたいと」

「それでGBAを紹介されたの？」

「ああ。明日、池袋に来いと言われている。仲介者を紹介すると」

水橋はまるで全てが冗談のように、肩をすくめながら言った。ISISに投入されることを前提とした作業であるという覚悟があるのか、疑わしいほど軽い態度だった。律子が疑問を口にしようとして、水橋はふと深刻なまなざしで遮った。

「念押しはいいよ。校長から散々、言われたからね。そして宣誓した。作戦行動中、死に直面しようとも、『十三階』への忠誠は変わらないと」

据わった瞳孔。静謐《せいひつ》さの合間に強い覚悟が垣間見える。落ちこぼれだった水橋も、この三年、現場で過ごすうちに変わったのか。

「君こそ、作業過程で結構危ない橋を渡ってるって噂だ」

「若い女がやってる〝作業〟なんて、男から見たら全部危険に見えるんじゃないの」

ふいに水橋は前のめりになった。今後『投入』される自分よりも、律子の身を案じている様子だった。

「ずっと不思議に思ってた。警専講習に参加するのもそうだけど、どうして公安部員になんてなろうと思ったの。女の子が憧れる職業じゃないでしょ」

「そう？　子どものころから憧れていたけど」

律子が冗談で言うと、水橋は真に受けてにやりと笑った。

「007か。ジェームズ・ボンドとか見て、スパイに憧れた口だね」

「自分がそうなんじゃないの」

「あ、バレた？」

「信念もなしに外枠だけで入ってくる輩って感じだったもの、当時から」

「相変わらず辛辣だね。君にはどんな信念が？」

律子は「水橋君にするには深刻過ぎる話よ」とやり過ごしたが、ＩＳＩＳに投入される以上に深刻なことはない。正直に話した。

「父が殺されているの。右翼の男に。私が八歳の時の話」

水橋の表情に変化は見られなかった。現場の公安部員らしい、能面のような表情。

「――お父さん。政治家とか活動家とか？」

「長野県議会議員。選挙遊説中に、私の目の前で刺殺された。前から脅迫状は届いていて、県警の警備が動き出してたんだけどね、阻止できなかった」

水橋の表情はやはり変わらなかった。講習中は〝顔を作る〟ことをなによりも苦手としていた。教官に脛《すね》を蹴られ続けながら、無表情を貫くという訓練があった。水橋は瞼に感情が出てしまう。奥二重だがまつ毛が非常に長く、その震えで動揺が見て取れるのだ。最終的にまつ毛を切って、なんとか訓練をパスした。

今、水橋のまつ毛は微動だにしていない。律子は静かに続けた。

「右翼の拠点が東京にあったから、警視庁公安部も何度か訪ねてきたのよ。事件を阻止できなかったことを誰よりも悔しがっていて、そして私を励ましてくれた。東京の警察は違うなと思ったわ。プロフェッショナルという感じがしたの」

そして大学四年のとき、就活センターの警視庁ブースで古池と出会った。だが律子はその話を水橋にはしなかった。

「辛い記憶を強引に聞き出しちゃったかな」

律子は「別にいいわ」と首を横に振った。父の死は遠く、いまさら律子の感情を強く揺さぶるものではない。ふと、今朝、鼻腔に絡みついた白河のメントールの匂いを思い出した。匂いの記憶を手繰り寄せながら、姉もすでに鬼籍に入ってしまったことを思う。もう会えないという実感がない分、悲しみも湧きづらいのかもしれないが、父の死と連動して姉ではなく白河を思い出したことに、律子は言いようのない不快感を抱いた。

水橋は律子の沈黙の奥にある葛藤以上に深刻な話を、軽々とした口調で言った。

「僕も殺されるかもしれない。ISISに。もしくは、シリア政府軍に惨殺されるか、米軍や露軍の爆撃に巻き込まれて吹き飛ぶか」

律子は黙した。プロフェッショナルだからこそ、安易な慰めを口にできない。あえて非現実的な言葉で勇気づけた。

「毎日スニーカーを履くわ。なにがあっても」

水橋は怪訝そうに眉をひそめた。律子は右足をひょいと上げた。

「これはヨークトウキョウのスニーカー。黒いマットレザーに白いソール。靴紐がゴムタイプで編み込まれてて、結び目が見えないところがスーツとよく合うの」

「──黒江さん。話が見えないよ」

「父が殺された日、うっかりスニーカーを履いていなかったの」

水橋のまつ毛が不用意に震えた。唐突に話を変えて相手を揺さぶってから本題に入ると、相手をコントロールしやすくなる。

「選挙遊説に同伴した日で。私はお気に入りのスニーカーを履こうとしたのに、母に〝そんな泥まみれのズックはワンピースに合わない〟と言われて、強引に白い革靴を履かされたのよ。白のエナメルでストラップ付きのもの。きつくて硬くて、本当に苦痛だった。あの靴はすぐに警察に押収されてしまった。父の血痕が飛び散っていたから」

水橋は悲愴に満ちた顔で律子を見た。

「スニーカーじゃないと、いつも嫌なことが起こる」

父が殺害された日も。諸星の『運営』に失敗した日はハイヒールだったと、目の前の証拠品袋に入れられたハイヒールを手に取った。亜美が事故死した日はパンプスを履いていた。

「『投入』が終わるまで、ずっとスニーカーを履くわ。どんな時でも。だから大丈夫」

「デートでも?」

「もちろん。デートの予定はないけど」

「冠婚葬祭でも?」

「ええ」

「警備局長賞授与式でも?」

「その時はあなたも一緒よ」

二人で顔を突き合わせ微笑み合った。キスができそうなほど距離が近い。律子の言葉は校長や他の上官からの激励の中で、最もくだらない内容だったはずだ。それでも水橋は嬉しそうで、いつまでも律子の横顔を眺めていた。


水橋のGBAへの『投入』は、池袋メトロポリタンホテルのロビーで始まった。

十一時、ロビーのカフェで白河と初顔合わせだ。水橋は当初、接触していた〈R〉の幹部を同席させようとしていたが、白河がそれをひどく拒んだという。

「君を見つけるから、なにか目印にできるような服装で来てくれ」

いかにも公安の目を気にしているかのような言いつけだった。当初は、水橋の私物に秘聴・秘撮機器を忍ばせ、作業車から会話を見守る予定だったが、古池は作戦を変更し、古池班の人員をテーブルの近くに座らせることにした。白河は公安の影を察している節がある。万が一、その場で水橋が持ち物をチェックされたら最後だ。

古池が柳田と南野をロビーに配置しようとして、律子は意見した。

「当日、このホテルではブライダルフェアが開催されています。ロビーはカップルだらけになると思うんです。男女連れの方が場に溶け込めます。私が行きます」

「お前はダメだ。ハイヒールの件がある。諸星を通して、お前の素性が〈王子〉にまで知れている可能性がある」

「だからこそ、ですよ。私という存在に反応を示せば、白河と〈R〉の裏の接触がより鮮明化します。私が行くべきです」

古池は沈黙を答えとし、柳田を見た。

「お前、カップルの片割れをやれ」

柳田は一瞬、嫌な顔をした。律子はすかさず言った。

「柳田さん、嫌みたいです」

「いや、別に……」と柳田は慌てて言いかけたが、〝だからあんたが苦手なんだ〟という顔で律子を一瞥した。古池は逡巡したそぶりで、南野と三部を見る。南野は若すぎる。三部は年を取りすぎている。俺か、と古池は軽く、後頭部を掻いた。

当日。カップルのそぶりで古池の腕に手を回し、律子はロビーに入った。これまで何度となく、古池とはカップル役を演じてきた。極秘書類の受け渡しの際、深夜の公園で完全に体を密着させ、小さなメモリチップを古池のジャケットの内ポケットに忍ばせたこともあった。互いに動揺はない。

水橋は約束の十分前には到着し、ロビーの片隅の席に座っている。背後のテーブルのソファ席に、古池と律子は並んで座った。古池が、あらかじめ準備していた式場やウエディングドレスのパンフレットをどっさりとガラステーブルに置く。律子がドレスのパンフレットを捲っていると、背後の水橋が「あ、どうも」と立ち上がったのがわかった。繊細なレース使いの美しいドレスの情報は、全く脳内に入ってこない。全神経を背後の水橋とやってきた白河に集中する。

「ねえ。これなんかどう」

古池に身を寄せ話しかけるそぶりで、横目に白河を観察した。古池は足元の黒い鞄の位置を、足でさりげなく修正する。側面の一部が切り抜かれ、秘撮機器が埋め込まれている。律子がソファの背もたれに掛けたカーディガンには、集音マイクが仕込んである。

白河は格子柄のコットンシャツにチノパン姿だった。尻ポケットに財布を突っ込み、手にスマートフォンを持っているだけで、手ぶらだ。「水橋君だね」と言いながら、人懐っこそうな笑顔で手を差し伸べてきた。がっしりと握手を交わす。海外慣れした人物らしい動作だ。『GBA』を通して海外ボランティアになる、ひいてはISISの武闘訓練を受けたい、という青年を前に、白河はあくまで海外ボランティアの概要についての説明に徹するなど、建前を通そうとしていた。水橋が渡した履歴書には、『臨海労働者闘争』に参入してからの運動歴が事細かに記してある。白河は目を通したが、受け取りを拒否した。

そして、熱のこもった瞳で、水橋にこう尋ねた。

「君の言葉で、君のことを教えて欲しいんだ」

隣の古池が、肩でふんっと笑ったのがわかった。反応したらダメじゃないですかと古池を一瞥すると、古池は眉を上げげながら、式場パンフの教会の写真を指差した。

「やっぱり神前にしないか。式場の教会なんてただのハリボテだ。牧師はアルバイトだろ」

暗に白河の本質を示唆するように言う。律子は「えー白無垢よりウエディングドレスの方がいい～」とそれらしく古池に甘えながら、背後のやり取りに集中した。水橋は生々しく、偽の生い立ちを語り始めた。

「僕は生まれも育ちも神奈川県川崎市です。京浜工業地帯のど真ん中で、町工場のひとり息子として育ちましたけど――なんていうか、幼いころからこの世の不条理を目の当たりにして成長したと、言いますか……」

「町工場。お父さんは何を作っていたの？」

「医療機器です。腹腔鏡手術をするときに使う、レンズのついた鉄の棒とか。炭酸ガスを注入するための補助鉗子《かんし》とか」

水橋の口からすらすらと専門用語が飛び出す。一般的な人間ならその素性を疑うことはないだろう。

「納品先は大手医療機器メーカーなんですけどね。まあでもなんというか、医療機器も結局、大病院のお医者さんの派閥とか教授選とかの力関係に左右されちゃうんですよ。『白い巨塔』とかドラマでやってたじゃないですか。ああいう世界の影響を、離れたところで油まみれになって金属を磨いている親父までもがもろに食らっちゃう世界なんですよ。銀行とのやり取りもそうですけど、本当に、父の町工場は不条理の縮図だった」

やるせない顔で水橋は言う。子どものころから、市民運動に参加する器が出来上がり始めたと推測できる話を、うまく作ったと律子は感心した。

バイトの掛け持ちと徹夜の勉強という苦学を経て、有名大学に入学、卒業。就職活動では、父の背中を見て育った影響か、公務員や大企業の一員として、仕事の全体像が見えぬ役割にどうしても魅力を感じなかった。あえて水橋は就職先に小さなベンチャー企業を選んだ。就職ブースで出会ったそこの社長に、どこか父親に似た影を見たせいがあるかもしれない。

しかしいざ就職してみると、社長は強権的なトップダウン方式で水橋の意見など無視し、朝から晩まで奴隷のように働かされた。体調を崩しても「仕事への熱意があれば病など吹き飛ぶ」という根性論を押し通され、一方の給与は「ベンチャーだから」という理由で残業代も殆ど出ない——体を壊し、出社できなくなるまで、二年もかからなかったと水橋は言う。

「いま社会を動かしている世代っていうのは、まだまだ思想に根性論がある。古い感性の集合体みたいなもんだからな」

白河が水橋に同情しながら、言った。

律子は、自身が警専講習の真っ最中に風邪を引き、授業中に咳をひとつしただけで教官にひっぱたかれた日のことを思い出した。根性論どころの話ではない、旧式の軍隊のようだと思ったが、その咳が命取りになるんだぞ、と教えられたのも事実だ。対象の尾行中に咳を我慢できなかったために、組織に捕らえられ、二度と戻ってこなかった同胞の話を延々と聞かされたのだ。

隣の古池がふいに、律子を抱き寄せた。

「マリッジブルーか。怖い顔をしている」

古池は笑って、律子の髪にキスをするように顔を寄せてきた。耳元で低く呟く。

「〈王子〉がお前を見ている」

律子の体が反射的に強張った。慌てて脳から、全身に指令を送る。リラックス。いま自分は、式場を決めている幸福絶頂の女なのだ――。姉の亜美のような。亜美はあのとき、どんな顔をしていただろう。一生懸命思い出しながら、古池に言った。少し、声のボリュームを上げる。

「やっぱり、マタニティ用のドレスにした方がいいかな。三か月後、結構もうお腹出ちゃってるかもしれないし。なんか、パンフ見てるだけで息苦しくなってくる」

古池はすぐに意図を理解した。

「まだ気分が悪いか」

「うん。いつになったらつわり、終わるのかな」

後ろの水橋は、作られた身の上話を切々と話している。

「一年の休養を経て、二十六歳で就活を再開したんです。でも前職が誰も知らないベンチャーだったので、大苦戦です。あの時は部署の垣根なしで営業も開発も企画も全部やってたんで、なんでもできるのが自分のアピールポイントだと思ってたんですけど、企業側はそう見てくれないわけです。なにができるのか。なんの実績があるのか——結局、大企業への転職は無理で、中小企業の営業部で、派遣社員スタートです。二年耐えましたけど、正社員に登用されることなく三年目に派遣切りに遭ってしまいました。その時ようやく僕は悟りました。僕は、使い捨てなんだと」

律子は鼻から下をハンカチで覆い「気持ち悪くなってきたー」と古池に甘えながら、そっと尋ねた。

「まだ見てますか」

「ああ」

律子は古池の腕の中で、深いため息をついた。「自分は、もっと社会の役に立てるはずなんです」と水橋が背後で力説している。

「だからこそ、ＧＢＡのボランティアになりたいんです。他の緩い民間ＮＧＯなんて、旅行に毛が生えた程度のボランティアプログラムしか準備していないでしょう。だけどＧＢＡは違う。本気で世の中を変えたいと思っているＮＧＯは、ＧＢＡだけですよね」

ＩＳＩＳと共闘しているＧＢＡこそが、世間を変えることができる——暴力で。

水橋は口にこそ出さないが、暗にその意を含むように、熱心に白河に食い下がっている。白河の返事はない。別のことに気を取られているせいだと律子は思った。古池に囁いた。

「――離脱します」

「その方がよさそうだ」

律子は吐き気を催したふりをして「ちょっとトイレ」と立ち上がった。そそくさとロビーを突っ切る。あえて白河の横を通ることにした。白河は律子を目で追っていたが、とっさに視線を逸らしたのがわかった。白河の座るソファのすぐ横を、通り過ぎる。

二人とも視線を逸らしてはいるが、互いの皮膚が互いを強く意識するために出るオーラが複雑に絡み合うのを、律子は強く感じた。


律子は以降、バックアップ要員に徹することになった。

ハイヒールを所持していた件、水橋との接触中に白河が律子に注意を払っていた件等を鑑みて、栗山が判断した。白河は、律子がかつて諸星を運営していた公安刑事だと知っている可能性が高い。

一方、水橋の『投入』作業はまずまずのスタートを切ったと言っていいだろう。白河は最後までISISへ派遣――つまり、シリアへのボランティア派遣は行っていないと断ったが、水橋を拒否することはなく、GBA入会申込書をその場で受理した。派遣先は未定で、今後の研修結果次第とされた。

水橋は池袋のGBAオフィスで一日数時間の研修を施された後、こまごまとした事務作業を積極的に手伝った。特に水橋が積極的に絡むようにしていたのは、GBAの女性スタッフだ。彼女に首ったけの様子を見せ、ボランティアなのに毎日GBAオフィスに出入りする不自然さを払拭してみせた。

水橋の『投入』作業が順調に進む傍らで、律子らはGBAオフィス内に秘聴・秘撮機器を設置する手筈を整えていた。九月十九日月曜日、祝日のこの日は三名いる正規職員が関西のボランティアフェスの出張で不在だという情報を水橋経由で得ていた。隣接するラブホテルの一室を監視拠点として押さえ、すでに古池と三部が待機している。

清掃作業車を装ったトラックはサンシャイン60通りを一本西に入った路地に駐車している。律子はその車内で待機していた。GBAのオフィスが四階に入る雑居ビルを監視している。四階エレベーターホールの消火器に秘撮器を仕掛けてあった。

今日、オフィスに出入りしているのは白河のみ。帰宅をひたすら待つ。

律子が夕食のサンドイッチを缶コーヒーで流し込んでいると、三部がつなぎ姿でトラックに合流した。

「あっちーな！　まるでサウナじゃねぇか」

トラックの荷台コンテナ内はエアコンがない上、熱を発する発電機や映像機器が無数に積み込まれているから、室温は三十度を超していた。外気が二十五度前後と涼しいだけに余計暑く感じる。柳田はタンクトップ姿で、律子はショートパンツにキャミソール。三部は「あんたのその恰好を堪能する気が失せるほどの暑さだ」と、手に持っていた新聞で顔を扇ごうとして、新聞の間に挟んだ報告書を律子に手渡した。いましがた監視拠点にいる古池の元にメールが届いたという。その文面をプリントアウトしたものだ。

「お隣の四班が追ってる〈白雪姫〉の素性についてだが、追えば追うほど謎というドツボにはまりつつあるらしい」

報告書には戸籍のコピーが添付されていた。ざっと目を通した律子は絶句した。

「ありえない。彼女はまだ二十八歳ですよ。離婚歴が二度もある」

白河との結婚は三度目ということになってしまう。

「〈白雪姫〉はよほどの男好きかと思いきや、そうじゃない。十六歳で法的に結婚が認められる以前は、一度養子縁組をしている。二十歳になってからも一回やってる」

「しかも二度目の結婚は外国人です。ロシア系カナダ人――」

相手の国籍も複雑ときた。素性を確かめるのにどこまで辿ればいいのか、律子は思わずコンテナ内の低い天井を仰いだ。

三部が律子の手の中にあるリストを捲って該当箇所を叩きながら言う。

「しかも、だ。どの戸籍も僻地で変更届を出している」

「本当ですね。これは沖縄県石垣島。こっちは北海道の稚内市になっている」

「宮崎県椎葉村なんてのもあるぞ」

柳田は目を丸くした。

「日本三大秘境のひとつじゃないですか。捜査員はたまったもんじゃないですね。戸籍を求めて北から南。交通費出るんですか」

「先生は頭抱えてたらしい。公安は予算が潤沢にあるとはいえ、〈白雪姫〉の戸籍解明の足代だけで百万は飛びそうだと」

「わざとやってるんでしょうね、コレ」

律子は確信して言った。男たちの顔が厳しく締まる。

「公安に捜査されるのを承知の上で、かく乱のために婚姻や養子縁組を繰り返している」

「まさか、ありえない」

柳田が絶句する。

「すると彼女は十代のうちからすでに、公安にマークされるのを予想していたことになる。その年齢ですでにテロ活動に走ろうとしていたということになるぞ」

「そうなります」

男たちの「まさか」という顔に、律子は冷や水を浴びせるつもりで言った。

「少女がテロに走ることはありえないと？　これまで何人の少女たちが中東で自爆テロを起こしたと」

「そうだが、彼女たちは組織の幹部に洗脳されて自爆テロを起こしただけだ。〈白雪姫〉も幼少期から誰かに洗脳され、コントロールされているということなんじゃないか」

一同が黙り込む。必然的に、ＧＢＡオフィスの看板が出る秘撮映像に目が向く。

「〈白雪姫〉が十六歳のころとなると、ちょうどGBAを立ち上げたころだ。白河は三十二歳。若い少女をたぶらかすには十分な年齢だ」

「〈王子〉か」

〈白雪姫〉を救うどころか、毒リンゴを与えた〈王子〉――。

無線が入る。

「拠点・古池よりA班へ。二〇五七。オフィスの明かりが消えた」

律子は了解の無線を入れた。エレベーターホールの映像に集中しつつ、セミロングの髪を高めの位置でアップにした。出動準備だ。

映像の中。オフィスの鉄の扉が開き、白河が出てきた。今日はグレイのポロシャツにジーンズという恰好だ。エレベーターの箱に入る。特異動向なし。

律子はキャミソールの上に作業着を着用しながら、表玄関でカラオケ店の順番待ちを装っている南野に連絡を入れた。

「A班・黒江よりB班。二〇五九。〈王子〉はエレベーターで降下中」

映像の中。エレベーターが到着して扉が開いた。南野から無線連絡が入る。

「B班・南野より全班。二一〇〇。〈王子〉尾行点検なし。追尾体制に入ります」

GBAオフィスから白河の自宅まで徒歩三分だが、二班の応援捜査員と共に三名並列式尾行で白河を追尾する。

律子は滴り落ちる汗をタオルでぬぐいながら、作業鞄の中身を確認する。ピッキング用具、秘撮・秘聴機器、工具、予備配線、パスワード解読機器、パソコン監視ソフト……。

B班から無線連絡。白河が自宅に入ったという。

「B班・南野より全班。二一〇五、〈王子〉帰宅。自宅内監視に移行します」

「拠点・古池よりC班・水橋へ。準備は」

水橋は律子の作業の『防衛』のため、カラオケ店の客として配置につく。白河本人が戻ってきてしまったとしても、関係者である水橋ならその場で立ち話などをして、逃走の時間を稼ぐことができるからだ。

「C班・水橋より全班へ。サンシャイン60通りシネマサンシャイン前通過。二分で『防衛』に入ります」

律子は作業道具が入った肩掛け鞄を斜め掛けにし、三部は梯子を肩にかける。

「A班・黒江より全班へ。二一〇六。作業開始」

律子と三部はトラックの荷台から飛び降りた。いかにも緊急修繕作業にやってきた二人組を装い、ビル内部に入る。律子は全ての荷物を三部に預け、一階のトイレに入った。三部は非常階段から四階に上がり、全ての荷物をエレベーターホールに置いてまた降りてきた。一階の男子トイレに入る。

律子は着替え、女子トイレから出た。キャミソールにショートパンツ。ナイキのモカ色のスニーカー。手にはリモコンとマイクが入ったプラスチックの籠を持っている。カラオケ客を装うためだ。

三部もトイレから出てきた。仕事帰りのサラリーマンを装う。ここで、防衛部隊として到着した水橋とバトンタッチし、三部は監視拠点の古池と合流する。

律子はエレベーターに乗って最上階の五階で降りた。非常階段を使用して四階へ降りる。尾行点検後、GBAオフィスの鍵をピッキング。四秒で開錠。調子がいい。

「二一一四。監視対象施設へ侵入します」

中に入る。暗闇。明かりをつけることはご法度である。床に向けたペンライトと、ブラインドの隙間から入る繁華街のネオンが頼りだ。

すでにこのオフィスに出入りしている水橋から、室内の見取り図やデスク・キャビネットの配置図はもらっている。

四つあるデスクの全ての電話に秘聴器を仕掛ける作業から始めた。ついさっきまで空調が効いていたオフィス内は涼しいが、それでも緊張から汗が滴り落ちる。

「A班・黒江よりB班。〈王子〉の様子は？」

白河は自宅で夕食を作っているとのことだった。水橋にも、オフィスに向かう人がいないか再度確認する。

「拠点・古池よりA班。黒江。焦らなくていい。確実にやれ」

了解、と返事をする。顎を動かしたので、頭皮から顔の輪郭を伝うようにして垂れていた汗が落ちた。デスク表面を打つ。律子は慌てて汗を拭いた。『十三階』作業員はどんな痕跡も一切残さない。指紋も、ＤＮＡも。

給湯室、トイレにも秘聴器を仕掛けた。「テスト、テスト」と呼びかける。無線から「感度良好」の古池の返事。西側の窓の向こうに古池がいると思うと、不思議と気持ちが落ち着いた。律子は無線ではなく、秘聴器越しに言った。

「これから秘撮機器の取り付けにかかります」

秘撮ポイントは、玄関脇の下駄箱上部、はめ込み式エアコンの中、東側キャビネット上部、給湯室の換気扇内、北側の壁に並ぶボランティア活動中の写真が入った額縁の、計五か所。デスク上の書類やパソコンの位置を正確に再現するため、デジタルカメラで撮影したのち、全て床に下ろした。デスクに脚立を乗せ、登る。エアコンのカバーを取り外した。埃が舞うが、咳やくしゃみを耐え忍ぶ。内部の電気配線から電源を拝借し、秘撮器と接続する。電池交換の心配はない。

「A班・黒江より拠点。甲号カメラ設置完了。テストお願いします」

感度良好の返事。

「二一四三。乙号カメラの設置に入ります」

すでに入室から四十分が経過していた。各班、特異動向なしの連絡が再度入る。律子は滞りなく、五台の秘撮器の設置を終了した。

二十二時半を回った。律子は暗闇の中、荷物の中からハンディ掃除機を出し、周辺に舞い落ちた埃やゴミを注意深く掃除していく。

撮影した写真を元に、書類や文具を元の位置に戻していく。写真たての角度や書類のページのはみ出しまで再現する。

白河の自宅を監視している南野から連絡が入った。

「B班・南野より全班。二二三九。〈王子〉入浴」

もう二十二時半を回ったという焦りがあったが、南野の報告で安堵する。律子はひとつため息をついて、白河が座る上座のデスクに腰かけた。

「A班・黒江より全班へ。これより〈王子〉デスクの周辺機器取付作業に入ります」

デスクトップパソコンの電源ボタンを押す。パスワード要求はなかったが、OSがWindows XPと古く、起動までに二分を要した。NGO組織というのは非営利組織だから、パソコンを買い替える資金の余裕がないのだろう。

監視ソフトをインストールする傍らで、律子は内部保存されたファイルを次々と開けた。共有ファイル内部からようやく、これまで中東に送り込んだボランティアリストを見つけた。データをUSBメモリに転送しようとしたが、既に様々な配線が繋がっているため、USBポートに空きがなかった。ハードのバージョンが古く、監視ソフトのインストールには十五分かかると表示されている。

律子はリストファイルを開けて、ざっと氏名を確認する。全部で千人ほどいる。GBA発足から十二年、年間約一〇〇人ほど派遣している。民間NGOの中ではそこそこの数だ。リストは男性が七割、女性が三割。年齢は、下は十八歳から上は五十歳までと幅広いが、ほとんどが現役大学生だった。今日付の申込者まで入力が済んでいる。律子はそこでふと気が付いた。

水橋賢治の名前がない。彼は九月六日付で申込用紙を提出しているはずだ。シリア行きを希望している彼は〝表〟のファイルに掲載されない、ということか。だとしたら必ずどこかに〝裏〟ファイルがある。

律子はコントロールパネルから内部の全ファイルを表示させた。特に、リスト作成に使われやすいエクセルファイルを優先に見ていく。やがて『Sファイル』と名づけられたファイルに行きついた。ドライブのプログラムファイル内の『セキュリティアップデートボックス』なる、いかにもウィルス対策システムが入っていそうな架空ファイルの中に隠されていた。

無線が唐突に入った。

「拠点・古池よりA班・黒江。報告を」

「A班・黒江より拠点へ。監視ソフトインストール完了まであと十二分です」

「長居は無用だ。終了次第すぐに離脱しろ」

律子は「了解」と返事をしながら、Sファイルをクリックした。パスワードを求められた。白河の生年月日、スノウ・ホワイトなどキーワードを入れてみたが、どれも弾かれた。

パスワード解読ソフトを持参してきているが、ポートに空きがない。USBハブを持参しているが、スペックの低いパソコンで、同時進行でシステムを開くとフリーズしてしまうだろう。

律子は一旦Sファイル開示を諦め、別のファイルの捜索を始めた。しかし他に不審なファイルもなければ、パスワードを求められるファイルも皆無だった。

律子の中でSファイルの存在感が異様に増していく。まるでそれが爆弾そのもののようで、腕時計の秒針は起爆装置へのカウントダウン音にも聞こえる。

迷った末、律子は監視ソフトのインストールを一旦中止してUSBポートを空けた。パスワード解読装置を繫ぎ、Sファイルの開示を試す。

古池から報告を求める無線が入った。律子は叱られるのを承知で答えた。

「監視ソフトのインストールは一旦中止しました。気になるファイルがあります」

「早く離脱するんだ、もう二時間もそこにいるんだぞ」

律子は一瞬考えた後、白河宅を監視している南野に呼びかけた。まだ入浴中だと言う。改めて古池に問う。

「白河はまだ入浴中です。問題があれば三十秒で離脱できます。白河が自宅の風呂場から三十秒でオフィスに飛んでくるとでも？」

ため息の後、古池は尋ねた。

「どんなファイルだ」

「Sファイルという名前で、〈王子〉のパソコンの中でパスワードを求められるファイルはこれだけです」

「それはもう水橋の仕事だ。お前の仕事は監視機器を設置することのみ。白河が入浴を開始して四十分、じきに出るころで――」

入浴を開始してから四十分。律子ははっと顔を上げた。長い。アドレス作業で白河の行動パターンを分析済みだが、入浴時間の平均は十分から十五分。シャワーで済ませることが多く、湯を張ったことは一度もない。

律子は慌てて、白河は本当にまだ入浴している？」

「南野くん、白河は本当にまだ入浴している？」

「ええ。廊下の秘聴器からシャワーの音が聞こえてますし、バスルームから出てくる様子はありません」

風呂の中には秘撮器を仕掛けていない。脱衣所にもだ。

「南野くん、浴室を窓から確認して……！」

「え？」

無線の会話に、一階のビル出入口を監視している水橋が割り込んできた。

「C班・水橋！〈王子〉が現れた」

どうなってる、と叫んだのは三部だった。

「黒江、すぐに離脱しろ。エレベーターを使うな。水橋、〈王子〉に接触して時間を稼げ」

古池の指令に、律子と水橋は同時に返事をした。律子はパスワード解読機器を泣く泣く取り外し、パソコンの電源を落とした。

自宅監視拠点の南野から無線連絡が入る。

「室内に侵入しました。浴室に白河の姿はありません。窓から脱出したようです」

白河の自宅マンションは五階だ。配管伝いに降りることは可能ではあるが、よほどのことがない限りそんな外出の仕方はしない。

「公安の監視に気が付いていたのか……！」

古池の怒声を叱責と受け止め、南野が気弱に言い訳する。

「そんなはず……これまで尾行点検は一度もありませんでした」

水橋が悲痛に報告をあげた。

「C班・水橋。〈王子〉がエレベーターに乗りました……！」

「なにやってる！　引き止めろ」

「声をかけたんですが、いきなり〝お前も公安なのか〟と面と向かって迫られてしまって……」

なんのことですかと誤魔化しているうちに、白河は水橋を振り切ってエレベーターに乗り込んでしまったという。投入中の水橋が対象の前で不審な行動を繰り返すわけにはいかない。

「黒江、非常階段から降りろ」

「はい！」

律子は梯子を肩に掛け、作業荷物を担いでオフィスを出た。ピッキングで鍵をかけようとするが、焦っているからか十秒もかかった。非常階段の鉄の扉を開けた。静まり返った階段で、階上へ上がる足音が近づいてきた。誰か来る。背筋が粟立った。

律子はエレベーターの停止階表示を振り返った。三階で停止していたのが、ふいに下降を始めた。白河もこちらの裏をかこうとしているのか。三階で降りて非常階段を使い四階へ近づいてきているのかもしれない。

律子は慌ててエレベーターホールに戻り、下りボタンを連打した。エレベーターはカラオケ店の客が利用中なのか、二階で停止したきりだ。階段を昇る足音が大きくなっていく。

――間に合わない。

狭いホールはほかに隠れるところがない。律子は急ぎオフィスの鍵を開けて再び中に入り鍵を閉めた。古池から無線。

「黒江。報告をあげろ、離脱できたのか」

「オフィスに戻りました。エレベーターも非常階段も使用できません……!」

東側の窓は嵌め殺しになっており、開かない。西側の窓を開けた。ラブホテルの監視拠点の窓が見える。ブラインドが開いて、ヘッドセットを着用した古池の姿が見えた。その声が無線越しに聞こえた。

「黒江、飛び降りろ……!」

律子は下を見た。四階。高さは十メートル以上あるだろう。路地裏にはゴミが山積みになっていた。あそこにうまく落下すれば軽傷で済む。

オフィスの扉に鍵が差し込まれる音がした。律子は荷物を先に投げ落とした。梯子も落とそうとしたが、窓枠に引っかかって手まどる。律子の指紋がべったりとついている。これを残していくことは命取りだ。

拠点の窓から、古池と三部が祈るようにこちらを見つめている。路地の先に清掃業者のロゴが入ったトラックが見えた。落下した律子を即座に〝回収〟するため、柳田が車を回したのだろう。水橋の姿も見えた。

鍵の開錠音と同時に、鍵を抜く間も惜しんで扉が開いた。その時にやっと梯子を落とすことができた。律子は窓枠に足をかけた。

照明が点いて、律子の目を眩ませた。白河の怒声が律子の背筋を凍らせ、その腕があっという間に律子の体を捕らえた。

第三章　溺れる女

千代田区霞が関にある警察庁。その十三階は景観がよい。国会議事堂のモダンな建物が見え隠れする。いまの時刻は深夜一時を過ぎ、窓のブラインドが下界を遮断する。

『十三階』の最高司令官である校長の部屋で、律子はソファに身を沈めていた。

つい数時間前に、監視対象組織のオフィスで秘聴・秘撮機器の設置を八台もやってのけた。指先はドライバーやレンチを握り続けて皮がむけ、二の腕はひどく痛んでいた。

体の疲労と反比例して、気持ちは高揚していた。隣に座る古池は律子とは真逆の様子だった。精神疲労は最高潮に達しているが、ラブホテルの一室で監視をしていただけの体はなにかを持て余したかのように、せわしなく貧乏ゆすりをしている。不愉快そうな視線が校長のデスクや扉などに休みなく飛んだ後、ちらりと律子の太腿を捉えた。

律子はまだ、作戦行動中のキャミソールにショートパンツ姿だった。白河ともみ合った際にキャミソールの肩ひもが切れてしまった。切れた部分を結び付けただけなので、両肩ひもの長さが不均衡で、胸元のラインが斜めになっていた。こんな姿で警察庁内部に入るなどありえないことだが、律子はいま、もっとありえない作戦行動に挑もうとしていた。

「私、着替えてきた方がいいですか」

「もう着くと連絡があった」

校長は緊急事態発生を受け、警察庁に向かっている最中だった。深夜に叩き起こしたも同然で雷が落ちるはずだ。

「しかし、この恰好は失礼ではないですか」

「そのままでいい。その方が、現場がどれほどの混乱だったのか校長に伝わる」

律子がメイクを直そうとしたのを古池が止めたのも、同じ理由からのようだ。律子は一時間前まで、監視対象組織のオフィスで号泣していた。連れ出されたカラオケ店では激しいもみ合いがあった。アイラインは歪み、涙に滲んだマスカラが頬にうっすらと黒い線を残す。肩や二の腕の素肌に、白河遼一の感触がまだ残っていた――。


二時間前。

律子はGBAオフィスの西側の窓に足をかけて飛び降りる寸前だった。公安の監視を巻いてオフィスに舞い戻った白河は律子に慌てて飛びついた。

「はやまるんじゃない、落ち着け！」

律子が飛び降り自殺すると、勘違いしたような発言だった。

律子は隣接するラブホテルの窓を見た。監視拠点となったそこには、さっきまで古池と三部が状況を見守り指示を飛ばしていた。いまは白河の登場で、カーテンは閉ざされている。律子は抵抗しつつも、頭は冷静に今後の作戦の方針転換を考えていた。逃れられない、見つかったのであれば、この状況を利用するしかない。

「触らないで、この人殺し……‼」

白河は驚愕と困惑で眉間に皺をよせ、その場に立ち尽くした。目に力を込めて、めいっぱい睨み返して見せる。初めて目を合わせた。ふんわりとメントールの香りが鼻腔をくすぐる。彼が毎晩、シャワーを浴びた後にバスタオルを腰に巻いた恰好で、不器用に腰に湿布を貼る無防備な姿を思い出した。この二週間、ずっと白河という男の一挙手一投足を監視し続けてきたせいなのか、敵対する相手に持つべきではない妙な親近感がふっと頭をもたげる。それを鎮めるためにも、律子は必死に相手を睨みつけた。

「――人殺し？　なにを」

白河は軽く首を横に振りながら、静かに問う。

「服部慶介、亜美、そして二人の赤ちゃん‼　知らないなんて言わせないから。あんたが殺したんじゃない……！」

律子はとっさにデスクのペン立てにあった鋏《はさみ》を摑み、白河に飛びかかった。白河は半身になって律子をやり過ごした後、律子が振り上げた右手を摑んで後ろに捻じ曲げた。素人技ではない。律子は手首を可動域外にひねられ、激痛で悲鳴をあげた。鋏が落ちる。白河は鋏を蹴飛ばし、しごく冷静に言った。

「なんの話なのかさっぱりわからない。とにかく君は誰なんだ。人のオフィスで深夜になにをしている」

「まだしらばっくれる気？　私は服部亜美の妹、警視庁公安一課の黒江律子……！」

「やはりハムか」

ハムとは、公安の俗称だ。『公』の漢字をばらしてハムと読んでいる。

白河は乱暴に律子の腕を突いた。小柄な律子は簡単によろめいて、顔から床に落ちた。視界に星が瞬く。すぐに起き上がれず、上半身だけやっと起こして白河を睨み上げた。

「公安の監視を見抜いてそれを撒く。さすが『名もなき戦士団』のテロリストは違うわね」

「なんの話だ」

「私は諸星を『運営』していた公安刑事よ。あなたの部屋に、私が失敗したときに履いていたのと全く同じハイヒールがあった」

白河は一瞬間をおいた後、尋ね返した。

「もしかして、あの蛇柄の派手なハイヒールか」

「そうよ！」

初めて慌てたそぶりで、白河はぶんぶんと首を横に振った。

「知らない。あれは妻宛に送られてきた靴だ。彼女が買ったのだろうと思って靴箱に仕舞っておいただけで――」

そこでふっと肩の力を抜いた白河は、ため息交じりに尋ねてきた。

「すでに自宅を捜索済み、というわけか」

「全部お見通しだったことはわかっているのよ。あなたは私という人間をずっと知っていた。ホテルのロビーでもずっと私を見ていた」

「ホテルのロビー？」

池袋メトロポリタンホテルで、と言おうとして、はたと口をつぐんだ。下手に話を掘り下げると、白河をそこへ呼び寄せた水橋が疑われてしまう。白河は「あっ」と小さく声をあげると、改めて律子の顔を覗き込んできた。

「――思い出した。メトロポリタンホテルのロビーにいた。相手の男も公安か？　私をつけまわしていたということだな」

「今更聞かずもがなでしょ。公安の女がいると、気が付いていたはず」

「確かにロビーで君の存在を注視していたが……」

白河はそこでなぜだかきまり悪そうに、口ごもった。

「とにかく、あの時点で君が公安だと気が付いていたら、私はその場で抗議している」

「それじゃなぜ今日になって急に、公安の尾行を欺《あざむ》いてここに舞い戻ってきたの。これまで尾行点検は一度もしていなかった。今日のためにあえてしなかったんでしょう」

白河はあっさり否定する。

「言いがかりはやめてくれ。幼少期から公安は常に私の周りにいた。その空気に慣れているだけだ。最近になってまた活発になってきていると感じたから、嫌な予感がしてオフィスに戻ってきてみたら――」

白河は説明しながらも、「なんで俺の方が言い訳してる」と天を仰ぎ見た。やがて静かに律子を見おろして、断言した。

「私はただのNGO代表で、『名もなき戦士団』とは関係がない」

「平井美雪を洗脳しておいてよく言うわ」

「妻を洗脳？　なんの話だ」

律子は劣勢をアピールするために、まだ床の上に伏したまま、負け犬のように叫んだ。

「どうしてもわからないと言うなら一から説明してあげる。私は諸星の運営者で、あなたの組織から情報を抜き取っていた。けれど失敗して素性がバレた。あなたは公安への復讐の手始めに、私の姉を夫婦もろとも交通事故に見せかけて殺害したんだわ……！」

白河はぽかんとしていた。

「言い訳してごらんなさいよ！」

律子は泣いて手足をばたつかせ、ついでに白河の脛を蹴った。白河は二歩退いただけで、いかにも不可解な様子で律子を見下ろす。

「――立てないのか」

律子はただ、乱れた頭髪の間から白河を睨みあげた。口で吠えながらも、恐怖で腰を抜かしたか弱い女を演じる。

白河はなにを思ったのか給湯室へ身を翻した。敵に背中を見せる――律子を敵とみなしていないということだ。

「コーヒーでも飲むか」

「は？　ふざけないで！」

「少し落ち着け。君は情報の氾濫の中で姉の交通事故死という特異な状況に直面し、取り乱している。よくもまあ公安はこんなボロボロの女を捜査に使用したものだ」

古池たちはいま、この会話を秘聴器並びに秘撮器から監視しているはずだ。律子をこの窮地からどう救い出すのか、作戦を練っているのだろう。

——どうかこのまま見守っていて。

律子は白河が背を向けている隙に、エアコンの送風口に仕込んだ秘撮器に向かって、手信号を送った。『待機』と。

「もっとも、そのズタボロ具合に目をつけて利用したとも言えなくもないがな」

白河はマグカップにインスタントコーヒーの粉を入れ、意味ありげな視線を律子に投げかけた。律子は椅子に摑まり、立ち上がろうとした。白河がさっと近づき、手を貸した。親切さが却って不気味だ。

沸騰した薬缶がやかましく鳴る。白河は火を止め、湯を注ぎながら尋ねた。

「服部慶介というのは確か、夏に事故死したどこかの県議会議員だったね。君はその妻の妹か」

「——今更確認したって」

「ニュースになっていたから覚えていただけだ。飲酒運転の暴走車に巻き込まれた」

「あなたが野島幸人にそう指示をした」

「飲酒運転のドライバーのことか？」

「とぼけないで」

「とぼけていない。その野島幸人なる人物と私に、接点でもあったのか」

「野島幸人は『臨海労働者闘争』と関係していた」

「『臨海労働者闘争』と私に、どんな接点が？」

律子は黙り込んだ。これ以上突くと、組織に潜入中の捜査員・水橋に危険が及ぶ。

「会合をしている現場でも押さえたのか。メールや電話のやり取りはどうだ。どうせこのオフィスや自宅にも盗聴器や盗撮器を仕掛けているんだろう。で、接点は見つかったのか」

詰問口調にならず、白河はさらさらと質問を連投する。律子が座ったデスクの上に、変な手つきで白いマグカップを置いた。

白河は椅子に座らず、横のキャビネットに寄りかかりながらコーヒーを一口飲んだ。手をつけない律子に「別に薬なんて盛ってないよ」と笑って見せる。

「無言が答えとなると、根拠もなく私がお姉さんの事故死に絡んでいると信じ込んでいると見ていいのかな」

「上司が——」

「上司がそう言った？　それで彼の捜査資料を鵜呑みに？」

「彼は間違えない」

「間違えないが、嘘をつくことはあるんじゃないか。君の憎しみを利用しようとして」

律子は下唇を震わせたが、すぐ唇をかみしめる。動揺のそぶりだ。

「公安がそういう組織だと、知らないとは言わせない。身内すらも欺いて、捜査に突き進む。そうだろう」

律子は長い沈黙の後、コーヒーのマグカップに手を伸ばした。取っ手に指を絡ませた後、ちらりと白河を見上げた。白河は教師のように大げさに頷く。一口、飲んだ。

「どうだ。眠たくなってきたか」

律子はぷっと噴き出して見せた。白河はほっとしたように笑った。切れ長の瞳が線のように細くなり、人の良さそうな雰囲気が増す。マグカップを戻そうとして、律子はそこに小さなメモが置かれていることに気が付いた。白河はじっと律子の反応を見つめている。

『場所を変えて、二人きりで話がしたい』


目の前で、白河の白い丸首シャツの背中が揺れていた。

GBAオフィスの入る雑居ビル二階の、細長い廊下。カラオケ店の個室の扉が両隣にずらりと並ぶ。人々が歌う声や嬌声が、水の底から響くように漏れ聞こえてくる。

オフィスがすでに公安の監視対象施設となっている以上、律子が仕掛けた秘聴・秘撮機器をいま取り外させても、また公安はやってくると、白河は理解している。監視されていることにもう慣れ切っており、それに対する嫌悪感を持つ気力がないようにも見えた。

公安の監視のない場所で二人きりで話す――白河は律子をどこへ連れ出すのか。わからぬまま、律子はGBAオフィスを出る白河の背中に続いた。玄関口の秘撮器には引き続き『待機』の手信号を送った。

ここで一旦、あえて公安の監視を断ち切ることも、ひとつの作戦であると古池たちは理解するはずだ。そうやってこれまでみんな、各自が運営する作業玉との信頼関係を築いてきた。

白河は「ここだ」と言って、カラオケ店の二四五号室の扉を開けた。小脇にずいぶん型の古いノートパソコンを抱え、手には、一階の受付で受け取った籠を持っている。リモコンとマイク、フリードリンク用のカップがそれぞれ二つずつ。歌うつもりなどないことは、入室してすぐにわかった。

白河はすぐに適当な番号をリモコンで入力した。聞いたこともない演歌が流れ始めた。ボリュームのつまみを最大にする。場違いな三味線の音が耳朶《じだ》に響き、空気が震える。公安の秘聴への対処なのだろうが――。

白河が律子に向き直り、耳元でなにか叫ぼうとして、その声を尺八のぼーっという音がかき消した。律子は本気で、笑ってしまった。白河は肩をすくめ、音楽を入れ直そうとリモコンを取った。また適当な番号を押そうとしているので、律子は「こういうときはヘビメタでしょ」と言って、米国の有名ヘビメタバンド、スリップノットの楽曲を次々と入力していった。

耳をつんざくギターの炸裂音と、腹に響く重低音に辟易しながらも、白河はスリープ状態だったノートパソコンを立ち上げた。律子になにか尋ねる。「え？」と耳を寄せると、耳元で「ノジマユキトと言ったね？　君のお姉さんの事故死に絡んだ――」と叫ぶ。吐息が耳たぶにかかり、熱を感じる。律子は大きく頷いた。

白河はＧＢＡに登録しているボランティアや、協賛し寄付を寄せている個人のファイルを開き、野島幸人の名前を検索した。やがて、ない、という顔で律子を見た。白河が開いたファイルの中にＳファイルとタイトル付けされたものはない。だが律子はあえて尋ねなかった。いま、それを口にするのは早急すぎる。

「諸星という人物を運営していたと、言ったね」

白河が耳元で怒鳴った。頷く。

「北陸新幹線テロの実行犯の男のことか」

返事に窮するそぶりを見せる。白河の、律子を覗き込む瞳に、包み込むような同情の色が浮かんだ。

「これで君は作戦行動に二度、失敗した、ということだ」

律子は黙り、膝の上に置いた拳をぎゅっと握り締めた。

「君はむいてないんだ、きっと。公安には」

ヘビメタの音楽に合わせ、室内の小さなミラーボールが点滅する。白河の健康的な浅黒い肌が、怪しく明滅する。

「その方が幸せだ」

律子が見返した視線を受け止め、白河は問いかけた。

「僕にかけられた嫌疑を晴らしたい。そして、公安の悪行を暴く。君と一緒に」

爆音の中の会話ということもあり、簡素な言葉を繋げただけ。だからこそ、その直球に勢いがあった。困惑で黙り込んだ律子に、白河は前のめりになって言った。

「一緒に、お姉さんの交通事故の原因を調べる。野島幸人は本当にテロの関係者か。『臨海労働者闘争』とGBAに接点はあるのか。君の上司が示した捜査資料を、裏取りする」

律子はあえて長い沈黙で答えた。「返事は急がない」とだけ言い、白河はもう立ち去ろうとした。律子は慌てて立ち上がると、白河の腕を掴み、振り向かせた。わざとソファに尻もちをついて白河の体を引っ張った。バランスを崩した白河は律子の思惑通り、律子の体の上に覆いかぶさった。慌てて身を引こうとしたが、律子が離さない。

「——女刑事版、転び公妨というわけか。俺を暴行罪で逮捕する気か」

白河が律子を罵るように言う。転び公妨とは、捜査対象があたかも捜査員に手を出したように見せかけて、捜査員がわざと転んだり、痛がったりして、公務執行妨害で逮捕することを言う。

律子は抵抗するそぶりで手足をばたつかせながら、必死に訴えた。

「違うわ。私を押さえつけて！　レイプするふりを」

白河はぎょっとして戸惑い「なんで」と叫ぶ。

「いずれ公安がここの防犯カメラ映像を回収にくる。音声は聞こえなくても、なぜあなたが、あなたを違法に監視していた公安刑事をただで帰したのか、ということになる。なぜあなたは弁護士やマスコミにこの件を訴えないのか、あちらは疑う。私に公安を裏切らせようとしていると、あちらに気づかれる。あなた側に、被害を訴え出ることができない落ち度がないとダメなのよ！」

白河は合点がいったのか、遠慮がちな手つきで律子の両手首を摑み、押さえつけた。

「——それが君の返事と捉えていいのか」

律子は必死に首を横に振り、覆いかぶさる男から逃れようとしながら、視線を白河に強く絡みつかせた。

「そうよ。あなたと調べる。姉に、なにがあったのか。上司の報告は真実だったのか」

白河はごくりと生唾を呑みこみ、律子の上半身を見た。

「いまから猛烈に抵抗するわ。激しくやって」

白河は泣きそうな声で、懇願するように言った。

「これ以上どうしろと……」

「胸を摑まれるくらい平気だから。やって！」

「無理だ。こんな卑猥なことは……」

「ならいますぐ鋏でもナイフでも持ってきて私の体を傷つけて……！　あなたは私に二重スパイをやれと言っているのよ。それぐらいの覚悟がなきゃあの組織を欺けない！」

白河は腹の底からくぐもった声を出し、理性を振り切るようにして律子のキャミソールを脱がせようとした。右の肩ひもが切れる。律子はとっさに両腕で上半身を抱き、胸をかばった。本気になった男の腕力はすさまじく、律子は簡単に右腕を摑みあげられた。白河の手が胸元に滑り込む。律子も本気で抵抗した。二人でもみ合うようにソファの下の薄汚い絨毯の上に落ちた。白河はそのまま律子の腹の上に馬乗りになった。両手首を摑み、押さえつける。ブラジャーがずれ、乳房が露わになっているのがわかった。

白河が顔をぐっと近づけてくる。唇を捉えたが、避けるようにうなじへ逃げた。その耳元に律子は言った。

「また私から接線を持つ」

「——わかった」

「逃げるわよ。ちょっと痛いけど我慢して」

律子は右膝を思い切り蹴り上げた。膝頭に、白河の柔らかな睾丸を潰したという感触があった。白河が悲鳴を上げて股間を押さえ、のたうち回った。ふわりと優しく、メントールの香りが鼻をくすぐる。律子は無我夢中で現場を離脱した。

深夜一時十分、校長の栗山がようやく到着した。古池と律子が並ぶソファの前にどすんと腰かける。律子を正面からとらえて眉間に皺を寄せた。

「——身なりを整える時間がなかったのか」

古池が答える。

「現場の混乱をお察しください」

栗山はもう一度律子に視線を戻し、尋ねた。

「で？　二重スパイをやりたいと」

「はい。白河に再接近し、情報を取るまたとないチャンスです」

改めて経緯を説明した。現場を離脱する際、体を張った。女を売る覚悟だった。白河はきっと、律子が公安を裏切ると信じるはずだ。

栗山は太い眉を中央に寄せたまま、頷くことも返事をすることもせずに話を聞いていた。やがて、表情ひとつ変えず「だめだ」と却下した。

「『投入』は水橋の仕事だ」

「私は白河の信頼を得て、『名もなき戦士団』が新たに計画するテロ情報を突き止め、必ずや阻止します」

栗山はため息と共にソファの背もたれに身を任せ、首を横に振った。

「二重スパイなど、前例がない」

「ならば私が前例を作ります」

「ずいぶんな自信だな。危機をチャンスに変えたとでも？」

「はい」

「違うだろう。失敗は失敗だ……！」

栗山は突如、声を荒らげた。肩書と威厳を持つ人物の激昂に、律子は押し黙った。古池がフォローを入れる。

「失敗の責任は彼女ではなく、南野ら監視班の失尾にあります」

「ならばどうして彼らをここに呼ばない」

「まずは彼女の今後の作戦の許可を――」

「順番が違う！　まずは作業失敗の報告。それから敗因の分析と課題の検討。二重スパイ作戦など大それたものはその先の話であって、現場が勝手に判断するもんじゃない！」

「――お言葉ですが」古池が言う。

「なら言い返すな」

それでも古池は言った。

「あの場で逃走していたら、校長にとって最も忌避すべき事態になっていたと思われます」

「どういうことだ」

「白河はGBAに侵入者があったこと、並びに秘聴・秘撮機器が仕掛けられていたことを通報するか、マスコミに情報提供したことでしょう。記憶にあるかと思いますが――」

栗山は目を閉じ、首を振った。

「言わなくていい」

三人の間に沈黙が起こる。その脳裏に共通して浮かんだのは、一九八五年の共産党幹部宅盗聴事件だ。神奈川県警に所属する当時の『チヨダ』工作員が盗聴の罪で裁判にかけられ、作戦が世間の知るところとなった。当時の校長はその後、出世街道から外れ、地方県警本部長の座を最後に退官となった。

栗山は苦々しく古池に尋ねた。

「失敗したら、お前も共倒れになるぞ」

「承知の上です」

「黒江ならやり遂げると？」

栗山は古池の返答を待たず、律子に尋ねた。

「白河も必死だ。お前の弱点を突いて、洗脳を仕掛けてくるはずだ。『十三階』への忠誠は揺るぎないか」

「もちろんです」

「――お姉さんの事故死を白河と共に究明するという報告だったが」

「はい」

「どんな事実が出てきたとしても『十三階』への忠誠を誓えるか」

律子は一瞬黙った後、栗山に問い返した。

「どんな事実、というのは？」

栗山は無言を貫いて、律子にじっと視線を注いだ。古池が律子を肘で突いた後、咳払いして言った。

「彼女は七十三人を殺したも同然の身です」

北陸新幹線テロの犠牲者数だ。

栗山の眼球がぎょろりと古池を捉える。

「なにがあっても、テロを憎む気持ちを凌駕することはありません」

「テロを憎む気持ちと『十三階』への忠誠が、イコールで結ばれるとは限らない」

その意味を律子も古池も無言で吟味する。神妙な沈黙がソファセットに舞い降りた。

律子は立ち上がり、即座に、宣誓した。

「どんな事実を前にしても、『十三階』への忠誠は変わりありません。たとえ、姉の交通事故を先導したのがテロ組織ではなく『十三階』であったとしても」

栗山は目を丸くした後、ふっと不愉快そうに噴き出した。

「女はこれだから。突飛なことを言う」


律子は警察庁を出て、警視庁本部庁舎十四階の公安一課に戻った。

女子トイレの鏡の前に立ち、改めて自分の身なりに目を見張った。マスカラとアイラインが涙で落ち、目の周りを黒くしてパンダのようだった。キャミソールの首回りにあしらわれたレースが切れている。白河に摑まれた感触が腕に残っているような気がしたが、皮膚に赤みや腫れが残っていることはなかった。目に見える痕跡はないが、うなじが白河の熱い吐息を覚えている。ふいに背筋がぞくりとざわつく。そして、鼻をすうっと通るメントールの香りが、まだ体にこびりついている。

崩れたメイクを落とし、化粧水を叩きながらロッカーでスーツに着替えてフロアに戻る。古池がコンビニ弁当をぶら下げて待っていた。

「腹、減ってんだろ」

「――すいません。もう帰ろうかと」

「食ってからにしろ」

古池は強引にそう言って、応接スペースの方へ顔を向けた。古池が出したのは牛カルビ弁当だった。深夜に食べたいものではないが、律子は静かに手を合わせて割り箸を割った。

「明日、全員集まったところで本格的な作業工程の検討に入るが、その前にお前に話しておきたいことがあってだな……」

歯切れ悪く、古池は言った。割り箸を持っているが、自分の牛カルビ弁当に手をつけようとしない。

「野島幸人の件ですか」

律子の投げかけに、古池は一瞬驚愕して見せたが、ため息と共にソファにもたれた。

「――まさか、気付いていたのか」

「姉の交通事故死と〈R〉に関わりがないことは、わかっていました」

「俺が渡した捜査資料の裏取りをしたんだな」

「違います。野島幸人は、ちょっとした知り合いなんです。お見合い写真を通しての」

古池はただ目を細め、律子の説明を待った。

「帰省のたびにお見合い写真を大量に持ってくる叔母がいるんです。その中に野島幸人がいました。経歴は確認済みだったんです」

「身元調査をしたのか」

「お見合いが進んでいざ交際、更に結婚となったときに、身内に共産党員や活動家がいたとなったら厄介です」

古池はつまらなそうに笑って、牛カルビ弁当を口にした。

「野島幸人は、飲酒運転を繰り返していた上、アル中が原因で閑職に就かされていたようなので……」

「お見合い相手としてはバツだ」

「ええ。しかし閑職とはいえ、地元ではまああの企業の正社員です。労基局に行ったり〈R〉と関わったりするほど、現状に不満を持っているようには見えませんでした。古池さんが出した資料は、私を『十三階』に戻すためのねつ造だろうなと推測したんです」

古池は自分自身を鼻で笑って見せた。

「俺はお前に余計な工作をしたって訳か」

「公安刑事らしいやり方です」

「お前だって、見合い相手の身上調査を徹底的にやっていたなんて」

「これだから公安は――ですね」

互いにあまり面白くなさそうに笑った後、ふと古池は真顔になって律子に尋ねた。

「――それじゃお前、どうして『十三階』に戻ろうと思ったんだ。何度言っても頑なに拒んできただろう」

「古池さんが必死だったから。嘘の資料まで作って――」

ちらりと古池を見た。本心は別にあると見抜かれている気がして、律子は話を逸らした。

「古池さんこそ、どうして私を戻すことにこだわり続けたんですか」

「休養なんか、癒しにならない」

古池はそう、即答した。

「その後の日々が平和で平穏であればあるほど、罪は癒えるどころか大きくなる」

罪――北陸新幹線テロを許したことだろう。

「過去に、そんな経験が？」

古池は答えなかった。気まずい沈黙で、律子は弁当の味がわからなくなった。ずっと公安にいると、普通の会話の端々に別の真実を探す努力をしてしまう。

牛カルビ弁当を完食した律子を見て、古池がさりげなく尋ねた。

「胃薬、夜は飲まないのか」

「え？」

「毎日飲んでいる薬があるだろう。胃薬だと言っていた」

とっさに言い訳しようとして、言葉に詰まった。

「そもそも胃の調子が悪い奴が、牛カルビ弁当をさっさと完食できるか」

律子はペットボトルを持つ手を下ろし、ため息をついた。

「――わざと牛カルビ弁当を選んだんですね」

「なんの薬だ」

「プライベートなことです」

「これからお前は『投入』作業に入る。どんな小さなことでも把握させてもらう」

律子は唇をかみしめた後、言った。

「ピルです。排卵を止める……」

古池は時が止まったように、律子を見返した。やがて悲愴な表情で、言う。

「カラオケ店の防犯カメラ映像。さっき回収して、確認した」

律子はしおらしく、うつむいて見せた。女性ならそうすべきかなと思ったのだ。

「確かにあれで白河はお前を信じたと思う。だが、一歩間違えば、そのままレイプだ」

普段、殆ど感情を面に出さない古池の苦悶する表情を、律子は初めて見た気がした。排卵がない――その先にある覚悟を、女性以上に男性が受け止めかねている。

「大丈夫です。とにかくピルを飲んでいれば生理周期も安定しますから、もう古池さんがナプキンを買いに走る必要もありませんよ」

律子は女である自分を、そう笑い飛ばすほかなかった。


それから一週間。

〝公安の監視をかいくぐって接触している〟風を装うため、律子は慎重に白河と接線を持った。姉の交通事故死の真相を突き止めるためには、共に長野県上田市へ出向かねばならない。その日程調整や、現地での接触方法を、ときに池袋の雑踏で、ときに映画館の暗闇の中で、話し合う。

改めて池袋のサンシャイン60近くの雑踏で接触すると、白河はびくりと肩を震わせ、下半身を堅く身構えたのがわかった。カラオケ店で股間を蹴り上げたのがよほど効いていたようで、殆ど条件反射だった。律子はつい噴き出してしまった。

欺瞞《ぎまん》に次ぐ欺瞞、相手を信じ込ませるためなら強姦未遂を演出し、胸を露わにすることも厭わない――白河に律子は、怪物のような女に見えたのかもしれない。だが、白河の、律子に対する若干の怯《おび》えと躊躇の奥に、別の感情が横たわっている。好奇心だ。

NGO代表という特異な仕事に就いている男だからこそ、一般的な女性よりもむしろ、いつもなにかと闘っている風の女性に興味と関心を持ち引き寄せられるのかもしれない。

上田での交通事故調査は、九月二十九日に決定した。

その日、律子は高速バスで早朝のうちに上田市内に到着し、駅近くのカフェで白河の到着を待った。白河は予定よりも三時間近く遅れて、カフェに姿を現した。連絡先などは交換できないから、姿を現さなかったら今日の接触は流れたということになる。

上田では律子と共に行動しなくてはならないため、東京で必ず、白河は公安の尾行を巻かなくてはならない。律子は白河にあらかじめ公安部員の尾行体制を全て教えた。実際に嘘の尾行に入る公安部員たちには、うまく逃げられた風を装って順次、尾行から離脱するように話を通してある。

律子の首から下げたコットンパールのネックレスには、レンズの直径が鉛筆の先ほどしかない秘撮器が埋め込まれていた。揃いのピアスには無線、トートバッグのポケットに突っ込んであるボールペンは小型集音マイクの役割を果たし、その全ての音声・映像が、監視拠点車で上田までやってきた古池班の元に届く。

彼らはすでに上田駅で待機している。罠を振り切ったと安心した獲物が再び罠に飛び込んでくるのを、いまかいまかと待っている状態だった。

「すまない。三時間も遅れた」

律子の前のテーブルに滑り込むなり、白河はため息交じりに言った。律子が念押ししようとして、白河は察したように言った。

「大丈夫。東京駅からかがやきに乗って、大宮で扉が閉まる直前に下車してやった。これで半分以上が長野まで持っていかれたはずだ」

かがやきは停車駅が少なく、大宮を出ると長野まで停車しない。その時点で、なんとか白河の尾行に食らいついたのは三名。白河は着替えや途中下車で何度も彼らをまきながら、鈍行列車で高崎まで出た。高崎から出発直前のあさまに飛び乗り、やっと全員撒いたという。

「勿論、念には念を入れて、上田で下車した人間が全員先に改札を出るまで、時間を潰した。尾行点検ＯＫ、特異動向ナシという奴だ」

憎らしいはずの公安用語をあえて使う。律子の返答を待たず、白河は尋ねた。

「君は大丈夫なの。君にこそ仲間の監視がついているんじゃないかと思ったんだけど」

「私はあなたにレイプされかけ、逃げ出して休職中という扱いになっている。これでレイプ未遂は二度目だから、もう上は私を再起不能と思っているはず」

白河は神妙に頷き、ふと尋ねた。

「まさか、諸星にも……?」

律子は右手の人差し指を立て、「言わないで」と白河の唇を塞いだ。見た目は若々しい白河だが、唇は正直で、疲れた中年男らしい乾いた感触がある。白河は条件反射のように律子の唇を見た。NGO代表の男は派手な女は嫌いだろうと、律子は今日、控えめのナチュラルメイクでやってきた。ベースメイクのみで、唇にはリップもグロスもつけていない。手をかけなくてもみずみずしく弾む唇が、白河にどう映っているのか――。

「行きましょ」

立ち上がり、横目で白河を促す。白河ははっと我に返ると、慌てて肩掛け鞄を掛け直し、律子の後をついてきた。飼い主に従順な仔犬のように見えた。落とすのは予想以上にたやすいかもしれない。

まずは上田警察署に赴く予定だ。亜美の交通事故資料を探る。恐らく白河は、亜美の事故死は公安部が仕掛けたものと見せかけるねつ造の証拠をでっちあげるだろう。律子は公安に憎悪を燃やし、白河の側――テロリスト側に落ちる、という筋書きだ。

上田駅を突っ切り、温泉口に出た。ふと白河はロータリーの木々を見て、突飛なことを言った。

「なんだ。まだ紅葉してないんだね」

よほど長野県上田市を山奥と勘違いしての発言だった。軽井沢ですら紅葉は一か月ほど先だ。

「そんなに山奥じゃないし。上田は盆地だから」

律子が振り返り、ひと睨みすると、白河はいたずらっぽい顔で微笑み返して見せた。東京で接触した際には絶対に見せなかった表情だった。まさかこんな地方都市にまで公安の包囲網があるはずないと律子を信用しきり、ほっとしているような、無防備な笑顔だった。

ロータリー先の一般道路に横付けするように三置電機の軽ワゴン車が路上駐車していた。三置電機は上田市の有力企業で、この日のために古池が準備させた監視拠点車両だ。ナンバーも丁寧に長野ナンバーに付け替えてある。

律子はその横を通り過ぎ、タクシーに乗り込もうとしたが「歩こう」と白河はさっさと先を歩き出した。

住宅街を抜けて千曲川沿いに出た。独特なフォルムを持つ、上田電鉄別所線の千曲川鉄橋が架かっている。五年ほど前に塗装工事を終えたばかりで、鮮烈な赤色を放つ。河川敷の緑や青空とのコントラストに感激した白河は、夢中で一眼レフカメラを構えた。

「若干、観光気分な感じ？」

律子の嫌味に、白河は苦笑いで答えた。

「スタンド・バイ・ミーみたいだな」

映画名は知っているが内容を知らない律子に、白河は「世代が違うか」と笑った。

「ここで育ったんだろ？　なにか思い出は」

「うーん。父によく川に投げ込まれた、とか」

白河は驚いて、律子を振り返った。

「三姉妹だったの。父は息子が欲しかったのよ。一番男勝りだった私をそうやって育てた」

白河の幼少期を尋ねてみた。白河は愚問とばかりに、鼻で笑う。

「もう調査済みだろ。俺のことはなんでも知っているはずだ」

律子も開き直った。

「飲み物をいつも二、三センチ残すとか？　シャワーのあと、腰の裏に湿布を貼ったら、必ず姿見の前でポーズを決めるとか」

白河は「そこまで見られていたのか」と顔を赤くした。改めて律子を責めるようなことはなかった。司法の手に監視され続けていることに怒りも羞恥心もない。幼いころからそういう環境にいて、それが当たり前になっている生活。

「飲み物、いつももったいないなーって」

「なんか、ゴミとか異物が入って味が変わっている感じがしないか」

「残り二、三センチの飲み物が？」

そうそうと言って、白河は笑った。

上田警察署に到着した。

律子は白河より前へ出て、受付で警察手帳を示した。数日前に交通課長へ直接アポイントメントを取っていたので話は早く、すぐに応接室へ通された。

やってきた交通課長は丁重に敬礼し、律子から名刺を受け取る。早速、交通事故の資料を渡した。隣で無言を貫く白河は交通事故専門調査官ということになっている。

「警視庁さんは専門調査員を外部委託しているのか。うちは現場たたき上げの警察官ばかりですけど——腕は確かですよ」

けん制するように言うので、律子は穏やかに答えた。

「お電話でもお話しさせていただきましたけど、個人的に思うところがあって姉の事故を見直したいだけです。私の肩書は忘れてください」

「わかっています。こっちも、正式な依頼もないのに捜査資料を見せるのは、あなたの肩書じゃなくて出自を見てのことですから」

「——出自?」と白河が口を挟んだ。

「黒江家は上田じゃ名士だから。それこそ真田家に次ぐぐらいの」

「真田幸村ですか。駅前に騎馬像が」

そんなにすごい家柄なのかと、白河が律子を見る。交通課長の手前、律子は白河に敬語を使った。

「大げさですよ。父が県議会議員だっただけ」

交通課長が応接室から立ち去ると早速、律子は現場の防犯カメラ映像が収められたDVD-Rを取り出した。手持ちのタブレット端末にDVD読み取り機を接続し、再生する。

交通事故現場近くの飲食店の防犯カメラが捉えた映像だった。事故一時間前から保存されている。午後七時、車の通りはそう多くはない。

公安が仕組んだ交通事故ならば、公安車両が下見に来ているのではないか――二人はあらかじめそう推測を立てていた。

車が通過するたびに映像を一時停止し、白河がナンバーを読み上げる。律子は警視庁のデータベースにアクセスし、N号（車両ナンバー）照会にかけて持ち主を割っていった。だが、警視庁が所持する面パトはおろか、品川ナンバーの車もない。

淡々と照合作業を続けていくうちに、やがて事故発生時刻となった。

西からやってきた黒のレジェンドに、北から弾丸が放たれたかのようにプジョーが突っ込む。激しく横転を続けるレジェンドの助手席から、女性が投げ出され地面に叩き付けられたのがはっきりと映っていた。亜美は妊娠中だったためか、不運にもシートベルトをしていなかった。

律子は思わず画面から目を逸らした。

白河が映像を閉じる。

「――大丈夫か」

律子は冷静を装おうと、自嘲して見せた。

「爆破テロの映像は何度でも見られたのに」

「無理しなくていい。続きは俺ひとりで見ようか」

――公安の仕業というねつ造証拠をでっちあげるチャンスと思っているのか。律子はそう推測しながらも、顔だけは泣きべそで大きく頷いて見せた。

「私は、タイヤ痕の分析を見る」

しばらくして、律子は画面の前に呼ばれた。白河は亜美の死体が律子の目に触れぬよう、静止画像から事故後に集まった野次馬の顔を一つずつ拡大していく。

「顔を見てくれ。公安関係者の姿があるかもしれない」

律子は確認をしたが、該当はなかった。白河はねつ造のチャンスをふいにしたようだ。

「本当に誰もいない?」と念を押してくる。

「本当に、私の知る公安関係者はいないわ」

嘘を見抜こうとしているのか、白河は無言のまま律子を見つめ、なかなか目を離そうとしなかった。

「信じて。ここで嘘をついて公安関係者の誰かをかばったとして、なんの得がある? あなたと同行して無許可で都外に出ていること自体、本部にバレたら首が飛ぶ事態なのよ」

「わかった。信じよう」

二人は上田警察署を出て、千曲市に向かった。野島が事故を起こす直前まで飲んでいた居酒屋を訪れる。店主や常連客は重大事故を起こして死んだ彼のことを覚えていたが、いつもひとりで、誰かを連れていたことは皆無だったという。

その後、野島の実家や職場を訪れて軽く聴取したが、公安の痕跡はない。

白河は「参ったな」と澄み切った上田の空を仰いだ。

律子はその横顔を見て、不思議でならなかった。捜査の過程でかなり隙を見せているつもりだが、白河は〝公安が事故を引き起こした〟というでっちあげ工作を、全くしようとしない。

彼は、正直だった。


上田市内に戻った律子と白河は、遅い昼食を取ろうと、信州そば店の暖簾をくぐった。厨房の店主が手ぬぐいで汗を拭いながら「らっしゃい」と振り返る。途端に目尻を下げた。

「よお、律ちゃんか」

「どうも」

「このたびは……アレだったたな。もう四十九日か」

亜美の四十九日は明日だが、今日これからも、実家に顔を出すつもりはなかった。

曖昧に微笑んだだけで席についた律子に、店主の妻が水を出しながら言った。

「律ちゃん。彼氏さんなの？　素敵じゃない」

律子は即座に否定した。照れているように映ったらしく「またまた～」と揶揄される。白河はなにも言わず、面白そうに律子と店主の妻の会話を聞いている。

「黒江家もいろいろあったからね、律ちゃんはちゃんと幸せにならなきゃ。律ちゃんこそね、真の後継ぎって言われてんだから。彼氏さん、そこんとこ大丈夫なの。長男はダメよ」

白河は笑った。

「自分は三男ですよ」

「あらーっ。ぴったり。二人、お似合いよ」

店主の妻はひとしきり律子と白河を冷やかして、カウンターに戻った。

「君はよほど上田では有名人のようだね」

上田に到着してからというもの、もう五人ほどから「黒江の律ちゃん」と声をかけられていた。東京ではありえないことだ。

「有名だったのは父と姉よ。県議会議員と、すれ違えば振り返らない人がいないほどの美女だったから、姉は」

「へえ。そうなのか」

律子は眉を吊り上げた。

「いま、意外そうな顔をした。姉と似てないに違いないと思ったでしょう」

「思ってない。ずいぶんな被害妄想だ」

律子は肩をすくめ、水を飲み干した。

「でも、勉強では負けなかったんじゃないか」

「どうして？」

「真の跡取りは律ちゃん。そんな風に言う人が結構いた。お父さんの地盤を継ぐと期待されてた——成績が良かったということだ」

「一応、県内一の県立高校を首席で卒業しているけど——井の中の蛙っていうの。大学じゃ成績は下の方だった。ついていくのがやっと。仕方がないから遊びほうけてやったわ」

白河はくすくすと笑った。

「大学デビューというわけだな」

「あなたは大学時代、放浪の旅に出ていた」

「俺のことはなんでも知っているんだろう」

「ええ。旅先で出会った米国人の彼女とか——サマンサ、だっけ？」

白河は口に含んだ水をぶっと噴き出した。律子は「なにやってんのもう」とおしぼりを白河に渡した。白河は恥ずかしそうに濡れた胸元を拭きながら「よりによってサマンサの話を持ち出すなんて」と苦笑いする。公安が根掘り葉掘り彼のプライベートを調査していたことよりも、外国人の元恋人について眉をひそめた。

「あれは苦い経験だった。わがままで気が強くてもう……。店に入るとき、扉を開けて先に通してやらないだけで罵倒されるんだ」

泣きっ面で白河は言い、改めてお冷を口にした。白河は経験豊かで器が大きく、穏やかな男性だという印象が色濃くなっていく。そして、バカ正直。

水を通そうと大きく上下する喉仏。コップを持つ右手に太く力強い血管が浮き出ている。律子はその生命力にあふれた血管を視線で追った。ポロシャツの腕から伸びた腕は思っていたよりも筋肉質だった。ふと、カラオケ店での出来事を思い出し、体の内側がざわめく。カウンターから、店主夫婦の視線を感じた。若いカップルを見守るようなあたたかな眼差しだった。

監視車両内——。

「なかなかの色男っぷりじゃないか、え。白河の奴」

律子が首から下げているコットンパールのネックレスに仕込んだ秘撮機器から、白河の表情を観察していた三部が言った。

律子と白河は昼食の後、科野大宮社《しなのおおみやしゃ》という小さな神社に立ち寄っていた。地元の人しか寄り付かぬような、地味な神社だった。古池は境内の裏の一方通行路に車を停車させ、監視を続ける。

助手席の柳田が言う。

「確かに優男風ですけど、抜け作ですよね。黒江を洗脳して『運営』する気が本当にあるんでしょうか」

「色仕掛けで落とすつもりかもしれないな」

古池が言う。三部もうなずいた。

「俺もそんな気がしてきた。いい雰囲気だ、二人」

律子と白河が参道を歩く、砂利道を踏みしめる音がする。

〝なにか思い出の場所？〟

白河の問いに、律子は淡々と答えた。

〝父が殺された場所〟

並んで歩いているようで、秘撮器から白河の表情は窺えない。ここに白河を連れてくることは、古池の提案だった。

律子の古傷を晒すことで、白河に親近感を持たせる。なにより白河の信仰心を見ることができる。ISISとの関わりが取り沙汰されているいま、彼がイスラム教に転向している可能性もある。原理主義の戒律は厳しく、日本の神社に足を踏み入れることは避けるはずだった。

「普通に鳥居をくぐったようだ」

三部が言う。律子の声が聞こえてきた。

〝拝殿の後ろに、ご神木があるの。子どものころは、あれに触ると祟りがあると言われて。根を踏むだけでもダメ。だからここで鬼ごっこをするときはね、なるべくご神木の方に追い詰めるといいのよ。子どもたちはみんな根っこを踏まないようにするからスピードが落ちるでしょ〟

〝君はそうやってたくさん捕まえていたんだな〟

〝そうそう。喜んで鬼を引き受けた〟

〝三姉妹ダントツのおてんば娘、か〟

〝美人で気立てがいい姉と、甘え上手で要領がいい妹に挟まれた、没個性の次女〟

〝いま一番強烈な個性を放っているのは次女だ〟

〝誰も知らないけどね〟

〝俺は知ってるよ〟

その言葉に咎める色はなく、むしろ同情するような響きがあった。

律子が横を向いたので、白河の上半身が映った。だが、首から下だけで肝心の表情がわからなかった。

「距離が近過ぎる」

古池は思わずこぼした。上田に到着してから何度も並んで歩いているが、ネックレスから白河の顔が見えるほど、距離があった。

「いいことなんじゃねえの。心の距離も縮まってるんだ」

三部が言って、缶コーヒーを飲み干した。

拝殿の前に並んで立ち、賽銭を投げ入れる音。二礼二拍手一礼。手拍子がぴったりだった。

「イスラム教に転向してないことは確実だな」

古池は誰に言うでもなく、呟いた。

〝ご神木、見に行ってみようか〟

二人は拝殿横の空き地を抜ける。落ち葉や木の枝を踏む音が二つ。路地裏の監視車両内から、拝殿裏に回ってくる二人の姿が見えてきた。柳田が暗幕の垂れたワゴンの窓からハンディカムのレンズをのぞかせて、二人の姿を映像機器に映し出す。

先を歩く白河の背中を律子は追っているが、やがて悲鳴をあげて白河の腕を摑んだ。

〝ダメよ、ご神木の根を踏んじゃ〟

〝大丈夫だ、迷信だよ〟

白河は振り返り、微笑みかけた。

〝わかってるけど……〟

ご神木はすでに朽ちかけており、保存のため周囲にフェンスが張られていた。白河は地面から顔を出すご神木の根を平気で踏みしめ、しゃがんでべたべたと触れ、ノックした。乾いた音までも秘聴器が拾い、古池の耳に反響する。

〝ねえ、本当にやめて。本当によくないから〟

〝ずいぶんと信心深いんだね。ハムはもっと現実的なんじゃないの〟

〝父もそれに触って、直後に刺されたの。右翼の男に〟

白河は改めて律子を見返したのち、〝そうか〟とだけ呟き、一歩二歩とご神木から後退した。そして、いまの不躾《ぶしつけ》をご神木に謝罪するかのように、二礼二拍手一礼をする。顔を上げると、意を含ませて〝ありがとう〟と律子に微笑んだ。律子は本当に驚いた様子で〝え？〟と尋ね返す。

〝未来の祟りから救ってもらった、きっと〟

律子の沈黙の後、白河は単語を巧妙に変えて言った。

〝君はきっとこの先、僕を守ってくれる〟


宿には別所温泉地の老舗旅館の一室を押さえていた。律子はロビーで記帳しながら、横目でしっかり白河の行動を確認していた。

白河は珍しそうに、大正モダンの雰囲気が色濃く残る回廊の天井を見上げ、一眼レフカメラのレンズを向ける。

「やっぱり観光気分」

律子の揶揄に、白河は目を細めて答えた。

「想像以上にいいところだ、上田は」

仲居の案内で八畳の和室に露天風呂のついた部屋を案内される。日本式の落ち着いた雰囲気の室内に感嘆の声をあげた白河だが「ひとりでこの広さはもったいないな」と呟いた。

「二人で一部屋よ」

律子がさらりと言うと、白河は途端に困惑顔になった。仲居の手前「そうか」と軽く返事をして見せたが、意味のない咳払いをし、何度もあぐらの足を組み変える。仲居が去るのを待ち、ようやく白河は言った。

「二部屋取れなかったのか。金なら――」

「ここしか空いていなかったの」

「なら別の旅館とか。市内のビジネスホテルでもよかったじゃないか」

律子は傷ついた顔をして、うつむいた。不思議と、本当に胸がぎゅうっと摑まれたように痛くなった。そのまま、意識を無防備な気持ちに寄り添わせ、心の反応に乗せていく。涙がじわりとこみ上げ、目頭が熱くなる。

白河は静かに、説き伏せるように言った。

「俺は既婚者だ。独身の若い女性と同部屋はまずい」

律子は目に涙をためて、白河を見上げた。

「——ごめんなさい」

白河は慌てて視線を逸らした。

「いや。謝ることじゃや。忘れていたのは俺の方だって、そうだし——」

「既婚者だってことを？」

白河は答えなかった。

「自宅に、奥さんの痕跡が全くないのはなぜ。結婚指輪だってしてないし、写真も私物もない。指紋すら一切検出されなかった」

「仕事の関係で、仕方なく別居をしているだけだ。指紋は僕が掃除をしているうちに消えたんだろう。指輪は、ボランティアで現地へ飛ぶと、汚れる。植林だ、土仕事で指輪をなくしたり汚したりするのが嫌だからいらないと、妻と話して決めた」

白河が口にした〝妻〟という言葉に、ピリッと心が疼いた。白河と接触して初めて、美雪という妻の存在に実感が湧いた瞬間だった。聞きたくないと思う。公安なら喉から手が出るほど欲しい情報なのに、聞きたくない——。

自分の感情のよりどころがどこだったのか、一瞬、わからなくなる。

律子はとっさに、手を伸ばした。和テーブルの上に手持ち無沙汰に置かれた、白河の手。それを意味もなく、ぎゅっと、握り締めた。なににすがっているのか、よくわからない。

白河は拒否しなかった。ただ、握り返すこともしない。律子の顔を覗き込み「大丈夫か」と問う。そして、ひとりごとのように呟いた。

「市内のホテル、俺が取り直すよ」

ごめん、と律子の手を、握り返した。

なにかが通じ合ったのは一瞬で、すぐに絡んだ指がほどけた。

律子の右耳のパールのピアスからカチカチと小さな音がした。ピアスには拠点と繋がるイヤホンが仕込まれている。古池が無線マイクを叩いているのだ。

「ちょっと仲居と話してくる」と立ち上がった白河を横目に、律子は耳の後ろを掻くふりをして、ピアスのついた耳たぶを上にあげた。古池の声が律子を現実に引き戻した。

〝一旦離脱しろ。場所も時間も任せる。五分でいい〟

十九時半、古池はJR上田駅近くのビジネスホテルの非常階段から、眼下に広がる市街地を眺めていた。地方都市特有の心細い夜景を、連なる山地が黒い影となって囲む。

携帯用灰皿片手にタバコを吸っていると、非常階段の扉がそっと開き、律子が姿を現した。

勤務を終えたやさぐれホステスのような顔つきで階段を下りてきた。

「ガードが思った以上に堅いです。今晩中に懐に入れるかどうか――」

その横顔が売春婦のように見えた。カラオケ店での一件にしろ、排卵抑制剤を服薬しているなどと聞いてしまったせいもあった。

「どうしても寝技で落としたいという顔だな」

律子がぎろりと古池を睨んだ。誰のせいだ、という顔。やがて諦めたようにゆっくりと目を逸らした。誰でもない、自分で選んだ道だと、反論を呑みこんだようだ。

「初日からそう突っ走らなくていい。『投入』において信頼関係は――」

「それは男と男の話。公安の『投入』マニュアルは、女を前提に作られていません」

律子は言って、古池のシャツの胸ポケットへ手を差し伸べた。タバコを取ったのだ。作戦行動が佳境に入ると、彼女は思い出したようにタバコを吸う。ライターも勝手に取ると、最初の煙をゆっくりと吐いた。自分に言い聞かせるように言う。

「男と女って、初日から突っ走るもののような気がします。初日に意識させておかないと、この先なにも起こりません」

律子は顔を宙に向けたまま、じろりと古池を見た。軽蔑とも懇願ともつかぬ表情。古池はふいに心臓を掴まれたような気がして、視線を外した。

封印してもう忘れたはずの記憶が蘇りそうになり、古池は強く目を閉じる。

「行きます」

古池からのアドバイスなど求めるつもりがなかったようで、律子は非常階段から立ち去ろうとした。古池はその背中に言った。

「六〇五号室に拠点を構えた。お前の部屋の二つ先」

律子は頷き、やがて見えなくなった。いまの言葉は牽制だったのか、激励だったのか、自分でもよくわからない。古池はつい胸ポケットのタバコを上から押さえた。デジャヴだと勘違いしそうなほど、遠い昔の記憶が蘇ってくる。あの時律子は二十二歳で、自分はまだ三十四歳だった。彼女は翌日に警察学校の入校を控え、ひどく酔っていた。店を出てタバコに火をつけた古池に、「私も吸ってみたい」と、勝手に胸ポケットからタバコを取った——。


白河はナイフを差し入れながら感嘆の声をあげた。「すごい肉汁だ」

一口サイズに切ったロールキャベツを口に入れる。食レポタレント顔負けの豊かな表情が、そのおいしさを表していた。

「ね？　正解だったでしょ、ここ」

律子は言いながら、自分もロールキャベツを口に入れた。肉汁の旨みとキャベツの甘味がまろやかに絡むが、自家製トマトソースが味を引き締めている。

「おいしーい」

思わず律子は頬を押さえた。太郎山の麓にあるイタリアンレストラン。裏に専用の畑を設けていて、朝収穫したばかりの野菜をその日のうちに提供する。

テーブル席が四つとカウンターが三席という、コテージ風のこぢんまりとした店内は、平日の夜でも食事を楽しむ客で満席だった。

「キャベツが違うんだな、きっと。キャベツってこんな味だったか」

「東京のスーパーでひとたま一五〇円とかで売っているのはダメよ。あれはただの葉っぱ」

白河は機嫌よく笑って、律子のグラスにハウスワインを注いだ。この店はソムリエがいない。律子はボトルを受け取り、白河のグラスに注いでやりながら質問した。

「奥さんの手料理はなにが好き？」

白河は一瞬の無言を挟み、視線を料理に落としたまま尋ね返した。

「彼女のことを聞きたがるね」

「だってライバルだもの」

白河はナイフを動かす手を止め、律子を見返した。

「中東に滞在し慈善活動している彼女を、テロリスト認定しているんだろう、ハムは。そして君はそれを摘発する捜査官だ。ライバルというのはそういう意味？」

「わざわざ言葉にして聞き返すなんて無粋ね」

白河は律子の言葉を吟味しながら、食事を咀嚼《そしゃく》し飲みこんだ後に尋ねた。

「明日の夕方には東京に戻る。実家にはいつ顔を出す？」

「出さないわ」

白河は黙って律子の顔を見つめた。理由はわかっているともとれる顔だった。

「母とあまり折り合いがよくないの。妹も東京だし。姉が、緩衝材みたいな役割を果たしていたんだけど」

母は地元の製粉会社社長の箱入り娘だった。律子と性格が合うはずがない。

「お父さんとは？」

「父のことは大好きだった。普通のお父さんとは違うというのが誇らしかったわ。女だろうが子どもだろうが、政治論議を吹っ掛けてくるところとか……ある夜ね」

言ったそばから噴き出し、律子は続けた。

「自宅で姉と宿題をしていたら、父が慌てて帰宅してきたの。お前たち宿題なんかしている場合か、ニュースを見ろ、金日成《キムイルソン》が死んだんだ、って……！」

白河は肩を揺らして笑った。

「小学生に北朝鮮の話をしたってわからないだろう」

「でしょう？　しかもね、テレビをつけてもバラエティやドラマばかりで、どこのチャンネルも報道特番を組んでなくって」

律子は当時を思い出し、笑いが止まらなくなった。あの時の父の、面目丸つぶれの顔。

「この国はなんと呑気なんだ。お隣の朝鮮半島情勢が変わるかもしれない歴史的な一日に、こんなくだらない番組を、って」

二人で顔を見合わせて散々笑った後、ふと白河は言った。

「いまの君がどうやって出来上がったのか、よくわかったよ。美人のお姉さんへのコンプレックスと、政治家のお父さんの影響を強く受けている」

「私の話ばかり。白河さんは？」

「俺のことは話さなくとも——」

「どんなお母さんだった？」

白河は視線を宙に浮かせ、戸惑ったように律子を見た。

「改めて聞く必要があるか。公安の教科書に載っているほどだと思うけど」

「テロリストとしての藤村絵美子をね。母としての姿は知らない」

白河は思案顔でメインディッシュを食べ終わると、水で口を潤し、ようやくしゃべった。

「僕が生まれてすぐに海外逃亡したからよく知らないけど、普通の母親とそう変わらなかったらしい。兄たちとは手を繋いで歩き、泣いたらあやして、抱き上げていたと祖母も言っていたし——そういう人だったと教えてくれた公安刑事もいたよ。母親を知らない俺に同情して、あえてそう言ったのかもしれないけど」

「そんなに幼いときから、公安刑事と接触が？」

「中東から届く母の手紙を届けてくれた——というより、自宅に届く母からの手紙を検閲したあとで、改めて配達してくれた刑事さんだよ。宮間《みやま》っていう公安一課の刑事。君は知らない?」

律子は首を傾げた。古池なら知っているだろうか。

「まぁ、もう四十年近く前の話だから」

さらりと言った後、白河は静かに付け足した。

「僕はずっと、母のことをよくわからないと思っていた。でも今日、君と一日行動を共にして、わかった気がする――。君は母とよく似ている」

「そんなはずないわ」

断固否定した律子に「いま、女の顔からハムの顔になった」と白河は笑った。

「生い立ちがよく似ているという意味だ。母にも、年が近くて美人の姉がいた。地元のミスコンに選出されるぐらいのね。いつも母は比べられていた。勉学でしか姉に勝つことができなくて、真面目一辺倒でやがて東京大学に入学した。他の女性がファッションや恋愛に情熱を注ぐ中で、彼女はマルクス主義に傾倒していった」

「――そして、安保闘争に?」

「母は、女性らしさや美しさで姉にどうやっても敵わなかった。だから別の方面で、認めてほしかったんだと思う」

律子はワインを飲み干した。

「なんだか、自分のことを指摘されているみたい」

「でも、君はうちの母よりよほどかわいいよ」

「え？」

「君が自覚している以上に、君はかわいい顔をしていると言っている。その小さな口が本当にかわいい」

律子はただ眉をひそめ、意地悪に言った。

「どれだけ褒められても全く信じられない。長女も三女もかわいいのに次女はどうしたと、ずっと言われ続けてきたから」

白河は困ったように笑うと、ナプキンで口を拭い、思い切った様子で言った。

「メトロポリタンホテルで、僕が君に注意を払っていたと、気が付いていたんだろ」

「ええ。私が公安だと気が付いて――」

白河は「違うよ」と大きく首を横に振った。

「好みのタイプだな、と」

律子は口をつけたワインをぶっと噴きそうになった。

「ちょっと。なにを言い出すの」

「君は実に男を惑わすのがうまい。顔つきは確かに地味かもしれないが、男を見つめる視線に色情をうまく混ぜている。柴犬みたいな従順な丸い瞳にね。だけど横顔が異様に冷たい。自分のことにしか興味がない猫みたいにぷいっと男から視線を逸らす」

「ふうん。そういう女が好みのタイプなの？」

「四十を過ぎると、若いだけのうぶな女はつまらない」

白河は首を横に傾げながら、難しい顔をして言った。

「だからこそ、だ。君がハムとわかってどれほど失望したか。でも同時に救われもした」

「どういうこと」

「連れの男も公安だろ。妊娠しているふりをしたのも、その場を立ち去るための嘘。すると俺にもチャンスがあるのかと」

律子は話半分に受け止め、意地悪に返した。

「本当に忘れていたということね。自分が既婚者だということを」

「男はそういう生き物だよ」

「それなのに、旅館で同部屋は拒否？」

白河はうーんとわざとらしく眉間に皺を寄せ、にやっと笑って言った。

「いまから戻ろうか。あの旅館」

律子は今度こそワインを噴き出し、腹を抱えて笑った。


古池は拠点車を黒のワンボックスカーに換え、秘聴・秘撮を続けていた。

「実にお似合いのカップルだな、全く」

三部がヘッドフォンをつけたまま、吐き捨てた。「どこまで演技でどこまで本気なのか、オジサンには区別がつかん」と、苦言を呈するような言い方もした。

「黒江は全部、演技ですよ。作戦行動中なんだから」

古池は言った。そうでなくてはならないと、画面の向こうにいる律子に言い聞かせたい思いで。

「だとしたら名女優だ。アカデミー賞ものの演技だ」

古池は一旦ヘッドフォンを置いた。

「さっきからなにが言いたいんです」

「心配しているだけだ。本当に黒江は大丈夫なのか。本気で白河に惚れはじめていないか。あちらだって、ありゃ絶対今晩あたり……」

「──下手したらベッド・インだと？」

「それ以上になったらどうする」

「性交渉以上に、男女の間になにがありますか」

「心だよ。そんなこともわかんねぇのか」

三部は心底、年下の上司を軽蔑するように言った。三部は刑事部にいた期間が長い分、まだ人間らしいのだと古池は思う。

「二人が本気で愛しあったらまずいって言ってんだ。黒江は作戦を躊躇するし、白河の逮捕にだって二の足を踏みかねん。下手をしたら、こっちを裏切るぞ。女なんだ」

〝恋人？　もうずっといないわ〟

律子が投げやりで言う声が聞こえてきた。古池は三部を目で牽制し、監視作業に集中力を戻す。

〝仕事柄、恋愛に没頭するのは無理そうだね〟

〝悲しくなってくる。来年で三十なのに〟

〝好みのタイプの男性とかは？〟

〝それ、いま聞くの〟

〝興味深いじゃないか。国家に忠誠を誓った女はどういう男が好みなのか〟

律子の、ため息とも笑い声ともつかない吐息がふっと古池の耳に落ちてくる。やがて、律子は答えた。

〝特にコレっていうのはないけど。でも、ルールはある〟

律子は含みを持たせて、続けた。

〝私、八歳の時に父親を目の前で殺されているから——なにか、妙な直感力がついたみたいで。大人になってわかったことがあるの〟

白河はじっと聞き耳を立てている。

〝初対面で。ビビっとくるの。いつかこの人とセックスをする、って〟

白河は困ったように眉を寄せたが、口元は笑っている。

〝そりゃまた、なんというか〟

白河はそのまま、黙した。律子はじっと白河を見つめ、反応を窺っている。やがてなにも言わないとわかると、前のめりだった律子は一旦、身を引いた。笑顔で言う。

〝——ていう感じで、相手をテストするの〟

〝え？　テスト〟

白河は目を白黒させた。

〝ここで、俺は初対面でどうだったって、即、聞き返す男はだめ。そういう男って一夜限りの関係を求めている場合が多い。朝、目が覚めるといなくなっている最悪のタイプ〟

白河は感心したようにワインを口にした。

〝なるほどね。そういう男は選ばない、というわけか〟

律子はふふふと意味ありげに笑い、ワインを飲み干した。白河は合格、というわけだが、即座に尋ね返した。

〝で？　俺を初めて見たときはどうだったの〟

二人はまた一斉に大笑いした。すっかり意気投合している男女の会話を前に、監視拠点はすっかり白けムードになった。

〝俺が思うに、そういう話を仕掛けてくる女性は、基本的に自分に自信がない人が多い〟

律子が口で笑いながらも目を細める。

〝やだ。また分析が始まった〟

〝だから、惚れた男に直球で言えないんだ。愛していると。それでそんな、妙な変化球を投げて反応を見る。要は、奥手なんだな〟

律子は肩をすくめただけだった。

〝そういう女ほど、実はものすごく一途に同じ男を想っていることが多い〟

ふと舞い降りた律子の沈黙に、拠点車両内もしんと静まり返った。

二人はずいぶん長く、沈黙しているように見えた。店の主人がやってきてデザートとコーヒーについて尋ねてきたが「もう少し飲んでから」と白河は断った。

律子は店員が去るのを待って、意味ありげに呟いた。

〝──叶わぬ恋なの〟

〝へえ……相手は既婚者なのか〟

〝知らないの。結婚しているのかどうかも。年齢も知らない。下手をしたら、私が知っている名前は偽名かもしれない〟

〝──ほう。職場か〟

三部が笑って、古池を振り返った。

「水橋か。二人は警専講習の同期だからなぁ」

〝私を公安にスカウトして、育ててくれた人〟

三部と柳田、南野の視線が、古池に集中した。古池は「作り話だ」と答え、いつものように顔を作ったが、体の内側がみるみる熱くなっていくのを感じた。さっき、あの記憶が顔を出したせいだ。

──黒江の奴。白河の嫉妬心を煽るつもりなのだろうが、なにを言い出す。

〝スカウト?〟

〝面白いのよ、その人。未来の公安部員を青田買いしに、大学の就活フェアにやってきたの。

変装までして〟

〝そんなところまで公安か〟

〝そうなのよ。清掃業者の顔して。後日、警視庁のブースに警察官だって顔で座ってるから、びっくりしちゃったのとおかしかったので。あっちはあっちで、私が変装を見破ったことに仰天していたけどね〟

〝なるほどね。君の隠れた才能を見出してくれた人か〟

〝私、大学時代は腐ってたから。地盤を継ぐつもりだったのに、姉が議員先生と付き合い始めてなんとなくその話も立ち消えに〟

〝自分の存在価値を見失っていたときに、出会った人だな〟

〝そうね。彼の言う通りに警察学校に入って、卒配を終えて、公安に希望を出して、講習を受けて、そして彼の下でいま働いてる〟

「あーあ。白河の奴、冷めちゃってるよ」

三部が言って、ちらっと古池を振り返った。

「指揮官の方を惑わせてどういうつもりなんだ、一体」

「俺は冷静だ」

古池はハンカチで額の汗をぐるりとぬぐう。予想以上にハンカチが濡れた。冷房を強くするよう、運転席の南野に指示した。柳田は顔がにやけていた。

〝飲み物をいつも少しだけ残してしまう癖は、美雪のがうつったんだ〟

白河が唐突に妻の美雪を語り出した。

拠点車両内に緊張が走る。律子が正直に心情を吐露したと白河が感じた結果なのか。

驚いて椅子から転げ落ちそうになった三部を引き上げ「静かに！」と人差し指を立てた。

ヘッドフォンから流れる音声に集中する。

〝美雪は子どものころ、ひどく貧しかった。自動販売機で缶ジュースを買ってもらえることなど一年に一回あるかないか。美雪はもったいなくて、ほんの少しの飲み残しを翌日の楽しみに取っておいたらしいんだが——〟

翌朝、ゴキブリが入っていたのを知らずに口にしてしまったと、白河が苦笑いした。

〝トラウマになるわね、それ——〟

古池はヘッドフォンを耳に押し当てたまま、背後の書類の山をひっくり返した。律子が分析したＣＩＡの秘撮映像。シリア・ラッカのモスクで働く〈ミスＱ〉こと東洋の革命家を名乗るニカブの女。

律子はこう結論づけていた。飲み物を必ず二〜三センチ残す、と——。

〈ミスＱ〉はやはり、白河美雪だ。

〝彼女とは、恋愛関係の末結婚したわけではないんだ〟

白河の告白が続く。

〝婚姻関係になって戸籍を変えるため？〟

〝それも違う。ただ、互いに強いシンパシーがあったことは事実だ〟

〝美雪さんは、あなたのお母さんに強い興味を持っていたみたい〟

〝もうそこまで把握していたのか〟

〝公安はなんでも知っているわ〟

沈黙の後、白河は言った。

〝でも、結局なにもわからなかったんだ。彼女は必死に調べてくれたんだが――〟

律子は言葉を遮った。

〝ちょっと待って。お母さんのなにを調べようとしていたの？〟

〝公安はなんでも知っているんじゃないのか〟

白河はまるで、画面のこちら側にいる古池を軽蔑するように言った。

〝母はテロ活動をする一方で、母であろうとしたと思う。中東に逃れた後も、定期的に手紙を書いてくれた。逮捕されてからはもっと頻繁だった。獄中自殺するまでそれは続いたよ。手紙は全て公安が検閲した後に、自宅に届けられていたはずだ。公安の資料に残っているだろう。君はそれを見逃していたようだね。捜査員として、大きなミスだ〟

白河は挑むように言った。もはや、二人の間につい数分前まで横たわっていた男女の空気は吹き飛んでいた。

〝手紙になにがあるというの〟

〝確認すればいい。長兄と次兄に当てた手紙が残っているはずだ〟

〝――あなたへの手紙は？〟

〝美雪が調べようとしていたことはそれだ〟

白河は驚くほど冷静な口調で、心を抉るような事実を口にした。

〝母は僕に、一通も手紙を書いてくれなかった。僕にだけ。理由はわからない〟

北陸新幹線あさまに乗り込んだのは、翌日の十五時過ぎのことだった。夕方には東京駅に到着する。

律子は焦っていた。

白河は座席で名残惜しそうにくるみおはぎを食べていた。また上田に来たらいつでも食べられるわよと言ったら、曖昧に笑っただけだった。

今日も早朝から、野島幸人に関する場所を巡り、資料をあたった。だが、白河が姉の事故を〝公安の工作〟だとでっち上げることはなかった。

彼は最後まで、真実に対しても、律子に対しても、誠実だった。

律子は「お手洗い」と言って席を立った。

南野と柳田は車で桜田門に戻っていた。古池と三部は七両目に席を取り、監視を続けている。同じ新幹線内にはいるが、接触はしない。トイレに入って施錠する。新幹線の騒音が客席よりも幾倍もやかましく聞こえる。律子は怒鳴るように秘聴器に問いかけた。

「あと一時間で到着してしまいます」

古池の返答が聞こえてきた。

〝十分情報を得た。ミスQは白河美雪だとほぼ断定できたんだ。無理に男女の関係になろうとしなくていい〟

「そうですけど——。予想外です。私をスパイに仕立て上げると思っていたのに」

律子の二重スパイ作戦が、失敗に終わろうとしている。

〝あちらも警戒しているんだ。とにかく、次に会う約束を取り付けられればそれでいい〟

「好きな人の話をしたの、失敗だったでしょうか」

古池は黙り込んだ。

「嫉妬心を煽りたかっただけなんです。でも、予想外に身を引いてしまって——」

〝いや。あれでよかったと思う。お前が正直に話したから、あちらも正直に美雪との関係を話した。いや、正直というか。正直に話したと思い込んだというか〟

古池の歯切れの悪さの理由はわかっていたが、それについて話している暇はなかった。律子は「戻ります」と言って、トイレを出た。

座席に戻る。白河はスマートフォンでニュースを閲覧していて、口数が少なかった。

「せっかく上田まで来たのに、結局収穫がなかった。また——」

「そんなことはない。決着がついた」

白河は律子の言葉をかなり強引に遮り、続けた。

「君のお姉さんの事故死を演出した者はいない、ということだ。それから——」

白河は言葉を切り、律子に微笑みかけた。

「上田は食べ物がおいしく緑がまぶしい、素晴らしい街だった。満喫したよ」

「目的が観光になっちゃったってこと？」

律子は噴き出した。顔を見合わせて笑うついでに、律子は白河の太腿を叩いた。ボディタッチでなんとか心を引き寄せたかったが、白河は無反応だった。やがて、寝てしまった。

東京駅に到着した。

白河は寝ぼけ眼《まなこ》のまま新幹線を降りた。改札を出ると、律子を振り返る。

「僕は山手線の内回りで池袋だから」

あっさり立ち去ろうとした白河の腕を、律子は強引に取って止めた。

「待って。次、いつ会える？」

白河はただ静かに、首を横に振った。

「君はいつでも僕に会えるだろ。なにせ監視してるんだ」

「そうじゃなくて――」

「逃れられないことはわかっている。子どものころからそうだったから、今更それに対して怒りもないさ。好きなだけ監視すればいい」

白河は幾分乱暴に、律子の手を振り払った。いやだ、と律子は白河の手にしがみついた。人が振り返る。白河は人目を気にしてか、無理に振り払うことはしなかった。

「――あなたとまた会いたいの」

律子は肩を震わせて懇願する。ぎゅうっと、白河の手を握り締めた。白河は大きくため息をついた後、律子の耳元で囁いた。

「僕と関わらない方がいいことくらい、わかってるだろ。生まれたその日から公安の監視対象で、そしてそれが死ぬまで続く」

「でも――」

「君の意思かどうかは知らないけど、上田にいる間も常に三置電機の車が目についた。途中で黒のワゴンに替わったけどね」

「私は知らない……！」

「そう願うよ。君もあんな組織さっさと抜けた方がいい。他人の人生を滅ぼす組織だ。君と、君の好きな人が幸せになることを願っているよ」

「違うの、あれは嘘なの。あなたに嫉妬して欲しくて――」

「僕には妻がいる」

「恋愛結婚じゃないって言ったじゃない。ただシンパシーを感じただけだって――」

「それでも僕と彼女には、強い絆がある」

白河の断固とした物言いに、律子の心にパシリと大きな亀裂が入った。

「僕と君とでは築きえない絆だ」

律子の手が落ちた。これ以上、なにを言っても無駄だった。絶望で肩が震えた。白河はじっと、注意深く律子を見ていた。やがて、ぽつりと言った。

「下手なロミオとジュリエットみたいだな」

視線が合った。白河はとても寂しそうな顔をしていた。組織に監視され続ける人生。普遍的なものを欠落し続ける人生を甘受する、緩やかな絶望が、白河のまなざしの奥に横たわっていた。

律子の中で、唐突で感情的な使命感が猛烈に湧き上がってきた。

その絶望に寄り添い支えたいと欲する、表面だけは滑らかな、汚らわしい情欲――。

「君を上田に誘ったのは失敗だった」

言った白河の瞳は、充血していた。寝起きだからではなく、涙がたまっているのだ。

「正直に言うよ。本当は、公安の君を言いくるめて、手なずけて、僕の監視情報を取らせようとしていた。スパイに仕立て上げるつもりだったんだ。でも無理だったよ」

白河は言って、困ったように笑った。涙がこぼれた。

「君がただの公安の女だったら、簡単だったのに。そうじゃなかったから――」

白河の手が、律子の頰に添えられた。親指で涙をぬぐう。キスをして欲しい。下腹部が熱くなる。カラオケ店での出来事を思い出す。白河という男が発するなにかに包まれたいと、全身が騒ぎ出している。優しいメントールの香りが、鼻ではなく心を捉えていた。

公安とテロリストではない。真に男と女だった。白河はその事実に怯え、振り切るようにして律子から手を離した。踵《きびす》を返し、人ごみに消えた。

校長への報告を終えた古池は『十三階』の小会議室に入った。律子が長テーブルにひとり座り、頭を抱えていた。

「黒江」

古池が声をかけると、はっとしたように顔をあげた。混乱が顔にもろに出ていた。

「まずはお疲れだ。よく二日間がんばった」

「失敗です」

「そう功を急ぐな」

「失敗だったと思います、二重スパイにはなれなかったし――」

「もともと可能性の低い作戦だった」

律子が古池の胸に手を伸ばした。古池はされるがままに胸を突き出した。律子はタバコを取り、火をつけた。

「ここは禁煙だ」

「私が失敗と言っているのは、二重スパイ作戦もそうですけど、たぶん私――」

律子はそこまでやっと口にしたが、その後ぎゅっと小さな唇を結んで黙り込んだ。タバコがただ無意味に、灰になっていく。

「黒江」

「…………」

「黒江！」

古池は律子の両肩を摑み、強く一度揺さぶった。彼女が指に挟んだタバコの灰が、古池の革靴の上に落ちた。古池は舌打ちして灰を蹴散らし、律子の混乱した瞳を覗き込んだ。

「いいか、お前は作戦にのめり込みすぎて、自分を見失っているだけだ」

「本当に？」

「ああ。驚くほどの名女優っぷりで、三部も舌を巻いていた。入り込みすぎているだけ。今の気持ちは一時のもので、ひと晩寝ればすぐ収まる」

「本当に⁉」

——俺に聞くなよと返したいのが、古池の本音だった。新幹線の改札を出た先の人ごみで繰り広げられたメロドラマに、誰よりも焦ったのは古池自身だった。

律子はなにかを堪《こら》えるようにぎゅうっと唇を噛みしめ、うめいた。やがてタバコを立て続けに吸うと、慌ただしくまた古池の胸ポケットをまさぐり、携帯用灰皿を取った。一本吸い終えると、すぐに二本目に火をつけた。

あの晩の出来事がまた、古池の脳裏に蘇った。長らく封印して忘れかけていたからこそ、一度蘇ると鮮明なのだ。


「チョーむかつく。彼氏と連絡つかないし」

六年前、隣でピンク色のカクテルをちびちびあおりながら、二十二歳の律子は二つ折携帯電話のボタンを器用に連打して、当時の年下の恋人と連絡をつけようとしていた。

警視庁警察官採用試験に無事合格し、明日から警察学校に入校という日だった。このころの律子はまだ、女子大生らしい不安や焦燥を遊びで発散するパワーと健全さを持っていた。いまのように、ひとりなにかに耐え忍びながらスニーカーを買い漁るような一面はなかった。だから、男の酒の誘いに臆することなく、深夜の薄暗いバーに連れ出しても平気な顔でついてくる。

別にこのとき、古池は律子とどうこうなろうと思っていたわけではない。明日から厳しい警察学校生活に入る律子に、景気づけに酒をご馳走してやろうと思っただけだった。

「もーダメなのかも、私たち」

古池は答えなかったが、全寮制の警察学校に入る前日にデートの時間を作らない彼氏など、愛がないと見て当然だった。

「なんでまたそんな薄情な男を選んだんだ」

男を見る目がないんだと言うと、律子はむきになって言い返してきた。

「そんなことない。ちゃんとルールあるし」

「ルール？」

律子はふと神妙な顔を作り、呟くように言った。

「私、八歳の時にお父さんを目の前で殺されて……そのせいなのか、妙な直感があるの」

媚びが見え隠れする潤んだ瞳で、古池の顔を覗き込んできた。まだ二十二歳だが、充分に男をコントロールする術《すべ》を知っている顔つきだった。

「男の人を見ると初対面で、わかるの。この男と将来、寝るのかどうか」

「へえ。俺はどうだった？」

律子は途端に冷めた顔つきになり、軽蔑のまなざしで古池を見た。ふくれっ面で、カクテルを飲み干す。

「なんだよ。言えよ」

「言うわけない。直感があったって言ったら変な雰囲気になっちゃうし。なかったたって言ったら白けちゃうし」

古池は琥珀色のウイスキーを味わい、笑った。

「ならなんでそれを話すんだ」

「別に」

「別に、と答えればそれで済むと思ってる。単細胞」

「なんかさっきからすっごいむかつく」

「そもそも公安刑事を引っ掛けようなんて百年早い」

「引っ掛ける？」

「それで男の真意を見抜こうとしてるんだろ。俺はどうだったと即座に答えた男はバツ。遊び人だ。神妙に答えを回避した男は正解、ということか」

律子は小さな子どものような口元をぱっくりと開けて、茫然と古池を見返した。

「ちなみにお前それ、全ての男に話しているのか」

「えっ」

「違うだろ。特定の男にしかしない質問なんだ。つまりお前は、俺に気がある」

律子は顔を真っ赤にして怒った。

「ない。絶対ない。そんなつもりで言ったんじゃないし。なんなの。公安刑事ってチョーめんどくさい。人の言葉の裏をいちいち読んで勝手に解釈して本当にうざいし、どんだけナルシストなの」

耳まで赤くなった横顔をかわいいなと思いながら眺めていると、律子は必死につまらなそうな顔を作って言った。

「なんかこの店、退屈」

「ならもう帰るか」

立ち上がった古池の腕を、律子は慌てて摑んだ。すがるように。しかし、どこか敗北したような顔つきでもあった。古池はふっと笑い、尋ねた。

「六本木の方に行くか。監獄とか忍者とかをモチーフにしたバーがある」

「そんな子どもじみたところ嫌」

「なら銀座にするか。ていうか子どもだろお前」

「れっきとした成人女性です」

そこだけひどく立派な調子で言うと、律子は古池に視線を流した。時々こうして、ひどく淫靡《いんび》で大人びた顔つきになる。

店を出て、靖国通りでタクシーを拾うことにした。なかなか捕まらず、古池はタバコを吸い始めた。「警官なのに路上喫煙してる」と律子は咎めながらも、古池の胸ポケットから勝手にタバコを取った。

「私も吸ってみたい」

「女はやめとけよ」

「明日から監獄でしょ。なんでもやりたいの」

律子は真面目な顔をしてタバコを手に持ち、その先をライターの火であぶる。古池は笑い転げた。

「そんなんじゃ火つかねえよ。まず咥《くわ》えるの」

古池は律子の指からタバコを奪うと、律子の小さな唇の間に突っ込んだ。ライターを奪い、火を近づける。

「吸いながら火をつけないと、つかない」

知らなかった、と律子は塞がった口元で不器用に言い、思い切り息を吸った。案の定、煙を吸い過ぎた律子はゲホゲホと咳き込んだ。

古池は「ばーか」と言って笑い転げた。笑いが止まらない古池を、律子は咳き込みながらもひどく嬉しそうに見ていた。

「なんだよ」

「古池さんって、ホントはこういう風に笑うんだなーって」

「は？」

「だっていっつも怖い顔してたから。掃除のおじさんのフリしてたときも、この世の終わりみたいな顔でガラス拭いてるの」

気が付くと、古池のタバコは灰になっていた。古池はまたもう一本、吸いなおした。タクシーが捕まらない。

律子は気取ってタバコをふかしながら、携帯電話で自撮りを始めた。古池は自分の体を巡る血を久々に感じた。生身の人間に戻っていくのを感じながら、彼女の頭を指でついた。

「ナルシストはお前だ」

「じゃあナルシスト同士、一緒に写ろ」

律子が古池の腕を引いて、体を寄せてきた。胸が古池の二の腕に当たっていた。「もっと顔をこっち」と律子は古池の頰を寄せた。古池の左頰と、律子の右頰がぴたりと吸い付くようにくっついた。戻れるものなら戻りたい。普通の人生に。古池は携帯電話の画面ではなく、律子を見た。キスはもう始まっていて、律子はタバコも携帯電話も落として古池の体に絡みついてきた。

深夜の歌舞伎町で、誰も古池と律子を咎めたり揶揄したりする者はいなかった。

タクシーが来たので、呼び止めた。絡みついて離れない小さな律子を抱えるようにしてタクシーに乗り込んだ。運転手が行き先を尋ねた。古池が答えるより早く「早稲田」と律子は言った。古池はまた、笑い転げた。

大学のキャンパスから徒歩五分の立地にあるワンルームマンションが、律子の部屋だった。

もう荷造りはほとんど終わっていて、明日以降、親が引っ越しの手続きをしてくれるらしい。引っ越しを親に任せるとはやはりまだ子どもだと古池が言うと、「大人だから、証明してあげる」と律子は言い張って服を脱ぎ、古池をベッドに引き倒した。

若い娘にリードされ身を任せるというのはなんとも居心地が悪かった。彼女の所作は行為に慣れた女そのものだった。いまどきの女子大生だから珍しいことではない。だが、父親を早くに亡くし、母親に反発し、ひとり東京にやってきて都会の喧騒に存在感を埋没させ居場所を失った少女らしい非行性みたいなものが律子の所作に見え隠れして、悲しくもあった。大事に育ててやらなくてはならないと、ふと親心のようなものが湧いた。古池の上で乱暴に腰を振る律子を、古池は一度抱きしめて動きを封じ込めた。丁寧にキスをしてやり、静かにベッドの上に倒して、大事に、大事に彼女の奥底に入り直した。

古池がリードを始めると、律子は途端に大人しくなって、身を任せた。これから警察官になろうという志を持つ若い女をこんな風に支配していることに強い罪悪感が湧く一方で、その罪が古池をひどく興奮させた。

行為が終わると律子は「古池さんにルールを粉砕された」と恥ずかしそうに呟き、古池がタバコを吸い終わる前に寝てしまった。寝顔は子どものようだった。

大学のゼミやサークル、バイト先の仲間との送別会がこの一週間立て続けにあり、三日くらいちゃんと寝ていないと言っていた。酒を飲み過ぎると記憶がなくなるとも言っていた。

朝、目が覚めた時に薄汚れた裸の現役警察官が横に転がっているのはよくない。あと数時間後、彼女は神聖なる警察学校の敷居をまたぐのだ。

古池はシャワーを借りようとしたがバスタオルが見つからず、結局、彼女のにおいをまとったまま、律子の部屋を出た。

それきり律子から連絡はなかった。警察学校という特殊な場所で自由に誰かと連絡を取れない状況だからそうなのか、あの晩のことを気まずく思っているからなのか、記憶がないのか、確かめたことがないのでわからない。

公安刑事は半年か、早いと三か月おきに携帯電話の番号を変える。律子は古池の新しい番号を知らないし、古池は律子の番号を引き継いで登録しなかった。だが新聞の警視庁人事異動欄で毎回必ず、律子の名前を探していた。

律子と再会したのは、彼女が警備専科教養講習を終え、とうとう『十三階』の門戸を叩いたときのことだった。古池はもう、彼女と一線を越えたことを忘れかけていた。律子はそもそもそれを自覚しているのかどうかもわからないほど、警察学校のしごきと警専講習での人格破壊で、性格も顔つきも変わり果てていた。

彼女は、新たな上司として前に立った古池に、きりりとした視線を向けて敬礼した。まるで別人で、古池は笑ってしまうのを通り越して、悲愴に思った。もう、あの無邪気でバカで大胆で、屈託のない大学生の律子はいないのだと。

そして彼女は古池の元で作戦を重ねるごとに、人格を失い、混乱していく。

律子にとって『十三階』所属でいることは、自己認識の手段であったはずだ。皮肉なことにいま『十三階』所属であることで、彼女は自分を失いかけている。

テロリストのことを愛してしまったかもしれないと猛烈に苦しみ悶《もだ》える律子を前に、古池はいまはっきりと自覚した。

彼女の人生を壊しているのは、自分だと。

第四章　溺れた男

土曜日、代官山は若いカップルや家族連れでにぎわっていた。

古池は遊歩道沿いにあるベンチにひとり座り、カフェで買ったアイスコーヒーを飲んでいる。律子は目の前のスニーカーショップで、顔見知りの店員とスニーカー談義に明け暮れていた。もう一時間、待たされている。

白河との一泊二日の『投入』旅行は予想以上に律子の精神を逼迫《ひっぱく》させた。「白河のことを好きになってしまったかもしれない」と震え、律子は夜通し血走った眼で北陸新幹線テロ現場の防犯カメラ映像を繰り返し見ていた。

人の体が吹き飛び、血と炎と黒い煙にまみれた地獄。律子はそれを目に焼き付け、テロリストへの憎しみを必死に掻き立てようとしていたようだ。

「私はもう大丈夫です」と言い張る律子を「今日くらいは休め」と外に連れ出したのは古池だ。律子は次の作戦を練らなくてはならないと、頑として『十三階』から離れようとしなかったが、スニーカーを買いに行こうと誘うと、やっとついてきた。

それで、今度は仕事どころか古池の存在も忘れて、スニーカーばかり見ている。ようやく店から出てきた。両手一杯の紙袋を抱えて。

「おい。買い過ぎだろ」

「だって、久しぶりだったから」

律子は笑顔を弾けさせて言った。大学生のころの律子のようで、古池は少しほっとした。自分を取り戻しつつあるようだった。

「ちょっと休憩しません？」

「俺は店の前で一時間も休憩していた」

「じゃ、お茶でも」

「俺は店の前で二杯もコーヒーを飲んだ」

「あっ。ここのお店、おいしそう～」

律子はさっさと、パンケーキ屋に入ってしまった。仕方なく古池もつき合う。律子はパンケーキをおいしそうにほおばってはいたが、向かいのテーブルに座る親子連れに目をやると、ふいに暗い目つきになった。

母がひとりと、息子が三人。上の二人は小学生くらいでゲームに熱中しているが、末っ子男児はまだ三、四歳に見えて、母親にべったりと甘えていた。

「――手紙」

律子がふと言った。古池もいま、同じことを思い出していた。

「藤村絵美子は〈王子〉にだけ手紙を出さなかったと言っていたな」

「そんなこと、あり得るんでしょうか」

律子はすっかり目の前のパンケーキに興味をなくした様子で言った。

「兄弟平等にというのは、親も人間ですから難しいんだとは思います。でもひとりにだけ手紙を書かないなんて。うちの母親、愛情が確実に姉や妹に傾いてましたけど、だからといってあからさまな差別はしなかったです。平等に扱おうと努力していました」

そんな態度に却って傷ついたのではないかと古池は思ったが、律子はそれ以上、母親の非難はしなかった。

「なにせ〈王子〉は父親の生き写しだからな」

藤村絵美子は内ゲバ闘争の末、内縁の夫を仲間に粛清させている。

「似過ぎて嫌ったのか。恐ろしかったのか」

古池の言葉を律子は「そうでしょうか」と生意気にも否定した。

「父親のことは関係ない気がします。というより、私は藤村絵美子が内縁の夫を粛清させた気持ちが、理解できます」

「なんだって」

「女だから」

律子の強い視線を、古池は受け止めかねた。

「女だったからこそ、ちょっとの躊躇も許されなかったんだと思います。闘争が先細りになっていく中で、絵美子の内縁の夫は三人目の子どもが生まれることもあり、革命思想から距離を置くようになっていた」

「ああ。それで粛清の対象になった」

「絵美子は男以上に残酷にならないと、組織の中で生き残れないと思ったんじゃないでしょうか。躊躇すると〝これだから女は〟で、かばって逃がしたら〝やっぱり女か〟と一番に疑われる」

古池はいまの言葉を、そのまま律子自身に投影した。若い女という特性を生かして公安活動に身を投じる一方で、彼女は女だからという理由で時に男が決断しえない大胆で危険な行動に出ることがある。

作戦行動中に白河と鉢合わせした際、逃走するどころか相手に素性をバラし、二重スパイになろうとしたのがいい例だ。

〝女だからなにをしでかすかわからない〟ではなく、〝女だからそうせざるを得なかった〟のか。

彼女は、この組織で生き残れるのだろうか。

「黒江」

「はい」

「お前――あの話は本当なのか」

律子は一瞬、きょとんとした。古池はただ黙って律子を見返した。

白河との作戦行動中、嫉妬心を煽ろうと〝古池にずっと片想いをしている〟と律子は告白していた。仕事の特殊性ゆえ、古池が既婚者なのか、本名なのかすら知らないが、好きだと——。

律子はなんの話か気が付いたのか、途端に目を泳がせ、しどろもどろになった。これが答えなんだろうと察した。

ふとあの晩のことを問いただしたくなった。

俺に抱かれたことを覚えているのか。

「古池慎一というのは作戦名じゃない。本名だ」

「——そうですか」

「それで、独身だ」

「……こういう仕事してると、それどころじゃないですよね」

「なんのフォローだ」

「だって、モテない自慢してるみたい」

古池はむせた。

「違う」

「それじゃ、どうして急に自分の話を？」

とぼけているのかと、古池は律子を睨んだ。白河といた二日間、彼女は男女の空気をうまく読んで心の距離を縮めていた。いまは鈍感に古池を見ているだけだ。

古池は不機嫌に席を立った。

「先に戻る」

「えっ。まだパンケーキ残ってますよ」

「仕事が山ほどある」

乱暴に椅子を押して、古池は店の外に出た。全く女はわからない。ちょっと理解したつもりになっていると、嘲《あざけ》りだけを残してするりと掌《てのひら》から抜け落ちていく。


律子も午後には警視庁本部に戻った。

公安四課が入る十五階でエレベーターを降りる。四課に所属する資料係の閲覧室に、南野が先に入って手紙の分析を始めていた。

藤村絵美子が中東の潜伏先から家族に宛てた手紙だ。エアメールで日本の郵便局に到着後、家族の許可を得て公安で検閲。テロリストの思想に値するような部分や公安への敵対心が書かれた文章は黒塗りしてから、担当者が家族に届けていた。

「ざっと、千通くらいはあります」

「そんなに？」

「中東に逃れた一九七二年以降、二週間から月に一度は必ず手紙を出していました」

「長兄と次兄に」

「まだ七二年分しかデータ化してないんですが、確かに、三男の遼一への手紙がありませんね」

南野はマイクロフィルムに収められた手紙のデータを、高速マイクロフィルム専用スキャナーを用いてPDFデータに変換している最中だった。

律子はPDF化されたものを早速プリントアウトし、手紙を読み進めていった。黒塗りしたものと原本のコピー、揃って二部ずつ残っており、家族が中東の絵美子に送った手紙も含まれていた。送付先住所はいずれもパレスチナ自治区内にあるモスクや郵便局の私書箱で、絵美子は共闘していたパレスチナ解放人民戦線の関係者の手をいくつも経由し、手紙を受け取っていたようだ。

ここまで経緯が明確になっている上に現物が残っているのだから、遼一宛の手紙だけ誰かがどこかで偶然紛失したと言える状況ではなかった。

「そういえば、古池さんは？」

南野が問う。「校長のところよ」と答えた。

「おとといの古池さん、見ものでしたよ」

上田での監視作業中のことを言っているようだ。

「あんな顔してるの、初めて見ました。班長も人間臭いところがあるんだなって」

古池は酒の席でも自身のプライベートの話を一切しない。感情の起伏も殆どない。ロボットみたいでとっつきにくいと南野は評していた。それが、公安刑事としてあるべき姿だとわかってはいても、十三階の所属が浅い南野は少し古池を恐れているようでもあった。

「黒江さん、あれって古池さんのことなんですよね」

「好きな人の話？　白河の嫉妬を煽るためにした作り話よ」

「でも真に迫ってました。だから古池さんすっかり動揺しちゃってましたよ。耳が赤くなってるもんだから、作戦行動中とはいえ、みんな笑いをこらえるのが大変でした」

律子は、プリントされたばかりの生暖かい手紙を手に、はたと顔をあげた。

俺の名前は本名で、それで独身だ――古池がパンケーキ屋で言った言葉は、作戦行動中の律子の言葉に対する返事だったのだ。律子は、この恋は片想いで、相手の素性すらよく知らないと白河に言った。古池は、教えてくれたのだ。

頭を抱える。

どうして、古池が見せた好意に気が付かなかったのだろう――。

律子は、自分の中のなにかが歪み始めていることを自覚した。骨や皮膚の一部がズレたまま、足を引き摺って歩いているような強い違和感。

「あれ」という南野の声で、我に返った。

「いま八二年に出された手紙をデータ化してるんですけど。この黒塗りされた文章見てください」

律子は画面をのぞき込んだ。

左側に原本、右側に黒塗りされた文面が表示されている。南野が指さした一文を見て、律子は眉をひそめた。

〝遼一は元気かしら。遼一だけ一度も手紙の返事をくれないのは、きっとお母さんを恨んでのことでしょうね。とても心配している、愛しているとお兄ちゃんたちから伝えてね〟

翌日。古池の運転する面パトが江戸川を越えて、千葉県に入った。目的地である千葉県松戸市内の住宅街まで、あと十五分。

助手席に座る律子は居心地が悪く、ただ静かに窓の外の広い河川敷に目をやっていた。古池がハンドルを握る手。ギアを変える手。上下する喉仏。呼吸のたびに膨らむ胸板。彼の一挙手一投足が、鋭いナイフとなって律子の胸を抉るようだった。想いを寄せる相手を前に、ここまで緊張するなど思春期の中学生のようだが、体の反応をどうしても制御できない。昨日感じた体の中のズレは、寝ても覚めても変化がなく、違和感を伴ったままだ。

「今日はまた、口数が少ないな」

古池の言葉にびくりと肩を震わせた。律子の反応を、古池は困惑気味にちらりと見た。

「――すいません。今日になってどっと疲れが出たようで」

言って律子は、手元の資料を捲った。千通にも及ぶ藤村絵美子の手紙はまだ全ての分析が終わっていない。手紙を繰《く》る指先が震える。震えを止めようとして、手首を強く振る。様子がおかしいと、古池はすぐに気が付いたようだ。

「おい。大丈夫か」

「はい、大丈夫です」

顔面から汗が噴き出してきた。ハンカチを出そうとして、忘れてきたことに気が付いて絶望する。

「自律神経がおかしくなってるんじゃないか」

「えっ」

「手の震え。発汗。仕事上のストレスだろう。一度、カウンセリングを受けるか」

「大丈夫です」

「みんなそう言って、おかしくなっていく」

あなたのせいよと、その横顔に言ってやりたかった。好きだと伝えることすら不可能だと思っていた。けれど思いがけず、応えてくれそうだとわかった途端、次の欲が顔を出す。好きという気持ちが抑えきれなくなり、体が張り裂けてしまいそうだった。代わりに目尻に浮かんだのは涙だった。必死にこらえたが、こぼれてしまう。

気が付いた古池は驚いてブレーキを踏み、路肩に駐車した。

体をねじり、顔を覗き込む。

「おい、本当に大丈夫か」

「本当に、本当に大丈夫です。だって今日は、公安OBと会うだけなんですよね」

「そうだ。『投入』でも『作業』でもない。なにも緊張することはないんだ」

「はい。大丈夫です」

涙をこらえると今度は、鼻水が止まらなくなった。律子はティッシュで思い切り洟をかんだ。楽器のような音が鳴る。古池は再発進しながら少し笑った。律子の緊張はそれで少し解けた。

「それにしても——なんだかよくわからない展開になってきたな」

藤村絵美子はどうやら、三兄弟へ平等に手紙を出していたようだった。しかし、三男・遼一への手紙は公安には残っておらず、本人も受け取っていないと言っている。

「誰が〈王子〉への手紙を抜いていたんでしょうか」

「公安としか思えない。事実、遼一に言及している部分を検閲で塗りつぶしていたんだからな」

「でも、なんのために?」

古池はただ首を傾げながらも、答えた。

「母と〈王子〉の絆を断ちたかったのか。当時の公安はすでに〈王子〉を危険分子と見ていたのかもしれないな」

事実、白河にはいま『名もなき戦士団』の関係者だという嫌疑がかけられている。本人は否定しており、律子が接触した限りでも、思想のために人の命を奪うような人物とは思えなかったが——。

「それはありえないという顔をしている」

古池が言った。見抜かれている。律子はまたわっと顔から汗が出た。しきりに手の甲で汗を拭っていると、その指先から汗が垂れた。

古池は冷房を強めて律子の方に送風口を向けた後、尻を浮かせてスラックスのポケットからハンカチを出した。律子の太腿の上に投げる。

「結構です。涙ならともかく、汗は恥ずかしいです」

「同じ分泌物だ」

「でも――」

「ハンカチなんて消耗品だ。返さなくていい」

律子はハンカチを借りて、汗を拭いた。洗濯物が乾いた直後の、太陽のような匂いがする。公安の、更なる裏の組織という陰気な世界の住人なのに――そう思うと、胸がぎゅっと絞られていくようだ。

「白河は巧妙だ」

古池は唐突に言った。

「あえてあの時、お前に指一本触れなかったのも、もう会えないと突き放したのも、奴が女をコントロールする常套手段なのかもしれない」

律子は唇をかみしめた。古池の前で「白河を本気で好きになったかもしれない」と口走ってしまった自分を恥じた。いま、気持ちは古池にまっすぐに向いている。右へ左へ、百八十度違う方向へ、刻一刻と大きく変化する自分の気持ちを律子は制御しきれずにいた。

ふと、同じ女が過去にいたことを思い出す。白河の母・藤村絵美子だ。

子を産む一方で人を殺す。彼女がヨルダンの獄中で首つり自殺した際の現場写真は警専講習の教科書に掲載されていた。自分も似た末路を辿るのだろうか。

古池が律子の様子に注意を払いながら、質問する。

「〈白雪姫〉は、お前と同年代だったな」

スノウ・ホワイトと見なされている白河の妻・美雪の符牒だ。

「ひとつ年下です」

「うぶなんだ。だから巧妙に洗脳され、コントロールされる。気が付けば爆弾の運び屋などさせられて、いまは中東に逃亡している」

古池に言われると、その通りのような気がした。一方で、それは自分が出した結論ではないと、公安刑事の自分が反発する。

「そうでしょうか。私には白河は、どこまでも誠実であろうと……」

古池は不機嫌に鼻を鳴らした。

「いまのお前になにを言っても無駄だ。洗脳されている」

「そんなことはありません」

「ある。二度とお前を白河に近づけない」

頑とした様子で古池は言うと、タバコを取り出した。火をつけて、煙を吸い、吐く。その度に厚くなったり、薄くなったりする胸。六年前と体形はほとんど変わらず、むしろ精悍になっている。

律子はあの晩のことを思い出し、視線を暗く落とした。目が覚めたとき古池の姿が消えていた絶望が蘇る。律子は涙で目を腫らして、警察学校に向かったのだ。

古池が体の関係を結んでしまったことを後悔しているのは当然で、封印しているのも当然だった。律子はいま、古池が指揮する作戦部隊の駒なのだ。

「着いた。あの角だ」

古池はハンドルを切った。


宮間晴臣《はるおみ》は警視庁を定年退職した公安部公安一課の元刑事だ。あさま山荘事件当時まだ二十八歳で、最前線で日本赤軍や連合赤軍を見つめてきた。

公安の担当者が検閲し、黒塗りされた藤村絵美子の手紙を直接、白河家の息子たちに届けていた人物でもある。

律子は初対面ではあったが、その名を白河から聞いていた。古池と宮間は顔見知りだった。

和室に通され、早速名刺を出す。宮間は二人の名刺を見比べた後、古池に言った。

「君は『チヨダ』かと思っていたけど」

『チヨダ』は『十三階』の前身組織だ。古池は曖昧に笑った。元同業者であっても、現在は『十三階』と名を変えた秘密諜報組織の所属だということは明言できない。宮間の妻が茶を出し、和室から出たのを確認すると、早速、宮間の方から切り出した。

「で。〈毛利三兄弟〉のことを聞きたいと。誰か問題を起こしたのか」

当時、絵美子の手紙を検閲していた公安部の担当班は絵美子の産んだ息子たちのことを

〈毛利三兄弟〉と符牒していた。絵美子の手紙を、毛利元就が三人の息子に送った書〈三子教訓状〉と称していたからだ。

「絵美子の手紙はさほどに教訓じみていましたか？　三本矢の喩え話とか」

古池が言うと、宮間は鼻で笑った。

「いや。ただの母親の手紙だった。息子たちの健康と日常を気遣う、ね。ただ、当時の公安部が三子教訓状と捉えるほどに警戒していただけだ」

なんらかの暗号や符牒を駆使して、日本にいる仲間と連絡を取ったり、息子たちを運動に引き込もうとしていないか――それを強く警戒していたからこそ、堅苦しい符牒をつけて検閲する捜査員たちを律していたのだろう。

「宮間さんは直接白河家に出向き、手紙を絵美子の母親に届けていたそうですね」

「ああ。辛い役回りだった」

律子は茶をすする宮間の目の動き、手つきをつぶさに観察した。目が合う。頷き、続きを促した。ふいに宮間は言った。

「君は古池君の部下？」

「はい」

「時代の流れはすさまじい。『チヨダ』もこんな若い女性を使うようになったとはね」

律子も古池も返事をしなかった。

「だがそんな目で男を見ていたら、どんな男も逃げていく。女の目の尖りは目立つんだよ」

律子は静かに目を伏せた。観察されて不愉快だったのだろう。後輩に女性捜査員がいるという事実に、あからさまに不快感を持っている様子だった。それを頼もしいと捉えてくれないのが、この世代の男たちの実情だ。

古池はさらりと話を断ち切った。

「宮間さんは当時の三兄弟の様子をよくご存じということですね」

「ああ。月に二度くらいは顔を出した。初めて会ったとき、下はまだ布おむつを当てた乳飲み子だったよ」

「――白河遼一」

「いまはボランティア団体の代表だったか。三兄弟で一番優秀だったのに、中東での人道支援だなんて、妙な仕事を選んだものだ」

「公安でかつての資料をあたったのですが、遼一絡みの手紙だけ見つかりません」

宮間は一瞬の沈黙を挟んだのち、「まさかそのことを尋ねにきたのか」と問い返した。

「ご存じなんですね。公安が遼一の手紙だけ抜いていたことを」

「ああ――。あれは本当にかわいそうだった。いや、俺は知らなかったんだよ。検閲が済んだ黒塗りの手紙を、ただ白河家に届ける郵便屋の役割しかやってなかったんだ」

最初はなんとも思わなかったと言う。遼一はまだ〇歳。手紙を読めるはずがないのだ。

「しかし考えてみれば、次兄も当時まだ一歳だ。手紙のやり取りなんて、五、六歳にならないと無理だろ。でも次兄への手紙はあった。なんでかなぁとは思っていたんだけど――。遼一が五歳くらいになったころ、とうとう俺に問うた。僕への手紙はいつ届くのかと」

宮間は咄嗟《とっさ》に、嘘をついてしまったという。

「あの無垢な瞳に残酷なことは言えない。恐らく、小学校に入学したら届くだろうと言ってしまった。だが、実際には……」

宮間は言葉を切った。ある四月に手紙を届けに行ったとき——宮間は遠い目で、目尻に涙をためて言う。

「タイミング悪く、遼一の小学校の入学式の日だった。遼一はさ、ピカピカのランドセルを背負ったまま、じーっと門の前に立って俺がやってくんのを待ってたんだよ。今日やっと、母から手紙が届くと信じて疑ってなかったんだなぁ」

律子の脳裏に、白河が母の手紙について語った表情が思い起こされた。無表情だったからこそ、その苦悶が真に迫っていた。隣の古池の横顔を見た。ひとえ瞼の右目は冷たく、白河に対する同情はかけらも見えない。

「——今日も手紙はないんだ、お母さんは今日が入学式だと知らないのかもしれないと、言い訳するのが精いっぱいで。遼一は涙をこらえて口を歪めながらさ、じーっと俺の顔を見上げてるの。俺の目を見て、真実を見極めようとしていた。子どもなのに」

子どもだからこそ——自分にだけあからさまに向けられる母親の冷酷さは、死活問題だったはずだ。

それから一年、宮間は白河家を訪ねるたびに、母親の手紙をねだる遼一と対峙しなくてはならなかった。

「辛かったよ、郵便屋を代わってくれと同僚に頼んだほどだった。子どもはすごい。無条件で親を愛する。同じように、親に愛されることを絶対にあきらめない。そのころには長兄も次兄も、母親の犯罪を認識しつつあって、母親からの手紙を拒否するまでになっていたのに。遼一だけが、信じて待っていた」

律子は尋ねた。

「検閲班は、配達を担当した宮間さんにすら遼一への手紙が実在していたことを知らせなかった。手紙を抜いて家族の絆を断つことが、よほどの隠密作戦だったということですか」

「だろうね。『チヨダ』絡みだと聞いた。君たちの先輩方がやったことだ。末端の公安部員が知ることができたと思うか」

宮間はタバコに火をつけた。

「だとすると、当時の裏の理事官が作戦を容認したことになりますが」

「そうじゃないの。僕は『チヨダ』の内情までは知らないけど——噂だと、作戦というより、ごく個人的な恨みで手紙を抜いていたということだけどね」

「どういうことです」

「公安刑事は刑事部や他の刑事たちとは違う、ホシに対する独特の感情があるだろう。刑事部は逮捕まで一か月とか長くて一年だろうけど、公安の捜査は監視から始まって逮捕、送検まで年単位。長い奴だと、十年以上同じ対象に張り付いてる。そうすると不思議な感情が湧くもんだ。追う者と、追われる者の妙な絆というのか」

当時、日本赤軍を追っていた捜査員の中にも、テロリストたちを特別視する人物が結構いたという。特に女性テロリストに対してそれは顕著だ。例えば北朝鮮の元工作員・金賢姫は、取調べを担当した韓国の情報捜査官と結婚している。

「〝逮捕したら俺が調教し直してやるんだ〟なんて平気で公言する刑事もいたよ」

調教。嫌な言葉だと律子は思った。

「男の性なんだろうね。男勝りの女を屈服させ、従属させることに、妙な喜びを感じるというか」

律子はその言葉の裏に性的なものを感じた。男が女の上にまたがり、男の体の下で女が抵抗し恥じらいながらも悦び喘ぐことで、女を、世界を征服したような気になってしまう男。

「男性陣のそんな態度が、絵美子の聴取の失敗の原因だったんでしょうね」

律子の言葉に、宮間が目尻を上げる。

「というと?」

「当時のヨルダンに公安の担当者が飛んで聴取していますが、絵美子は取調べで彼らを翻弄し、けんもほろろに追い返したと聞きます。女だからと甘く見て、調教などという動物以下の扱いをしようとするから、結局なにも聞き出せず、自殺されたんです」

一瞬、宮間の顔が怒りで赤くなった。しかし宮間はそれをタバコの煙と同時に、笑い飛ばした。

「なるほど。君は言葉もなかなか尖っている。だが全くその通りだよ。男がどれだけ鍛錬を積んでも習得できないのは、女の扱い方だ。なあ古池君」

古池は苦笑いで逃げた。律子はアタッシェケースから、一枚の書類を取り出し、宮間に示した。

「これが当時、宮間さんがいた課の構成です。この中の誰が手紙を抜いていたんでしょうか」

宮間はリストを見た後、「『チヨダ』のリストを持って来ないのはずるいな」と意地悪に律子と古池を見返した。

「手紙を抜いたのは確かに『チヨダ』のメンバーなんですね」

「さあ、真相は闇の中だ。なにせこの件が表沙汰になって警備局はもみ消しに躍起になっていた。末端は永遠に調べられない」

校長に直接尋ねて情報を出させるほかなさそうだが——律子は宮間に向き直った。

「そもそも『チヨダ』が秘匿に行っていた作戦ならば、それを宮間さんがご存じだったのはなぜですか。世間に表沙汰になったというのは、一体どういう経緯で？」

「暴露本を書いてご丁寧に自費出版した元『チヨダ』捜査員がいたんだよ」

古池が目を眇めた。元警察官の中で、回顧録を含め暴露本などを書く者は山ほどいるが、『チヨダ』では聞いたことがない。

「それは本当ですか」

「知らなくて当然だよ、警視庁じゃなくて、関西の方の小さな県警の公安部員だったと思う。アカの担当で、作業玉の運営で『チヨダ』に貢献していた人物だけど、頭がおかしくなって辞めたんだ」

「どこの出版社です」

「和歌山県内の小さな出版社から出て全国区にはならなかった。ただ、地元では結構話題になって、大手出版社が刊行に手を挙げていたという話だ。それを当時の『チヨダ』が手を回してなんとか阻止したらしい。結構黒い手段を使ったという話だ」

宮間はメモ用紙に本のタイトルを書きながら言った。

「ここから先は、君たちの直属の上司に尋ねた方がいい。〝校長〟っていうんだろ」

霞が関へ戻る車中、律子は一転して公安刑事としての昂りを感じながら、スマートフォンを握り締めていた。

『日本の公安　裏の真実』というタイトルの本はネットで検索にかけても一件もヒットがなかった。著者名を宮間は『堀切正勝《ほりきりまさかつ》』と記したが、それが本名なのかペンネームなのか『チヨダ』での作戦名なのか、宮間もわからないという。名前をネット検索してもなにも出てこない。

「警察庁が一元管理する全国警察官名簿、アクセスできないでしょうか」

「俺の権限では警視庁までだ。校長に掛け合わないと無理だ」

「本、なんとかして手に入れたいです」

「『チヨダ』が潰した本なら、『チヨダ』の保管庫にありそうだがな」

「校長は出してくれるでしょうか。我々にとっては黒歴史になります」

律子はインターネットで和歌山県立図書館の電話番号を調べた。その場で電話を掛ける。『日本の公安　裏の真実』というタイトル名と著者名を言う。応対した司書がすぐにデータベースを確認してくれた。

「あ、ありましたね。南紀共同出版社から一九九九年に出版されています」

古池が内容を知りたがっている。律子はスマートフォンをスピーカーにして、二人の間にかざし、通話相手に言う。

「その本、取り寄せたいんですが。東京に送っていただくことは可能ですか」

「申し訳ありませんが、貸し出し中です」

「貸し出し中⁉」

「ええ。返却予定は十日後になります」

「誰が借りたんです」

答えるはずないとわかりながらも、尋ねずにはいられなかった。

「それはお答えできません」

「貸し出しが頻繁に行われる本なんですか」

司書は一瞬ためらったが、これくらいならと情報を出してくれた。

「そうですね……この十年、動きがなかった本のようです」

律子はため息と共に通話を切った。

「ほかに、私たちの捜査線上を蠢いている輩がいるようです」

「またしても校長の出番だな。誰が本を借りているのか、和歌山県警の『十三階』所属員に調べさせる」

校長の栗山はひどく不機嫌な様子で、『十三階』校長室のデスクにふんぞりかえっていた。

「お前ら、二重スパイ作戦の失敗に関してろくに報告書をあげないうちから、よくも次々と俺に調査要求を出すな」

古池が言い訳しようとしたが、律子は正々堂々と遮った。

「二重スパイ作戦は続行中です。失敗していません」

栗山はバサバサと音がしそうなほど、長いまつげのついた瞼をしばたたかせた。

「古池からは作戦の失敗と中止の報告を受けているが？」

「続行できます。〈王子〉への手紙が手に入れば、コントロールする自信が私にはあります」

古池が慌てて口を挟んだ。

「おい。作戦は中止なんだ」

「続けます」

「黒江！」

言い争いになりそうになったが、古池も律子も栗山の沈黙で我に返り、黙った。

「作戦の続行・中止を決めるのはお前たちじゃない。私だ」

言って栗山は二人にソファに座るように指示した。先生が慌ただしく、コピーしたての資料を律子と古池に配る。

栗山が言った。

「堀切正勝こと、串上勝《くしがみまさる》の経歴書だ」

「本名は串上勝？　警察庁のデータベースには残っていたんですね」

「違う。このコピーは当時の『チヨダ』のリストから取った。危険分子としてのね」

律子は栗山から視線を外し、資料に目を落とした。『十三階』を裏切った者に下される鉄槌。その詳細に、戦慄する。

串上勝は和歌山県白浜町出身。実家はみかん農家だった。一九七三年、和歌山県警採用。二十八歳で警備専科教養講習に召集され『チヨダ』所属となる。共産党和歌山支部で党のビラを配っていた青年を情報提供者として運営し、警察庁警備局長賞を受賞したほどの人物だった。

「警備局長賞まで受賞して、なぜ」

古池が思わずといった様子で口にした。公安部員にとって警備局長賞というのは警視総監賞よりも重く名誉あるものだ。この賞はある種の選民思想の究極形で、受賞には死んでもこの組織に尽くしたいと思えるほどの喜びがあるという。古池は二度受賞している。お前にもいつか取らせてやりたいと、古池が律子に言ってくれたこともあった。

「それで勢いづいたというのが、そもそものきっかけだったのかもしれない」

　警備局長賞を授与されるまでになり、現場の串上への毎月の捜査費用は引き上げられた。つまり、もっと大きな仕事をしろという圧力が本人にかかったということだ。ところが、この金は串上の口座に直接振り込まれない。表向きの所属となっている和歌山県警警備部に三か月に一度振り込まれ、そこから分配されるはずだった。

「上司に恵まれなかったのが不幸の始まりだ。そもそも県警の上司は串上の真の捜査内容など知る由もないから、串上に割り振る捜査費用を引き上げなかった。他に流用したんだろうな」

『チヨダ』所属捜査員の秘匿性が、仇となっていた。隣のデスクの者にも、上司にすら作業内容を報告しない。全ては直接、裏の理事官——校長の下に集約される。

「串上は情報提供者への謝礼や食事代のほとんどをポケットマネーから捻出せざるを得なくなった。貯金は底をつき、消費者金融に借金を重ねて家計は自転車操業状態に陥った」

　律子や古池ですら、支給される毎月の捜査費用では足りず、ポケットマネーで補てんする分が数万円はある。警視庁でコレなのだから、地方の弱小県警であればもっと深刻な状況だったはずだ。

「借金が妻にバレて、あっという間に家庭崩壊だ。捜査の秘匿性上、家族にもアカの運営をしていることを話せない。妻にしてみたら、公務員で安定した給与をもらっているはずの夫が家計に金を入れない上、消費者金融に借金があると知ったら、ギャンブルか女につぎ込んだと勘違いする」

それはまるで、『チヨダ』捜査員の絵にかいたような転落劇だった。

「それで退職を？」

「いや。極めつけは、情報提供者の自殺だ」

律子と古池は同時に、重いため息をついた。明日は我が身――。串上の転落は、二人にとって決して対岸の火事ではない。

「串上は莫大な借金を背負った状態で、和歌山県警を退職した。その後、探偵業なんかを始めたようだが、『チヨダ』のノウハウを外に漏らされては困ると、当時の『チヨダ』が次々と串上の事業を潰していった」

困窮した串上は復讐を兼ねて、地元の南紀共同出版から暴露本を出した。これが『チヨダ』の怒りに油を注ぐ形になってしまい『危険分子』扱いになってしまったのだ。

「大手出版社からの出版話を潰しただけでは飽き足らず、当時の『チヨダ』は串上が行く先々につきまとい、仕事を潰していった。廃品回収、引っ越し屋、旅館業。『チヨダ』とは何の関係もない就業先ですら串上の悪評を立てたり、店に嫌がらせをしたりで串上の居場所を奪った」

「そこまでする必要があったんでしょうか」

つい口にした律子を、古池が白い目で見た。

「現役捜査員への見せしめだろう。これ以上、暴露者を出さないための」

「まるで連合赤軍の粛清みたいです」

「口を慎め」

律子は口を閉ざしたが、到底納得できる内容ではなかった。栗山が続ける。

「串上は公安から逃れようと、北は北海道、南は沖縄の僻地にまで移住したが、どこへ行っても公安が現れて仕事を潰される。結局、和歌山に戻り、みかん農家だった実家に転がり込んだ。晩年は酒浸りで、四十九歳で肝硬変が原因で亡くなった」

律子は資料を閉じ、ため息をついた。校長室の白い無機質な天井を見上げる。息苦しい。

古池は前のめりになり、校長に尋ねた。

「和歌山県警の『十三階』捜査員とは連絡をつけてもらえましたか。串上の暴露本を最近になって借りた人物がいます」

「それなら、捜査させる必要もない。昨日、該当部署から報告があがったところだった」

「報告？」

栗山は立ち上がり、神妙に言う。

「あまりにショッキングな内容で、いまは情報を厳格に管理し、事実確認を行っている最中だ。だからお前たちにもまだ話していなかった。俺が上にあげるのも下におろすのも躊躇するほどだ」

デスクの引き出しの鍵を開けて、マル秘の赤文字が鮮明な輝きを放つ書類を取り出す。コピーはないと、栗山は古池にそれを手渡した。

警視庁公安部公安一課三係四班があげた資料だ。

「確か四班は〈白雪姫〉の戸籍を洗って北から南に飛び回っていると——」

北から南。まるで、公安から逃げ惑った串上勝のように。

「まさか」

律子は思わず、古池の手から資料をひったくって猛烈にページを捲った。古池は「おい」と咎めたが、止めなかった。

「本を借りたのは四班の刑事だ。串上勝にはひとり娘がいた」

「白河美雪ですか」

栗山は苦々しい顔で、頷いた。

「日本公安史上最悪のテロ事件、北陸新幹線爆破テロ事件において、爆弾の運搬役を担ったのが、まさか『チヨダ』の娘だったとはね」

言って、懐から日に焼けた古い文庫本を取り出し、ガラステーブルの上に投げた。和歌山県立図書館の管理番号が背表紙に貼られた、串上勝の暴露本だった。

律子はマル秘資料を古池に突き出して、古池より先に本を手に取る。

「黒江」

ふいに栗山が律子を呼んだ。

「二重スパイ作戦は続行中だと言ったな」

「勿論です。必ず、白河を落とします」

古池が口を挟んだ。

「ダメだ。お前の方が落ちかけていたじゃないか」

「落ちていません！　だからいま私はここにいるんです」

栗山は古池と律子のやり取りを遮った。

「投入中の水橋からも、重要情報が上がっている」

二人は同時に口を閉ざした。

「黒江が睨んだ通り、Sファイルとかいうパスワード管理されたデータにテロ関連の機密文書が隠されているようだ」

ファイルの情報を分析したところ、作成者名は不明だが作成場所の国名がシリアとなっていたのだという。

「しかし、相変わらずパスワードが不明だ」

解析には専用ソフトと膨大な時間が必要だが、ボランティアを装う水橋が実行に移すにはあまりに危険だった。

「私が白河からパスワードを聞き出してみせます」

「黒江！」

古池の反論を遮るように、栗山は立ち上がると、デスクの背後の金庫の前に立った。

「代々、裏の理事官に引き継がれる多種多様な極秘資料があるが――これもその一部だ」

金庫を開けた栗山が手に取ったのは、マイクロフィルムが入った箱だった。

栗山はまるで宝石商が数億円のダイヤでも扱うような仰々しさで、その箱をガラステーブルの上に置いた。

「公安が抜き取った、母子の手紙だ。互いに一方通行の、な」

古池よりも早く、律子が箱を手に取った。


深夜二時。

公安四課の資料閲覧室から、プリンターがひっきりなしに動く音が響き渡っていた。

母親の愛情あふれる何百通もの手紙。そして、母の愛を乞う少年の手紙。律子はデータをマイクロフィルムからPDFデータに変換したのち、それを一枚一枚プリントアウトしていた。

絵美子は絵美子で、返信がない遼一に嫌われ避けられていると勘違いし、しかしそれを承知の上で手紙を書いていた。体調を気遣い、食べ物の好き嫌いを律し、学校の様子に思いを馳せる——そして、そばにいてやれないことに謝罪の言葉を重ねながらも、日本の未来のためだと言い訳する。特に読むのが辛かったのは、つたない文字で綴られた白河少年からの手紙だ。

〝ママはいそがしいからぼくに手がみをかけないの？〟

〝ぼくはいつまでも、まっているよ〟

〝ぼくをうんだこと、わすれちゃったの〟

ノック音もなしに扉が開き、古池が厳しい表情で資料室に入ってきた。

「メシは？」

律子は指摘されて初めて、食事を摂っていないことに気が付いた。昼食をどうしたのかも覚えていない。

やっぱりなという顔で、古池が手にぶら下げていたコンビニ袋を突き出した。

「すいません。いただきます」

律子は座り、サンドイッチの袋を開けた。四畳もない狭い資料閲覧室に古池は窮屈そうに入ると、後ろ手に扉を閉めた。椅子がひとつしかないので、スキャナーが載った可動棚に腰を下ろすようにして寄り掛かった。古池は串上勝の暴露本を分析している。コピーしたと思しき資料を次々と律子に示した。

「〈王子〉への手紙を抜いていた元公安部員の名前が記されている。当時の校長が直接指示したことらしい」

「警察官僚がしたことなんですか」

「ああ。絵美子にそそのかされ、出世街道から転げ落ちたバカな官僚がいたようだ」

あさま山荘事件直前の一九七二年一月、絵美子は遼一を出産した直後で体調を崩し、入院していた。『チヨダ』が嗅ぎつけて逮捕する予定だったという。

初めて聞く話で、律子は目を見張って古池を見つめ返した。

〝どうかこの生まれたばかりの遼一と引き離さないで、せめて一か月はお乳をあげさせて〟

絵美子はそう、捜査員に泣きついたという。当時の校長が同情し、逮捕を一か月先延ばしにし、見返りに連合赤軍の情報を求めた。あさま山荘事件へ向かう警察と連合赤軍とのギリギリの攻防の中で、違法な司法取引が水面下で行われていたというのだ。

「絵美子は連合赤軍の情報を実によくしゃべったようだ。しかしある日突然、絵美子は乳飲み子の遼一を残して病室から消えた——蓋を開けてみたら、連合赤軍の潜伏先はでたらめだった。絵美子はあさま山荘事件をバックアップした後、海外に出奔して日本赤軍兵士として数々のテロに関与することになった」

「当時の校長は、まんまと踊らされた……」

遼一の手紙だけ抜いたのは、その報復だったということか。残された遼一には、なんの罪もないはずなのに。

「『チヨダ』の面目を保つため、この件が世に出ることはなかったが——当時の校長は出世街道を外れ、早期退職している」

その後、校長は何度も替わったはずだが、十年以上に亘って遼一への手紙は抜かれ続けた。その〝慣例〟が『チヨダ』に残ってしまった結果だろう。保守的な官僚ほど〝慣例〟という言葉に従順だ。

古池がコピーした書類を示した。

「これが、遼一の手紙を抜くよう指示した張本人だ。その後は政治家に転向し、成功したようだが」

マーカーで引かれた名前を見た律子は、目を瞠った。

警察官僚の名前は全て把握していない。だが北陸新幹線テロ被害者の名前は、完璧に脳裏に刻まれている。

布田昇二——北陸新幹線テロで重傷を負った、石川一区選出の衆議院議員で、元『チヨダ』校長。

「あのテロは、布田を狙ったものだった⁉」

律子はふと、白河と別れた東京駅の雑踏を思い出した。白河は律子を拒絶する際にはっきりと言った。律子と白河とではなしえない絆が、美雪とはあると。美雪と白河の強烈なシンパシー。

それはまさしく、公安への憎しみだ。

「〈白雪姫〉が、成人するずっと前から戸籍を変え続けていたのは、公安から逃れるためだったんですよね」

「だろうな」

「当時の『チヨダ』はそこまでする必要があったんでしょうか」

「怒りにまかせて暴露本など出すからこういうことになる」

「そこまで末端の作業員を追い詰めた『チヨダ』にだって責任はあります」

「お前、それを絶対に校長の前で口にするな」

「わかってますが——日本の僻地へ逃れた元捜査員の就業を邪魔するとか、逃げられた腹いせに子どもへの手紙を抜くとか、とても公的な組織がしていることとは思えません。これじゃ、裏切り者を次々と粛清していった連合赤軍と同じです。『チヨダ』は、公安の名を借りたテログループそのものじゃないですか」

「黒江！」

睨み合いになった。

「——やはり、お前には無理だ。二重スパイ作戦は終了。続行させない」

言って古池はプリンター排出口にたまった母子の手紙の束を手に取り、そのままシュレッダーに突っ込んだ。

律子は慌ててその腕を摑んだ。

「やめてください！」

「なんのためにこんなものをプリントアウトしている」

「白河に見せます」

「冗談を言うな。公安への憎しみに油を注ぐだけだ」

「彼には見る権利があります。母親の愛情を知る権利が——」

「甘ったれたことを言ってるんじゃない！　やはりお前は白河に洗脳されたままだ、奴に同情ばかりしている」

「違います。同情して協力しているフリをして、情報を取るんです。私たちはまだなにも摑んでいないんです。白河と〈鏡〉だけでなく〈R〉との関係も。〈白雪姫〉が中東でなにをしているのかも――」

「いまのお前は〈王子〉に溺れるだけでなんの情報も取れない」

「私をいつまでも子ども扱いしないで！」

「子どもだ！　テロリストを愛したかもしれないと言って俺に泣きついたのはつい三日前の話だぞ、もう忘れたか！」

「白河は強いシンパシーから〈白雪姫〉と婚姻関係を結んだと言っています。本当に組織を操っているのは彼女で、白河をテロ活動に巻き込んでいるだけなのかもしれない。この手紙を読めば、白河は目を覚ますはずです。公安の協力者になるはず。彼は誠実な人です！」

古池は茫然と律子を見据えた。

「お前、完全に奴を信用しているじゃないか。そんな状態で二重スパイなどできるはずない」

「私は絶対に『十三階』を裏切りません！」

「この手紙を外に出すこと自体が『十三階』への裏切りだ！　これは歴代の裏の理事官が表に出さないように厳重に管理してきたものだ。紙に印刷すること自体が裏切り行為だ！」

古池は次々と用紙をシュレッダーに突っ込んでいく。律子は力ずくで止めようとした。古池ともみ合いになる。

「これ以外に、どうやって〈鏡〉に近づく方法があるんですか。お願いだから、私を信じて

「……！」

古池の武骨な手を両手で封じ込めるようにして握り、律子は必死に懇願した。古池の瞳が歪み、ふと苦しそうに律子を見下ろす。古池は押し殺した声で、吐き捨てた。

「絶対に、絶対に二度と、お前と白河を近づけない」

感情を強引に押し込めているが、瞼が細かく震えている。古池が初めて見せた、隙だった。律子は彼の背広の背中に手を這わせた。淫靡な匂いを指先に含ませて。背伸びをして、顔を近づける。古池は困惑して、のけ反った。「お前」と言って、律子の手を振り払おうとする。律子は古池の首に腕を巻き付け、その唇に吸いついた。

古池が拒絶を見せたのは一瞬だけだった。舌が絡むとスイッチが入ったかのように、古池は前のめりになった。律子が後ろのデスクへ手を突かねばならぬほど、求めてくる。古池の弱さを初めて見た気がした。律子は息苦しさを装って唇を離した。古池はなおも求めてくる。その顎に優しく掌を向ける。伸びかけの髭がざらりと皮膚を刺激し、古池の熱い吐息で指先が湿っていく。

「信じて。ちゃんとあなたのところに戻ってくるから」

古池は物欲しそうにあいた口を閉ざし、苦悶の表情を浮かべた。

「次は絶対に成功させる」

唇を噛みしめる古池に、律子は問いたかった。なぜ六年前のあの日、なにも言わずに去っていったのかと。

律子はマイクロフィルムの原本を摑んで、別の閲覧室へ移動した。古池の怒号と何かを蹴とばす音が聞こえた。

徹夜で作戦を詰め、朝も昼も会議室にこもった『十三階』の古池班は、日も終わろうとする二十二時より、作戦実行態勢に入った。

白河の監視は長野県上田市から帰京した後も、柳田を中心に続いていた。白河は自宅の秘聴・秘撮器だけは業者に外させていた。しかし警察に訴えたところで無駄とわかっているのだろう、特に被害届を出す様子はなかった。

二十三時。すでに白河は帰宅している。

秘聴・秘撮はベランダ側の外壁に取り付けられた集音マイクと、ベランダにある排気孔からの小型CCDカメラ映像、そして律子のジャケットの胸ポケットのボールペンに仕込まれた、超小型秘撮器のみだ。

古池と三部、柳田は監視拠点となっているミオ・カステーロ東池袋の四〇一号室にいる。

「拠点・古池。監視準備完了」

各班から了解の言葉が飛ぶ。

「拠点・古池より乙点・水橋へ。状況の報告を」

『投入』中の水橋はGBAのオフィスに現着している。近場で飲んで酔いつぶれ、オフィスのソファで寝てしまっている体を装う。職員がひとり残っていて、まだ帰ろうとせず、水橋側の準備がなかなか整わなかった。

水橋には、律子が聞き出すパスワードでSファイルを開示し、コピーして持ち帰る任務が与えられている。

午前〇時。

終電に合わせるかのように、最後の職員がGBAオフィスを出た。

「乙点・水橋より全班へ。準備完了」

拠点の古池から、律子に指令が出た。

律子は車内で髪をぐちゃぐちゃに振り乱し、ブラウスを第二ボタンまで開けた。スカートの下のストッキングに爪を立てて伝線させると、書類の束を胸に抱いて車を出た。作戦上、上司ともめてきた様子を演出しなくてはならない。

運転席の南野は『防衛』部隊として、北側の路地に車を回した。

律子はマンションに入り、白河の住む五〇一号室に到着した。チャイムではなく、扉を乱暴に叩いた。近隣の迷惑になるほど叩いた。キッチンの明かりが窓から漏れて、白河がチェーンをかけたまま扉を開けた。メントールの匂いが強く律子の鼻を抜けていく。それだけでこみ上げるなにかがある。気持ちは上田から戻った東京駅構内のあの時に、一瞬で引き戻された。

「――なにをやってる」

ほぼ一週間ぶりに律子を捉えた白河の瞳に、動揺や困惑以上の親密な色が浮かぶ。

「開けて。中に入れて」

悲痛に訴える。白河は律子の涙で汚れた顔と、乱れた頭髪、衣服を見て息を呑んだ。

「なにがあった」

「お願い。中に入れて」

「もう二度と会わないと言ったはずだ」

律子は涙をこらえるそぶりをした。唇をぎゅっと横に結んで、口角筋に力を入れ、こみ上げる感情を封じ込めようとしているかのような演出をする。瞼を震わせ、小刻みに頷くも、その場からは離れない――。

白河は長いため息をついた後、一度扉を閉めた。チェーンが外れる音。

扉が開いた。

律子は中に入った。今度はとめどなく眼窩から涙をこぼして見せた。ハンカチは使わず、ただひたすらそれを手の甲や指でぬぐい続ける。

「――困るんだよ」

白河はなるべく律子と目を合わせないように、半身になっていた。

「ごめんなさい。でも、どうしてもこれを」

律子は一瞬躊躇を見せた後、震える手で、書類袋を白河に向けた。なにかを突き放すように。

「――見つけたの。お母さんの手紙」

頑なだった白河の顔に、驚愕と動揺の色が広がる。

「ごめんなさい。私たちの組織は、あなたに本当にひどいことを」

「どういうことだ」

「公安が抜いていたのよ。あなたに宛てた、お母さんからの手紙を。あなたが書いた手紙も、届いていなかった」

白河は律子の手から書類を奪うと、その場にしゃがみ込んで手紙を読み始めた。目が充血していき、やがてその目尻にたまったものに蛍光灯の明かりが反射する。最初の一枚でもう胸が詰まったのか、一度手紙から目を離して天井を仰いだ。

「母の字だ」

律子は言葉もなく、大きく頷いた。

「母の、言葉だ。僕に宛てた——」

白河はそれだけを絞り出すように言うと、わっと泣いた。律子は身を起こし、白河のそばにしゃがんだ。震え、激しく上下する肩にそっと手をやる。背中をさすった。

「ゆっくり読んで。私は——行くわ」

律子は無意識のうちに、立ち上がっていた。しかし慌てて足を止めようとした。作戦とは違う。この場に留まらなくてはならない。なぜ立ち上がってしまったのだろう。

そしてふと、気が付く。

体の一部が歪んでしまったような奇妙な違和感が、消えている——。体が軽く、まるでこれが本来の自分の姿で、白河に同情している演技が本気の振る舞いであるように感じた。古池の前にいるときの方がよほど、納得しがたい違和感があった。

白河に手を摑まれた。

「待って。行かないで。そばにいてくれ」

白河は母の手紙の束を胸に抱き、絞り出すように言った。律子は細かく頷いた。

「コーヒーでも、淹れるわ」

白河はどこか名残惜しそうに律子から手を離した。ダイニングに座り、昂る感情を必死に抑えている様子で、母からの手紙を読み始める。

コーヒーの場所も砂糖の場所も知っている。知っていることに、白河は嫌悪感を示すこともなかった。彼はいま、監視されていた以上のことを受け入れようとしていた。

律子は二人分のコーヒーを淹れると、白河が座るダイニングの斜め向かいに腰かけた。

白河は三通目の手紙を読み終えると顔をあげ「ありがとう」とマグカップを取り、尋ねる。

「――君の立場は、まずいんじゃないのか」

律子は曖昧に笑うにとどめた。

「早く読んでしまって。いつ公安が気づいて、奪いにくるかわからない」

白河は表情を引き締め、頷く。手紙に再び視線を落とそうとして、律子を直視した。

「君は、シャワーでも浴びてきたらどうだ。顔がパンダみたいだ。あの日の晩みたいに」

律子は笑えないと、顔を伏せた。

「——上司を裏切るのは辛いわ」

白河の眉がぴくりと反応した。

「君の好きな人だった……？」

「でも——どんな組織も、誰かから母親の愛情を取り上げる権利はない。ひどく言い争いになってしまって」

白河は細かく頷いたのち、立ち上がった。

「なにか着替えを出しておく」

「いいわ」

律子は自然と首を横に振った。

「手紙を届けにきただけだから」

また、作戦とは違う言葉が出た。しかし、体の内側の違和感はない。

——これが本当の私？

白河はそれ以降、帰れともここにいろとも言わず、手紙を読むことに没頭した。涙を堪え、時々堪えきれずに涙を流し、そして祖母や兄たちとの懐かしい思い出も蘇ったのか、少し笑うこともあった。

律子はダイニングテーブルに座り続けているのが辛く、途中でソファに移動した。睡魔が襲い始めていることに愕然とした。緊張感がない。母の手紙を手に入れた白河を見てほっとし、安堵している自分に改めて気が付いた。

自分は公安だ、作戦の最中だと何度も言い聞かせる。それでも眠りに落ちかけてしまう。疲労ではない。白河の隣にいる事実に、体が安堵しているのだ。その事実に愕然とする気力も、公安刑事としての自分を奮い立たせようとする気概も湧いてこない。

また寝てしまった。はたと目を覚ましたとき、もう朝になっていた。

白河はソファに寝転がる律子の足元に寄りかかり、手紙を持ったまま小さくあくびをしていた。目が合うと、白河は情けないほどに弱々しく、笑った。

「おはよう」

「――おはよう。ございます」

戸惑いが言葉に現れた。「なんで急に敬語?」と白河は笑って、手紙のページを捲った。

律子はふらつく足取りで立ち上がり、もう何杯目かもわからないコーヒーを淹れた。

「おなか、空いてる?」

ソファの白河から「うん」と遠慮がちな返答があった。

「なにかさっと作るわ」

冷蔵庫をのぞいたが、野菜は千切りキャベツのパックがあるだけだった。スクランブルエッグを作り、ウィンナーは包丁を細かく入れ、炒めてタコの形にした。匂いにつられて、白河がキッチンに立った。「タコにしてるのか」となぜか嬉しそうに笑う。

「かわいいかなって」

「祖母の弁当はいつも、日の丸に煮つけの残り物とかだったからなぁ」

「そういう世代よね」

「憧れてたんだ、ずっとこういうの。公安はそんなことまで把握していたのか」

「知らなかったわ」

背後に立つ白河を振り返って言うと、「そうか」と白河は澄んだ目で律子を見返した。そしてなにかの空気を断つように、ウィンナーをつまみ食いして律子を笑わせた。

ダイニングテーブルに腰を落とした。食事の間中も白河は手紙を読み続けていた。手持ち無沙汰の律子に、配達されたばかりの新聞を手渡す。律子は新聞を捲りながら、トースターで焼いたパンにバターを塗り、齧った。

律子の胸にふと、かつての食卓が浮かんだ。上田の実家の、父がいた食卓。父がいた席が空席になり、やがて物置場になっていく食卓。東京で一人暮らしを始めたときの小さな食卓。夜のベッドに入る男がいても、朝までそこにいて朝食を一緒に摂ってくれた人は少なかった。『十三階』所属となってからの孤独は有り余る。最初から食卓の反対側に誰かが座ると期待していない。いつもそこにはスニーカーの箱が山積みになっていた。

律子は、律子が作った朝食を口に運ぶ白河を見やった。髭が伸び始めていた。髭が似合う人ではなかった。

「ねえ、おいしい?」

白河は突然そう尋ねられ、困惑した後に苦笑いする。

「うーん。肉じゃがとかカレーとかなら、答えようがあるんだけど」

二人は顔を見合わせて、同時に噴き出した。

「——なにを言い出すんだよ、突然」

「だって……」

——なんか、幸せだなぁと思って。

律子は食事を終えると、いつもの癖で服薬した。ピルケースを見た白河は心配そうに尋ねてきた。

「そういえば、上田でも薬を飲んでいたね。どこか悪いの？」

律子は曖昧に首を横に振り、視線を落とした。

「低用量ピル」

白河は古池のように、すぐにはピンと来なかったようだ。ただ首を少し傾ける。

「仕事上、生活が不規則でしょう。そうすると生理不順になって、いつ始まるかわからなくなるじゃない。マルタイ行確中に急に始まったりしても困るし。だから、排卵を止めてしまえば、生理も安定するから」

その先にある覚悟までは、話さない。もう覚悟ではない。欲望だ。

「ごめんなさい。食事中に」

「いや、聞いたのは僕だから」

「——もう、飲む必要なかったのに。ずっと任務から外されてる。それなのに手紙を持ちだしてしまって……」

「なにか、処分があるのかな。やっぱり」

白河は当事者だけに、申し訳なさそうに律子に問う。律子は慌てて笑顔を作り、首を横に振った。

「後悔していないわ。それに手紙を持ちだしていなかったとしても——私はこんな組織に失望している。もう、忠誠を誓うこともない」

唇が意思を持ったかのように、簡単にそんな言葉が出た。自分で言った言葉なのに、自分で驚いている。白河はそんな律子をじっと見つめている。独特の緊張感で空気がビリリと震える。律子を想う悲愴感の中に、愛したい、愛し合いたいという衝動が見え隠れしている。

白河は気弱に視線を逸らした。食器を持って立ちあがる。「ごちそうさま」と食器を洗い始めた。水道の水が食器を叩く音、スポンジが食器の表面を滑る音。食器同士がぶつかる音。全てが律子の心を抉るように響く。白河が突然、これまで聞いたこともないような低い声で言った。

「——二人でどこかへ逃げようか」

律子は耳を疑い、こちらに背を向けてシンクに立つ白河を見た。

「いま、なんて……」

「俺ももう、逃げたい」

白河の肩がぐらりと揺れた。

「彼女にはいまでも強いシンパシーがある」

「奥さん？　美雪さんのこと」

「でも、それとテロとは別の話だ」

律子は思わず腰を浮かせた。白河の横に立つ。顔を覗き込んだ。浮かぶ苦悶。白河は俯いた。涙が落ちて、シンクを打った。

「あんなに人が死ぬとは思っていなかった。金沢で、あんなに大規模な爆破だったなんて、俺は彼女から知らされていなかった」

自供を始めた。予想外の展開だった。白河は泣きながら微笑み、律子を見た。

「俺を逮捕するかい」

――したくない。

「してくれていい。俺は本当にもう、耐えられない。けれど俺が彼女を裏切ったら、テロリスト志望者に混ざってなにも知らずに中東で活動に従事しているボランティアたちにどんな危害が及ぶかわからない。どうしても話すことができなかったんだ――」

「何人いるの」

思わず尋問口調になり、律子は慌てて言いなおした。

「テロリスト志望者をあちらに送り込んでいるということなのね――。Sファイル」

覚悟を決めて、その名を口にした。いまがそのタイミングだという確信が、律子にはあった。白河は焦燥と困惑がないまぜになった充血した瞳で、律子を見返す。

「パスワードを教えて」

白河は口を結んだままだ。水の音が耳障りで、律子は水道レバーを上にあげた。

「いまならまだ間に合う。次のテロを阻止できる。阻止できるのは、白河さんだけなのよ」

白河は感情を爆発させ、叫んだ。

「言えない……！　君は公安なんだ。そしてきっと僕は、テロリストなんだ。テロリストになってしまった」

言って白河は、泣き崩れそうになった。とっさに支えた律子は、頭が外れるほど首を横に振った。

「違う」

「……」

「私は、あなたが好きだからここにいるの」

白河は目を閉じて、頷いた。涙が次々と頬を伝う。

「私だってもう、全部捨ててきたの。だから、やり直せるわ」

律子は白河の二の腕に手を置いて、必死に下から見上げて懇願した。

「Sファイルを解除したら、中東にいるボランティアを早急に大使館で保護する。そして、すぐに二人で逃げるの。どこか、遠くへ。もう全部忘れて。私はあなたのことだけを、あなたは私のことだけを見つめて、生きていくの。ね？　そうする、そうしたい」

白河はふいに視線を外した。

「――突飛なことを言うね、いつも君は」

「そんなことない。公安が動く前に海外に行ってしまえば」

「海外？　どこの国へ」

投げ捨てるように言った白河に、律子は必死に食い下がった。言葉が多くなる。

「あなたは学生時代に世界中を放浪していたでしょ。たくさんの国を見てきた。あなたがもう一度行きたいと思った、いちばん美しかった国に行くの。そこでずっと私と暮らすの。全部忘れて。ね？」

白河は、なにかを堪えるようにぐっと黙り込んだ。

「――ねえ。どこがいちばん、美しかった？」

白河は律子を見据え、流れるように言った。

「上田かな」

律子の体内を巡るなにかがわっと沸き立った。それは彼女を構成する要素なのだ。白河は自信たっぷりに微笑んだ。

「上田がいちばん、美しかった」


監視拠点である一階下の四〇一号室。

ヘッドセットを耳に当て、律子のボールペンから秘撮動画を見ていた古池は、一瞬なにが起こったのかわからず、立ち上がった。

階上の五〇一号室。律子と白河がいる。ドスンとなにかが倒れ床を打つ音が響く。

がらんどうの和室で寝袋に入り仮眠を取っていた三部が目を覚まし、飛び上がった。

「いまなにか、響いたぞ」

「白河が自供を始めたんだ」

「なんだって！」

ボールペンの映像を見る。なにかが覆いかぶさり、視界が遮られている。なにが起こっているのかわからない。ベランダからの小型CCDカメラではダイニングの様子までは映せない。

「柳田。上へ行って様子を確認しろ。キッチンの窓でも郵便受でも、ダイニングの秘撮映像を撮れ」

柳田は「了解」と手短に言うと、手持ちの機器を担いで外に出た。

三部もヘッドフォンを当てて、乱れっぱなしの映像を注視する。

ボールペンが床を打つ音がして、映像が静止した。茶色のフローリングの床に流れる律子の髪が見えた。彼女は、フローリングに横たわっている。

律子がジャケットを脱いだのだ。

白河が、律子の髪のすぐ横に手をついた。その手は律子の髪を掬《すく》いあげ、彼女の小さな頭を包み込む。

唇と唇——口腔内の粘膜と粘膜が重なり合い、ねちゃねちゃと音を立てた。二人の喉の奥から、喘ぐような声が漏れる。

古池はヘッドフォンをかなぐり捨てた。

「バカめ、あいつ……！」

三部もヘッドフォンを取った。「終わったら呼んでくれ」と、動揺しながらも和室の寝袋に戻っていった。

古池は階上へ急ぎ向かった柳田に、戻るように無線を入れようとしたが、あちらから報告が入った。

「郵便受からの映像、いま届けます」

予備に置いていた三台目の映像機器が電波を受信し、ダイニングの床で繰り広げられている男女の営みをはっきりと映し出した。

投げ出された律子の足。上に覆いかぶさり、彼女の体を貪る白河の背中。律子のスカートの中に手を這わせて、やがて下着とストッキングを同時に引き下ろす。二人はずっと唇を合わせて、離れない。

古池は全身の毛穴が怒りでかっと開くのを感じた。

映像機器の電源スイッチに手をやった。全身の血液が沸騰したかのように熱く体が火照っていた。激怒、憤怒、激昂、全ての怒りの言葉を使い尽くしても足りぬほどの感情だった。

彼女を見つけたのは俺で、彼女を育てたのは俺で、彼女は俺のことを愛していて、絶対的な信頼関係の下――。

彼女の体に触れられるのは、俺だけだったはず。どうしていま、別の男が彼女の体を貪っているのか。よりによってテロリストが。

テロリストの上半身が律子の体から離れた。慌ただしくスラックスを下にずり下げて、彼女の両足を広げた。

阻止しなくてはならないと、古池はとっさに玄関へ走った。嬲《なぶ》り殺してやるだけでは気が済まない。律子を貪り尽くそうとするその体をズタズタに切り刻み、灰になって風につまらなく舞うほどになるまで焼き尽くさないと、気が済まない。

無線が鳴った。古池は我に返った。

乙点、GBAオフィスにおいて徹夜で指示を待つ水橋からだった。

「乙点・水橋より拠点へ。現況をお願いします。あと数時間でスタッフが出勤してきます」

──いまは作戦行動中で、そしてSファイル解除の、絶好のチャンスだった。

沸騰直前まで煮立っていた全身の血液に、冷水が注射されたかのようだった。一瞬で全身に悪寒が走る。

古池は体中を巡る冷えた血を自覚しながら、監視映像前に戻った。どさりとパイプ椅子に腰かける。白河が彼女の内側を堪能するように、じっくりと腰を動かしていた。

古池はヘッドフォンを耳に当てた。彼女の喘ぐ声。悦楽に溺れる吐息。肌が重なり合う音。濡れた粘膜が絡み合う音。皮膚が弾き合うリズミカルな音──。

古池は手元のノートを引き寄せ、転がっていたペンをノックした。

『〇七二九　自白開始』と走り書きしていた。その下、現時刻を記入したのちこう書いた。

『〈王子〉陥落』

律子の勝利は近い。古池は無線を取り、水橋に言った。自分が言っているのとは別のところから自分の声が鳴っているようだ。

「白河が自供を始めた。いまは感情の〝発露中〟だ。直《じき》にパスワードが飛び出す。待て」

了解、となにも知らない水橋が返答した。

古池は改めてヘッドフォンの音声に集中し、眼球でつぶさに白河の一挙手一投足を見つめた。食器を洗っている最中に突然自供を始めたように、いまの白河も〈鏡〉への忠誠と律子への個人的な愛情、そして倫理の間でぐちゃぐちゃに揉まれ、混乱しているはずだ。射精ついでにパスワードを口走るかもしれない。どんな言葉も吐息も喘ぎも聞き漏らさない。古池は徹夜で充血した瞳にその映像を焼き付け、耳朶にこびりつく律子と白河の不愉快な喘ぎを反芻した。悪寒が走るほどに寒いのに、全身から汗が噴き出す。額の汗が頬の汗を巻き込みながら顎に流れ、ポタポタとノートの上に落ちた。

ふいに背後から強い視線を感じ、古池は我に返った。

三部が、悲痛な面持ちで古池の背中を見ていた。三部こそが、涙ぐんでいた。なにか言っている。古池はヘッドフォンをずらして、三部の言葉を聞いた。

「――班長。作戦に女を使うのは、もうこれっきりにしよう」

古池は無言で、三部を睨み返した。ヘッドフォンから、律子の喘ぎ声が漏れる。

「誰よりも男の方が、参っちまう」

夕刻、猛烈な空腹感で律子は目を覚ました。温かい胸に頬を押し付けるようにして眠っていた。裸の自分の肩に白河の筋肉質の腕が乗っていて、ずしりと重い。

律子は、これまで絶対的にそこにあった孤独の正体を見た気がした。目が覚めるといつもひとりだった。寝入りばなには隣にいたはずの誰かは、いつも目が覚めたときには消える。またひとり、取り残されたのだと知ったあの絶望にも似た感情。

父が、波長の合わない家族の中にただひとり律子を残して逝ってしまったように。

朝、突然白河とそういう関係になった。一線を越えた勢いのまま、白河は果てた後に、美雪との出会いと北陸新幹線テロに至る経過を詳細に話してくれた――。

二人の出会いは二〇一一年、夏。日本が東日本大震災直後で沈滞ムードから脱しつつあるころだったという。

当時、白河はイラクに滞在し、現地でGBAと提携できる植林関係のNGO探しに奔走していた。イラク戦争は終結し、各イスラム勢力が群雄割拠しつつある時で、五月にはアル・カイーダのビン・ラディンが暗殺されたと報じられていた。イラクは束の間の平穏にある時期だった。

ISISが活動を活発化させるのはその二年後のことだ。

「あのころは訪問する先々で日本人と名乗るたびに言われた。こんなところで木なんか植えている場合か。日本に帰って震災で傷ついた人たちを支援しろとね。爆弾で足を失った子どもが言うんだよ。それで、なけなしのお金を寄付してくれようとする」

大多数のイスラム教徒はこういったホスピタリティにあふれる人たちばかりだという。その流れから、白河はＮＧＯ活動の傍らで、現地の有志の人々や日本法人で働く日本人、大使館関係者などを招いて、東日本大震災復興支援パーティを各地で開催するようになった。

「そこに現れたのが、妻だった。当時はまだ〝美雪・イワノフ〟という名前でね。のっぽで鼻が高い、石油関連会社の幹部と連れ立って、ひときわ豪華なドレスをまとってパーティ会場に現れた。時価数億円のダイヤモンドを首からぶら下げて」

美しい顔立ちだったこともあるが、日本人は外国人から見ると幼く見える。実際、美雪は当時まだ二十三歳だったこともあり、人妻なのに皆から〝プリンセス〟と呼ばれていたという。胸に毒牙を隠し、蝶よ花よともてはやされていた――。

白河は懐かしそうな顔つきで話すが、妻・美雪を語るその目の奥には、愛情ではなくなにかを憐れむ色があった。

「そんなプリンセスが、ドネーションパーティに着ていくタキシードすら持っていない、薄汚い恰好をしたＮＧＯの代表に声をかけてきたもんだから、僕は飛び上がったよ。彼女はＧＢＡの活動に興味を持っていると言って、熱心に活動内容を尋ねてきた。だけど僕の活動場所はそもそもイラクとか、戦争で傷ついた土地だ。世界中の指折りの金持ちが集うドバイのパームツリーなんかじゃないからね」

世間知らずのプリンセスを適当にあしらい、白河はパーティの翌日にはイラクに戻った。

しかし滞在先のオンボロのモーテルでひっくり返った。美雪が先回りし、待ち構えていたのだ。

「着古したジーンズにティシャツ、周囲の女性たちから浮かないように、スカーフを頭からかぶってね。それでも、砂埃と日光で色あせたスカーフを取った下の美雪は、やっぱり、美しかった。人は顔じゃないとは言うけれど、男としてやっぱり、目を引かれるものがあるというか……」

律子の手前か、白河はなぜかそこを必死に言い訳する。律子は白河の裸の胸をちょっとつねってじゃれ合い、話の続きをせがんだ。

「彼女がイラクに飛んだこと、大金持ちの夫は咎めなかったの？」

「咎められるとわかっているから、黙って出てきたと。十五人いる使用人の目をかいくぐってパームツリーの高級アパートを脱出したらしい。〝超余裕〟って、そこで急に日本の女子高生みたいな口調になって言うんだ」

巧妙だな、と律子は思う。公安に復讐する組織を作るため、美雪は必死に協力者を探していたはずだ。中東で顔が広い人物で、同じように公安に一物持っている者――。適任は他にいなかった。

白河遼一の存在を知ったとき、美雪は絶対に彼を落とすと心に誓っただろう。

律子が初めて白河遼一を見たとき、絶対に逃さないと誓ったように。

白河が昔話を続ける。

「だいたい、現地の使用人なんてプロフェッショナルじゃないから、私を尾行なんてできないとも美雪は言っていた——プロフェッショナルってなんのことだろうと尋ねたとき、初めて彼女は教えてくれた。幼いころからずっと、公安に監視される人生だったと」

その言葉がどれだけ白河の胸に響いたか、想像に難くない。養子縁組や婚姻、国際結婚を経て公安の監視から逃れた女と、ただそれを甘受し、母の愛を求めながら中東を彷徨《さまよ》う男——。

美雪はその後も、言葉巧みに母という名の喪失感を持った白河を活動に引き込んでいった。パレスチナ自治区に飛び、いまも粛々と活動を続けるパレスチナ解放人民戦線と接触すれば、半世紀前そこにいた藤村絵美子に関するなんらかの情報を得ることができるかもしれない、と——。

白河はこうして、中東にいる反体制派と接触を持つようになった。荒れた戦地に緑をというスローガンは気が付くと消えていた。これまで自分の出自を現地人に話したことなどなかった。だが「自分は日本赤軍・藤村絵美子の息子だ」と言うだけで、白河は各反政府勢力に、諸手を挙げて歓迎された。

白河は美雪によって、中東の過激派と接触する先導役に祭り上げられたのだ。

行く先々で、テロリストたちは欧米への憎しみを爆発させ、いかに世界が彼らの欺瞞に支配され、都合のよい情報で踊らされているのか、説いた。欧米のドローン攻撃で結婚式を吹き飛ばされ、たったひとり生き残った傷ついた花嫁、米軍の誤爆で吹き飛んだ小学校の映像を見せられたときには、心が怒りで震えた——瓦礫と血の海に埋もれた、子どもの数百もの死体。日本では、反体制派の自爆テロと広く報道されたものだという。

一方で、ＡＫ47カラシニコフ銃を肩から下げ、携帯電話起動式のＣ４爆弾を淡々と製造するテロ戦闘員たちは、東日本大震災を悼《いた》み、白河の前で祈り、なけなしの金を寄付金として託す。どこに真実があるのか白河は混乱しながらも、ずるずる、ずるずると美雪に手を引かれ、心をテロリストの包囲網に置かれ、後戻りができなくなってしまった——。

美雪はそのころには、石油会社の夫と死別していた。青酸カリ自殺だったと、美雪は嘆いた。

「夫は、私と白河さんの仲を疑っていたの。君を失うくらいなら死んだ方がましだと言って、私の目の前で毒物を飲んだのよ」

と、白河の胸で号泣したと言う。律子はすかさず、尋ねた。

「もしかして、莫大な遺産を相続したんじゃ？」

白河は静かに、頷いた。それが『名もなき戦士団』の資金源だったのか——。

「本当に自殺だったの——」

思わず、そんな言葉が漏れる。白河は自嘲するように言った。

「ドバイの警察官たちも骨抜きにされたんじゃないか。あの美貌で——」

美雪は現地警察の捜査網から逃れる必要もあったのだろう。日本に帰国するとすぐさま金の力で養子縁組をし、平井美雪となった。白河の気持ちを繋ぎ止めておくため、元連合赤軍の佐伯に手紙を書いて、藤村絵美子の真実を探ろうとしていた……。

二人が入籍したのは、二〇一四年六月二十九日。ISISがカリフ国家樹立——つまり、新たなるテロ組織の名乗りをあげた日付だった。

「まず手始めに、布田昇二から始めようと。手紙を抜くよう指示した張本人を暗殺し、『名もなき戦士団』の名乗りをあげよう、と……」

そして、日本の公安組織を徹底的に叩きのめす。テロリストの卵をISISに育ててもらい、帰国後、日本中に配置する。そのためのリスト——Sファイルは、美雪が作った。その『S』は、スノウ・ホワイトの頭文字から取ったものだ。GBAオフィスの白河のパソコンから閲覧することも可能だが、殆ど中を見たことはないという。テロリスト志望者——つまり『名もなき戦士団』の名簿だから、中東にいる美雪が随時情報を更新し、彼女が使用している。

「教えて。〝Sファイル〟のパスワードを」

裸のベッドの中でそう迫った律子に、白河は珍しく乱暴な調子で覆いかぶさってきた。二回目をしたいと、唇を重ねる。時間がないのだと白河は言った。いずれ公安は自分を逮捕しにくる。一度でも多く重なって体に君の記憶を残しておきたい——白河は律子の体をまさぐりながらそう耳元で囁いた。律子は体が自然に開くのを感じた。だが、あえて拒んで、焦らした。

「ひとつだけ、教えて」

「ひとつだけ？　Sファイルのパスワード以外にもうひとつということ？」

そうよと頷くと、「それじゃ、二つじゃないか」と白河は笑い、律子の乳首を優しく噛んだ。律子はしびれるような快楽に身をよじりながらも、胸の上の白河の顔を両手で覆い、強引に自分の方へ向けた。

「ねえ。美雪とセックスをした？」

白河の動きが停まった。瞳孔が揺れる。

「愛でもない、公安への憎しみというシンパシーで結婚した。シンパシーで繋がっているだけなんでしょ。それで、美雪とセックスをしたことはある？」

「――それは、公安刑事としての質問かな」

「違うわ」

「だろうね」

ふっと笑って白河は、いたずらを叱られた子どものように律子の平べったい胸の谷間に顔を隠してしまった。「ねえ教えて」としつこく尋ねる。「一応、夫婦だし……」という気弱で申し訳なさそうな返事があった。「もう――」と律子は小さな怒りとかすかな失望を持った。白河は顔を上げ、両肘をついてせり上がってきた。律子を深刻そうに見下ろす。浮気がバレて焦りながらも、なんとか許しを乞おうとしている男の顔みたいだった。

律子は猛烈に、悲しくなった。

国際テロリストの息子という特異な宿命の下に生まれ、生きてきた白河にも、巷《ちまた》の男と変わらない普遍的な部分がある。そこがクローズアップされればされるほど、普通の日本人男性として生きる術を、テロリストからだけでなく、公安からも奪われてしまった白河があまりに不憫《ふびん》だった。

かわいそうで、かわいそうだからこそ、その感情をぐっと心の奥底にしまい、笑い飛ばしてやった。ゲラゲラと笑って見せると、「からかうなよ」と白河は言い、大胆に律子の上にまたがった。体をなめ、胸を好きなように弄び、大きく律子の足を開かせた。律子は喜んで白河を受け入れた。恐ろしい幸福と悦楽に、律子はただ、身をよじらせた。

終わったときふいに、白河はまるで律子にご褒美のように言った。

「orange tree」

Sファイルのパスワードだった。

あれから、四時間が経過していた。

古池はいま、どうしているのだろうか。

作戦はどうなったのだろうか。

——六年前のあの晩、古池は本当に私を抱いてくれたのだろうか。それともあれはただの夢だったのか。古池という人は本当に存在しているのか。『十三階』は実在する組織なのか。そこにあるはずの現実がどんどん危うくなっていく。比例して、律子の中で白河の存在が濃い輪郭になって心を占領していく。

白河も目覚めた。

「ああ。腹が減ったな」

「私もよ。なにか作る？」

「一緒になにか作ろう」

二人でベッドから出た。律子は白河のティシャツを借りた。汚れた下着をまた肌に着けるのが嫌で、下着はつけなかった。ティシャツの裾から律子の臀部の一部がちらちらと見え隠れする。白河は「見えちゃうぞ」と笑って裾を引っ張ったが、ついでに少し触って律子に悲鳴と笑い声をあげさせた。

ティシャツとボクサーパンツ姿の白河は、まだらにすね毛が生えた足を晒し、無防備だった。なんとか守ってやれないかと心から思った。二人でどこか遠くへ逃げる――今朝がた、嘘で言った言葉に現実味が欲しくなってくる。

「パスポート、すぐに出せる？」

ふいに出た律子の言葉に、白河の顔色が変わった。白河以上に、律子は自身の言葉に戦慄した。本気か。本気で白河と逃げるのか。

公安刑事という人生にピリオドを打つのか。

古池を裏切るのか。

「勿論だよ。すぐに出る。君のは？」

白河が愛情深い瞳で、尋ねてくる。白河は目が覚めても隣にいてくれた。律子は大きく頷いた。

「――官舎に戻れば」

チャイムが鳴った。白河以上に、律子はぴくりと肩を揺らした。もう一度、チャイム。

「白河さーん。速達です」

白河はほっと胸をなでおろし「いま出ます」と玄関の方へ叫ぶ。和室のベッドの下に落ちたスラックスを穿いた。律子は不安に駆られ、白河よりも先に玄関に走り、ドアスコープから外を覗いた。暗闇で、なにも見えない。

誰かが手で隠しているのだ。

ドアの向こうに、公安刑事たちが潜んでいる空気を、ひしひしと感じた。

律子は身振り手振りで〝出てはいけない〟と白河に合図し、ベランダへ促した。白河の、寝起きで丸腰だった顔に緊張が走る。

「君もなにか穿いて」

律子は頷き、ダイニングテーブルの下に落ちていたスカートを身に着けた。ベランダへの窓を開けた。

目に飛び込んできたのは、覆面パトカー二台、パトカーが四台。屋根に『池』という漢字と通し番号が振られていた。管轄の池袋署のものだろう。本部と所轄の公安刑事たちが蠢き、規制線を張ろうとしていた。

絶望している間もなかった。

ピッキングであっけなく玄関扉が開錠される。チェーンがピンと張り、完全に扉が開くのを阻止した。それも束の間だ。

「白河遼一！ 逃げても無駄だ！」

捜査員の怒鳴り声が聞こえた。巨大なレンチが扉の隙間から差し込まれ、チェーンが一瞬で切断された。同時に、黒や濃紺、鼠色のスーツの群れがどっと室内になだれ込んできた。

彼らは無抵抗の白河を引き倒し、殴り、うつぶせにして髪を摑みあげた。捜査員が逮捕状を眼前に垂らし、罪状を述べた。返事ができない白河の顔面を乱暴な捜査員が床に叩き付けて、白河の鼻から血が垂れる。

白河は顔の右半分を床に押し付けられた状態で、後ろ手に手錠をかけられた。殴られ、みるみるうちに腫れあがる白河の左目が律子をじっと捉えていた。なにかを言いたそうであり、全てをあきらめた瞳でもあった。

白河は引きずられるように、外に出された。津波の引き潮が全てを持ち去った後のように、白河の部屋は静寂に包まれた。

律子はひとり、取り残された。

奥底からうわっとこみ上げてきた猛烈な孤独。彼が立っていたキッチン。彼が座っていた椅子。彼が寝ていたベッドには、まだかすかにシーツの皺が彼の輪郭を残していた。

律子は勝手に喉をせり上がってきた悲鳴を、うっと堪えた。小さくしゃがみこんで、膝と体の間に猛烈に叫んだ。涙と鼻水と唾液と熱い吐息が、顔を濡らす。

人の気配に、顔を上げる。

古池がいた。彼は、表情のない機械式の人形のように、律子を見下ろしていた。

「よくやった」

抑揚のない声でそれだけ言うと、踵を返した。律子は孤独の正体を知りたかった。その背中に、問うた。

「どうして、なにも言わずに帰っちゃったんですか」

古池が足を止め、律子を振り返った。

「六年前のあの日。警察学校に入る前の夜。どうして私を置いて、黙って帰っちゃったんですか」

古池は目を見開いて、律子を凝視した。やがて忌々しそうにこう、答えた。

「なんの話をしている？」

「——私たち、セックスしたじゃないですか」

律子の声は滑稽なほどに裏返り、掠《かす》れていた。

「知らない」

古池は驚くほどの速さで即答し、部屋を出て行った。

第五章　勝った女

『十三階』の校長室で、古池は西の窓から落ちていく夕日を静かに眺めていた。

今日、隣に律子はいない。しばらく休暇を取るように古池が厳命したのだ。本音を言えば、顔も見たくない。そして愛おしい。しかし汚らわしい。こちらが狂ってしまいそうだった。

幸い、今回の『名もなき戦士団』殲滅《せんめつ》作戦において『十三階』の役割は終わろうとしていた。

ＩＳＩＳの戦闘訓練を経て、日本でテロのゴーサインを待つのみと見なされる〝潜在テロリスト〟の人数は首都圏を中心に五十名にも及んだ。警視庁管内に住所を持つ者は二十四名おり、彼らが続々と任意同行されている。まだ逮捕状が出る段階ではないので、抵抗する者は転び公妨で別件逮捕し、連行した。

後は新左翼グループの捜査を担当する公安一課が、『十三階』が作成した相関図を元に聴取と送検作業を行う。

中東に飛んだ白河美雪の逮捕状請求及び指名手配については、白河遼一の自供を待って出されることになっている。

校長の栗山が現れた。つい数時間前にあげられた潜在テロリストたちの供述調書を、古池の前に乱暴に並べ、ため息をつく。

「揃いも揃って全員、否認だ」

「組織からそう厳命されているはずです」

「取調官の中には、あんな貧弱な体で本当にテロ要員なのかと首を傾げたくなる者もいる」

「武闘訓練という名の爆弾製造教示や意識の洗脳こそが、『名もなき戦士団』がＩＳＩＳに求めたものなんでしょう」

事実、この日本でテロをしようとしたとき、軍事訓練などあまり意味がない。人ごみに爆弾を置いておくこと以上に手っ取り早いテロはないのだ。

栗山は苛立たしいほどに長いため息をついて、古池を品定めするように見ている。古池はなにかが癪《しゃく》に障り、『十三階』最高指揮官に向かって「なんです」と挑発的に放った。

「黒江はどうしている」

「休暇中です」

「白河は完黙だ」

「でしょうね」

「黒江になら全て話すと言っている」

「いまは黒江を現場には戻しません」

「供述を取るのに必要だ」

古池は鼻で笑った。

「取調室でセックスが始まりますよ」

古池はタバコを出して口に咥えた。

「ここは禁煙だぞ」

「知ってます」

古池は構わずタバコに火をつけた。栗山が苦々しく見ているが、どうでもよかった。

「黒江を取調べに入らせる」

「ダメです」

「これは命令だ」

「嫌です」

栗山がたしなめるように「古池」と呼びかけ、立ち上がった。

「この三分の間、お前が私にした数々の無礼は許そうと思う。だから、お前は早く自分を取り戻せ」

古池は声に出してあからさまに自嘲してみせた。本当の自分を取り戻した結果がこれだ。

「――俺がやりますよ。白河の取調べ」

栗山の瞳に憐れみが浮かぶ。

「ダメだったら、黒江を入れる。それでいいでしょう」

栗山の返事も聞かず、古池は校長室を出ていった。

白河遼一は逮捕執行時に〝抵抗し暴れた〟ことになっており、捜査員によって殴られた左目の瞼が青黒く腫れあがっていた。

それでも毅然と聴取室の椅子に座り、背筋を伸ばしている。〝暴れる〟という理由から腰ひもで椅子に縛り付けられており、手錠をかけられたままだった。完黙などしているから、取調官からこんな嫌がらせを受けるのだ。

古池は一人、取調室に入った。白河は古池の正体を見極めようと、じっと目を離さない。根性が据わっている。あちらは初対面だという反応を見せている。メトロポリタンホテルで律子の片割れだった男の方は全く記憶にない、というわけだ。

「公安一課三係の古池です」

白河は瞼をゆっくり閉じて、また開いた。それが返事であるかのように。

「黒江巡査部長の上司で、彼女を育てた」

白河は目を細めた。

「――彼女を大学時代にリクルートした？」

「そう」

白河はふっとため息をつき、笑って古池を見返した。

「自分を慕う部下を利用して、情報のためにセックスをさせた刑事か」

白河は記憶を辿るように続けた。

「予想以上に逮捕が早かった。恐らく、僕と彼女のセックスを盗聴盗撮していたんだろ。どんな気分だった？」

古池は無言を返事とした。

「彼女と僕のセックスを傍観して、どんな気分だった？　彼女と話がしたいな」

古池の答えを聞く気がない様子で、白河は挑発を続ける。

「彼女は本気で僕を愛してしまっている」

「おめでたい野郎だな。そうやって白河美雪にも簡単にほだされて、テロリストの仲間入りだ」

白河が射るような視線で、古池を貫いた。律子の前では決して見せなかった顔だ。

「お前とのセックスはパスワードを聞き出すために黒江が仕掛けた罠だ。上司を裏切るのは辛いわ？　私はもう公安に戻れない？　あなたがこれまで行った中で最も美しい国に二人で逃げる……!?」

古池は腹を抱えて笑ってみせた。

「こんな糞みたいなセリフ、イマドキ素人作家でも書かねぇよ」

白河は少しも感情の起伏を見せなかった。律子との絆に自信をのぞかせ、憐憫の瞳で古池を見返した。

「君にはわかるまい。僕たちは繋がった。そしていまでも繋がっている」

「お前が繋がっているのは監獄の鎖だけだ」

古池は立ち上がり、白河の耳元で囁いた。「黒江は俺の女だ。お前は触れるどころか、もう二度と顔を拝むことすらない」

白河は泰然と古池を見返し、嘲笑した。

「今日彼女とセックスをするのは俺だとでも言いたいのか？」

無意識に拳が突き出ていた。止まらない。拘束された白河はサンドバッグ状態だ。腫れあがった左目を執拗に攻撃した。拳の骨が、すでに赤く腫れあがりぶよぶよとやわらかくなった皮膚を潰す。激痛を堪える白河の瞳に、勝者の色が浮かぶ。他の刑事が止めに入るまで、古池は我を失って白河を殴り続けた。


『十三階』で栗山から散々叱責を受けた後、古池はただもう疲れてエレベーターホールで、下りの箱が来るのを待っていた。降りてきた女のスニーカーが、リノリウムの廊下を不愉快にきゅっきゅっと鳴らす。律子だ。古池は思わず怒鳴った。

「お前、休暇を取れと、しばらくここには来るなとあれほど言っただろう‼」

律子は困惑した様子で、言い訳した。

「――校長が、猫の手も借りたいほど忙しいから出ろと」

もう昨日から白河の取調べの裏取りに動いていたと言う。

白河美雪の逮捕状請求に伴い、現在の潜伏先と思われるシリア・ラッカでの動向を洗い直す必要があった。〈ミスQ〉として美雪を監視対象としているCIAから情報を取るため、在日米軍横田基地内にあるCIA日本支局に出向いていたのだ。

彼女の凛としたその表情に、いつかの焦燥感は全く見えなかった。彼女はもう、自分と作戦時の感情の線引きを習得したようだ。錯乱しているのは、古池だけだった。いや、古池が錯乱しているから、彼女は冷静になれたのだろう。

古池は気まずく目を逸らし、エレベーターに飛び乗った。律子が閉まりかかる扉の隙間に身を乗り出し、呼び止めた。

「お話ししたいことが」

「俺はなにもない」

「プライベートなことではなく、不穏な情報が入っているんです」

古池は自分自身に舌打ちし「なんだ」とエレベーターを降りた。

律子が、古池の右の拳の腫れに気がついた。

「手、どうしたんですか」

「いいから早く報告を」

律子は頷いた後、言った。

「まだ事実関係がはっきりしておらず、報道もされていないのですが、現地時間で今朝七時発のイスタンブール発アンマン経由米シカゴ行のトルコ航空機が、消息を絶っているそうなんです」

古池は強く目を閉じて目頭を押さえた。降って湧いた海外の航空機行方不明事案が、いま古池たちが抱える『名もなき戦士団』とどう繋がるのか、ピンと来ない。

しかし律子はそこに確かになにか感じ取っている。だからわざわざ古池に報告をあげてきたのだ。

「──乗客に日本人は？」

「在トルコ日本大使館が詳細を確認中です。外務省もいま動き出したところです。CIA日本支局にもあまり情報が入ってきていないようですが──」

離陸から五分でハイジャック信号が送られたとか、ロシア空軍機のレーダーがシリア領空内に入るトルコ航空機を捉えたとか、情報が錯綜している状態だという。

「ハイジャック事件かどうかも確認が取れない状況の上、〈鏡〉が絡んでいる様子も見えない。なぜこの件を注視する」

「嫌なタイミングだと思って」

「タイミング？」

「白河がSファイルのパスワードをしゃべった二日後に、〈白雪姫〉が潜伏するシリア隣国で起こった事案です」

「偶然だ。たとえISISの仕業だったとしても、奴らのテロは日常茶飯事だ」

「しかし、ハイジャックという大規模なものは殆ど、いや過去に全く例がありません」

言われてみれば、ISISは大規模テロなどよりも人が人を直接傷つける、より前時代的な方法を好む。爆弾を仕掛けることより、人を斬首する方が難しく、そして世間に強烈な恐怖心を印象づける。ハイジャックという手口をこれまでＩＳＩＳは用いたことがない。だからと言って、トルコ航空機行方不明事案が『名もなき戦士団』絡みだという根拠にはなりえない。

廊下の先から、水橋がやってきた。すでにＧＢＡオフィスは家宅捜索を受け、関係者も拘束されている。彼の『投入』作業は終了で、この数日『十三階』に出勤して報告書を作成している。今日も定時で帰宅する様子だった。

「水橋」古池は呼んだ。「黒江をデートにでも連れ出してくれ」

律子がなじるように「は？」と言った。

「仕事のし過ぎで疲れている。全世界で起こる全ての事案が〈鏡〉によるものに見えてしまうそうだ」

律子が咎めるのも聞かず、古池は水橋の肩を叩いて立ち去った。

水橋が律子を連れて入ったのは、恵比寿にある老舗のイタリアンだった。

「ここは専用窯があってさ。窯焼きのピザが最高なんだ。ブルーチーズの……なんてったかな」

説明しながら水橋は厚紙一枚のディナーメニューを覗き込んだ。彼は生ビールをもう飲み干し、すでにワインへ切り替えていた。律子はジュースしか頼まなかった。それでも水橋は、店員が律子のワイングラスを下げようとするのを止めた。

「私、今日は本当にやめておくわ」

「トルコ航空機のことが気になって？」

事案がどう進展するかわからない以上、アルコールは体に入れない。しかし正直なところは飲んだくれて暴れたいほどだった。

古池に汚らわしい女だと思われている。律子は喜んで足を開いた。白河との快楽に溺れた。確かにあのとき、律子は白河に心を奪われていた。愛していたのかもしれない。けれどあそこまで入り込まなければ、白河の自供を引き出せなかったという自負もある。

水橋は勝手に律子のワイングラスに赤ワインを注いだ。

「ねえ、飲まないったら」

「お祝いしてくれてもいいだろう。無事、『投入』が済んだ」

初めて水橋の顔に、疲労が滲むのを見た。

「君の頑張りのお陰で僕はＩＳＩＳに投げ込まれずに済んだんだからね。僕のために、飲んでよ」

律子が仕方なくグラスを手に取ると、水橋は本当に嬉しそうに、乾杯とグラスを鳴らす。

「いや、君のお陰というより、君のスニーカーのお陰かな」

薄く笑っただけの律子に、水橋は澄んだ瞳を向ける。

「君の作戦を、僕は軽蔑しないよ。尊敬する。君は命の恩人だ」

その話をしたくない。律子はテーブルの下でスマートフォンを見てニュースを確認する。いまだに航空機は行方不明で、トルコ軍やサウジアラビア軍、トルコ駐留米軍の戦闘機も捜索を開始していた。日本でもニュースになりつつあったが、最後に「乗客に日本人はいません」で締めくくられ、まるで対岸の火事だ。

「古池さんは相当参っているようだけどね。あれは自分を責めているのかも」

律子は黙って、水橋を見返した。

「部下に自殺されるのと同じくらい、辛いんじゃないかな。部下が体を売ってまで情報を取ったことが」

なぜ律子のしたことの引き合いに〝自殺〟という言葉が出るのか、律子は首を傾げた。水橋が察して、尋ねた。

「〝早宮事件〟のこと、君は知らない？」

「過激派左翼組織の警察官舎爆破事件よね。十年くらい前の」

「そう。僕が警視庁採用試験にやっと合格した直後に起こった事件だよ。官舎に入るのを躊躇するような事件だったから、よく覚えている」

水橋は高卒採用だったため、大卒の律子よりも数年早く、警察官になっている。

早宮事件とは、五名の警察官とその家族が死亡した事件で、すでに実行犯は逮捕、起訴され解決した事案だ。もっとも、テロを許してしまった時点で公安にとっては敗北でしかない。

「古池さんが当時、過激派の『投入』作業班に従事していたの、知ってた？」

初めて聞く話だった。しかし時系列はぴたりと当てはまる。古池はその失敗で一度現場を離れた。そして、母校にやってきてリクルート活動をし、律子の前に現れたのか。

「古池さんは投入されていた女性作業員の『防衛』部隊だった。古池さんと同期の女性で、婚約者だったと聞いたけど」

「――婚約者」

「そう。作戦が無事終わったら結婚して、彼女は現場から退くはずだったらしい。だけど結局テロを許してしまった。彼女は気を病んで、一年の休業の後、自殺した」

律子は静かに、目を伏せた。古池が律子の姉の死を利用し、嘘の捜査資料をでっちあげてでも律子を現場に戻した理由に、ようやく合点がいく。古池は律子ではなく、自分を救おうと必死だったのだ。

「古池さんがいまだに独身なのは、彼女を引き摺っているからだろうね」

律子は動揺を隠せず赤ワインを呷《あお》った。六年前、簡単に古池と一線を越えたのに、いまはこんなにも難しい。あの人と愛し合うのはもう無理だと律子は悟った。

食事を終え、二十一時には店を出た。

店の玄関脇に喫煙スペースがあり、副流煙がまとまって流れてくる。水橋は煙草を吸わない。古池はヘビースモーカーだ。

律子は午前中の服薬を忘れていたことに気が付いた。ピルケースから錠剤を出し、ペットボトルの水で飲もうとして、ふいに水橋に手首を摑まれた。

「もう、やめたら。その薬」

全て知っている、という顔で水橋は言った。

「作戦はもう終わったんだ」

律子は否定しなかったが、まだ終わっていないという強い直感が体内を貫く。

「もう辞めて、普通の女性に戻ろうと思うことはないの」

「辞めるって？」

「『十三階』をだよ」

水橋はどこか軽蔑した顔で、律子に言った。

「このまま続けて君を待ち受けているものはなんだろう。君は情報と引き換えに性を提供してしまった。この先もその選択を強いられることになる。誰よりも、自分自身でその選択を積極的に選ぶようになる」

律子は目を逸らした。

「そんな売春婦みたいな人生を、君は選択するの」

「さっき、尊敬すると言ったばかりなのに。ひどい言いぐさね」

「一度ならね」

水橋は咳払いの後、言った。

「僕は、古池さんのように君とテロリストとのセックスを作戦の一環として監視し続けることはできない。僕ならその場に押し入って相手を嬲り殺してやるところだよ。たとえ作戦が失敗しても、その先にテロの犠牲者が出たとしても、僕は耐えられないし、耐えたくない。僕は人間だから。『十三階』メンバーとしては未熟なのかもしれないけど、人間として、男として、正しいのはどっちだろう」

水橋は歩み寄り、キスができそうなほどの距離感で迫ってきた。

「『十三階』、辞めてくれないか。僕のために」

水橋が律子の両手を取り、ぎゅうっと祈るように握り締めた。

なぜか、水橋の顔が白河に見えた。一緒に逃げよう。この現実から。『十三階』から――。母親からの手紙にほだされ、感情をかき乱された白河。それが存在するとは知らずに、母親の愛を知らぬまま育った白河――。

律子ははたと、水橋の顔を見上げた。

「――違う」

「え？」

「時系列が合わない」

「は？」

「ちょっと、本部に戻るわ」

律子が戻ったとき、古池は警視庁本部十四階公安一課フロアにある自席で缶ビールを呷りながら、報告書を読んでいた。

律子を見て、デスクにあげていた両足を下ろし「どうした」と眉をひそめる。夕刻に出くわしたときはあれほど激昂したのに、いまは幾分落ち着いている様子だった。

「確認したいことが。上田の作戦時の秘撮映像、もう一度確認できませんか」

「それは『十三階』にある」

「なら、一緒に来てください」

古池は動かず、じっと律子を見ている。

「――私、白河の作戦に踊らされていた可能性があります」

「作戦？」

「――罠にはまったのは、私の方だったのかも」

やっと古池は立ち上がり、律子を従えて夜の霞が関に出た。

警察庁十三階フロアの小会議室を借り、改めて件《くだん》の秘撮映像並びに秘聴音声を確認する。

上田市で白河と過ごした夜。太郎山麓のイタリアンレストランでの会話。白河の悲痛な告白。

〝――母は僕だけに、手紙を書いてくれなかった。一度も。理由はわからない〟

律子は言った。

「白河はこのとき、母の手紙が存在していたことを知らなかったと言っています」

「――そんなはずはない、ということか」

白河と美雪が結婚したきっかけは、共に公安への強い憎しみを持っていたからだ。美雪は父親の暴露本を読んでいたはずで、公安が母子の手紙を抜いていたことを白河に伝えなかったはずがない。

「白河はお前の前で、自分だけ母親からの愛情をもらえなかったかわいそうな子どもを演じていた――」

「父を早くに亡くした私のシンパシーを引き出そうとしたんでしょう。――古池さんの、言う通りでした」

古池は一度はっきりと瞬きをして、律子を見返した。

「私、やっぱり白河に洗脳されていたのかもしれません」

古池の瞼がぴくりと反応する。憐憫の色は一瞬で、すぐに公安の顔に戻り、考え込んだ。

「ここで彼のこんな一面が見て取れた以上、その後の言動も全て計算しつくされた上で演じたものと疑ってかかる必要があります」

「奴の自供もか」

「ええ。Sファイルのパスワードも」

「しかし実際にSファイルは解除され、潜在テロリスト一覧が出てきた」

「それが、公安の目を逸らすための罠だとしたら?」

「――なにから逸らす」

「真の目的。真のテロ計画」

「トルコ航空機の件だと言いたいんだな」

「ほかに、同じタイミングで起こっている事案はありません」

古池は仰々しく頷くと、早速、校長室へ繋がる直通電話の受話器を持ち上げた。その右手の拳はまだ赤黒く腫れあがっていた。


事態が急変したのは、トルコ航空機の失踪から二十四時間が経過した、翌日十三時のことだった。

律子ら作業班は、徹夜で情報分析にあたっていた。ＣＩＡのアダナ支局から、〈ミスＱ〉こと白河美雪の新たな秘撮映像が届くのを待っていた律子は、もう八度目の催促の連絡を入れようとしていた。外務省からの情報分析を担当していた柳田が叫ぶ。

「インド・チェンナイ国際空港の管制塔レーダーが不明のトルコ航空機を捉えたようだ」

外務省に入った情報らしい。律子は、思わず聞き返した。

「インド上空を飛んでいるということ？」

南野がパソコンで西アジアから南アジアの地図を素早く表示させる。三部が言った。

「——チェンナイってインドの東側だろ。なんのために東に航路を取っている？　アンマン経由米国シカゴ行なら西に針路を取るべきだろう」

「ハイジャックされている可能性が高いのなら、西も東も関係ないんじゃないですか」

南野が答えた直後に、一同のパソコンにアラートが出た。ネット上のみではあるが監視対象となっているＩＳＩＳの戦闘員から、ＳＮＳに投稿があったのだ。

南野は即座にその投稿を表示させた。動画が添付されている。

「アラビア語！　いま翻訳ソフトにかけます」

「その前に動画を見せて」

律子はマウスを奪い、動画の再生ボタンをクリックした。

旅客機の客席内部を映したものだった。

AK47カラシニコフ銃を肩から下げた黒い覆面に戦闘服姿の男たちが、通路を行きかう。まばらに座る乗客たちのほとんどが前席のヘッドレストに両手をつき、下を向いている。顔をあげる者がいれば、戦闘服の男から怒号が飛び、銃口が向けられた。

映像は編集されており、けだるく不気味な旋律を奏でるイスラムの民族曲がBGMに流れる。アラビア語の文字が頻繁に表示される。

やがてひとりの白人男性が通路に立たされた。後ろ手に拘束され、目隠しをされる。戦闘服の男が一人やってきて、腰のホルスターに収まったブローニングを取った。命乞いの間もなく、白人男性は頭を吹き飛ばされて通路に倒れた。発砲音や悲鳴はBGMにかき消されている。だが、銃口が発光したとき乗客の肩が同時多発的に震えていく様子は、あまりにリアルだ。

柳田が翻訳ソフトの文面を読み上げた。

「我々はアラーの神の下――」

序文は面倒に思ったのか、飛ばした。

「とにかく、トルコ航空機をハイジャックした。このまま米国内へ突入し、お前たちの街を地獄の炎で焼き尽くす」

「九・一一の悪夢の再現を狙っているということですか」

南野の言葉を、律子は一蹴した。

「ありえない。そんなこと先に宣言したら、米国の領空内に入った途端、戦闘機に撃ち落とされるだけよ」

「しますか、米国政府は。民間人が乗った飛行機なんですよ」

南野の問いに、柳田は断言した。

「するだろうね。九・一一のトラウマがあるからこそ」

どちらにしろ、どこかに飛行機が突っ込んだら乗客は助からない。

律子は校長室の古池に電話を入れた。彼は大使館経由の情報を分析中だ。

「防衛省の武官からなにか情報は入っていませんか」

「待て、いまISISが犯行声明を出したな」

「確認済みです。米国に向かうと宣言しています」

「ありえない」

「ええ。ありえません。しかも東回りで米国に向かっているなんて、とんでもなく遠回りです」

「校長室に入った情報だ。トルコ航空機は離陸してすぐシリア上空へ向かい消息を絶った。

その後二十四時間近くレーダーに反応がなかったところを見ると、シリアア国内のＩＳＩＳ支配地域の空港に一度着陸したと思われる」

「そして再び飛び立ったと？」

「ああ。そうじゃないと燃料がもたない。ちょっと待て」

古池の息遣いの向こうで栗山の声がする。「官邸から？」と言う、古池の驚愕する声。やがて古池が再び受話器を取った音。律子は先に言った。

「日本政府が動き出したんですか」

「内閣情報調査室だ。ハイジャック機がインドの管制官を通じて、羽田空港で給油したいと申し出てきたらしい」

律子は頭が真っ白になった。

「誰がそんなことを」

「だから、いままさにトルコ航空機を乗っ取って米国に向かっているテロリストたちが、だ」

ネットの犯行声明とは別で、日本政府に要求を出してきたということか。

「給油……。羽田で」

「ああ。ちょっと待て、校長に代わる」

古池の声とほぼ同時に、栗山の声がした。

「黒江。私だ。いまから私も官邸に向かわねばならない。お前は〈王子〉の聴取に入れ」

律子はうっと言葉に詰まった。返事ができない。構わず、栗山は続ける。

「このハイジャック事件が〈鏡〉によるテロなのかどうか、一刻も早く見極めろ。必要なら、取調室の防犯カメラ映像を切ってもいい。個室も提供する。なんとしてでも白河から情報を取れ」

律子はやっと返事をしたが、干からびた雑巾から絞り出したような掠れ声しか出なかった。

栗山が早口にまくしたてる。

「ハイジャック機はこのままだと勝手に羽田へ入ってくる。我々はそれを阻止する法律をいま、持っていない」

ハイジャック機が日本の領空を侵犯すれば、即座に航空自衛隊の戦闘機がスクランブル発進し、羽田まで編隊飛行することになるだろう。だが、ハイジャック機が急激に高度を下げ自爆テロへ突き進むとわかっても、並走する航空自衛隊機はただそれを見ていることしかできない。

航空自衛隊がミサイル発射をするには、首相が自衛隊に『治安出動』命令を出さねばならない。他に、自衛隊に攻撃をさせるためには『防衛出動』があるが、相手はテロリストであり、侵略を目論む他国家ではないから種類が違う。ちなみに、『治安出動』ですら、現在の日本国憲法の下で発令した首相は皆無だ。

栗山は律子をたきつけるように命令した。

「いいか。お前は、『十三階』の女だ。黒江律子という名前の国家の駒だ。個を捨てろ」

古池や白河への個人的感情を全て捨てろと、言っているのだ。件のハイジャック機の目標が米国なのか日本なのか、一刻も早く見極めるんだ」

律子が三部と聴取の準備をしている間に、官邸から再び情報が入った。ハイジャック機は、二〇時九分ごろに羽田空港に着陸予定だという。すでにラオス上空に入っており、あと数時間で日本領空内に入る。

水橋がふらりと公安一課に顔を出した。白河の聴取に入る律子と情報共有しバックアップするよう、校長に命令されたという。

「とはいっても、僕はGBAオフィスに自由に出入りできるまでになっただけで、君ほど白河と親密になっていないからなぁ」

呑気な様子で水橋は言った。律子は、どこか他の公安部員とリズムが違う水橋を無言でやり過ごし、取調室に急ごうとした。

「どうしてそう焦っているの」

「例のトルコ航空機が、あと数時間で日本の領空に入ってくるのよ」

「もう防衛省が、宮崎県の新田原航空自衛隊基地の第五航空団にスクランブル発進の命令を下したそうだよ」

自衛隊が出てきているのなら心配ないとでも言いたそうな顔をしていた。

「いまの首相なら『治安出動』を発動するよ。改憲に積極的だし」

どうしても他人ごとにしたい様子で、水橋は言う。律子は激しくかぶりを振った。

「相手は、米国がターゲットであると標榜しているのよ。羽田には給油で立ち寄るだけと。そんなテロリストを相手に『治安出動』なんてかけられると思う？　首相が発動したとしても国会の承認を得られるはずがない」

国会の承認は発動から二十日以内とされている。

「日本領空到達まであと二時間だ。国会を召集するころにはこのテロは終わっている。テロの結末を見て、必要のない発動だったと国会が不承認したら今後の政権運営の火種になりかねんからな」

三部は言って肩をすくめた。

「官邸は待っているのよ。これが本当に〈鏡〉とは関係のないＩＳＩＳ単独のテロなのかどうか。一刻も早く私たちは見極めなくちゃならないの。どいて」

律子は水橋を押しのけて、廊下に出た。

取調室へ向かうエレベーターの中で、追いついた三部が呟いた。

「あれで『投入』作業員として務まっていたとは思えんな。大丈夫か、水橋は」

昨晩、突然律子に愛を告白したことにしろ、水橋の行動はちぐはぐだった。ＧＢＡへの『投入』作業で精神を削ったことは事実だが、インテリジェンスの最前線にいる者として、あまりにも危機感が薄い。

取調室に到着した。

古池が待ち構えていた。なんとも悲愴感漂う顔をしている。律子は胸がねじれた。同時に、また体幹がズレたような奇妙な違和感に気が付いた。書類を落としてしまう。どうやって持っていたのか、わからなくなってしまったのだ。慌てて拾い集める。散らばった書類を集めれば集めるほど、違和感が研ぎ澄まされていく。

水橋も同じなのだろうか。彼の言動が悉《ことごと》く公安の常識とズレ始めているのも『投入』による精神的崩壊がもたらしたものなのか。

「在日米軍が騒ぎ出しているようだ」

古池が一緒に書類をかき集めながら、厳しい表情で投げかけてきた。

「制圧させろと？」

「ああ。自国を攻撃すると宣戦布告している旅客機を、同盟国から飛び立たせるわけにはいかないからな」

「すると日本政府の面目は丸つぶれです」

羽田空港は先日、セキュリティ面をリニューアルし、サミット時に各国首脳陣を招待したほどだ。自衛隊中央即応集団のひとつ、習志野駐屯地の第一空挺団がパラシュート降下などの模擬演習を示し、セキュリティが盤石であることを各国首脳に誇示したばかりだ。

「国内で起こっている事案を米国に制圧させるなど、米国の隷属弱小国家であると世界中に宣言するも同然だ」

タカ派の現首相がそんな事実を受け入れるとは思えなかった。しかし、自衛隊を動かす『治安出動』を発令するほどの緊迫感がないのも事実だった。ハイジャック機は給油を求めているだけなのだ。早急に〈鏡〉との関連を明確にしなくてはならない。

「聴取に入ります」

古池が頷くのを横目に、律子は取調室に入った。白河はたったいま拘束を解かれ、擦れた手首をさすっていた。その瞳が明るくなる。一瞬、腰が浮いた。律子はその赤く腫れあがった顔を見て、古池の拳の怪我を思い出した。

「――その顔」

「君の上司にやられた」

律子は同情の片鱗も見せず、冷然と前に座る。ふと白河の表情に影が差す。

「目を合わせてくれないね。あの鏡の向こうに、君の上司がいるのか」

律子は視線に蔑みの色を湛え、今日の朝刊を白河の方へ、乱暴に投げた。白河は律子の態度に困惑しながらも、律子が示した一面記事に目を落とした。タイトルを棒読みする。

「トルコ航空機が消息を絶つ……?」

「現在、この航空機は羽田に向かっている。ハイジャックされてね」

「なんだって。なにをしに」

「あなたがよく知っているはずだと思って」

「なんのことだ」

「あなた――」

律子は言って、パイプ椅子の背もたれにどっさりともたれ、挑発した。

「演技はうまいけど、セックスは下手ね」

白河の瞼がぴくりと反応した。

「早く正体を現しなさいよ。私たちはもう全部、知っているのよ」

白河は沈痛に顔面を痙攣させ「そうか」と俯いた。すぐに、さみしそうな笑顔で律子を見上げた。目に涙をいっぱいに浮かべて。

「――僕の片想いだったというのは、事実だったたんだね」

「……………」

「君たち公安はやはり、ロボットのようだ。あまりに人間味がない。特に君は――。あの日、俺たちが分かち合ったものすら、そんな風に否定する。本当は違うよな？」

白河はすがるように律子を見上げた。

「いま、あいつらがあの鏡越しに俺たちを試すように見ている。だからわざとそんな態度を取っているんだ。なぁ、そうなんだろ？ そうだと言ってくれ――」

白河の両手が伸びてきて、律子の手を覆った。律子は乱暴にその手を振り払った。

「同じ作戦に私が引っかかるとでも？ 演技派のわりに攻め方が多角的じゃないわ。セックスが単調なのと同じ」

白河は顎を怒りで震わせ、律子を見据えた。

「私のトラウマをよく研究して臨んだようだけど、情報の出し方が雑だったわね」

母親が手紙をくれなかったことをネタに律子の心に揺さぶりをかけた点を突く。その時点で、公安が手紙を抜いていたと知っていたはずなのに。

白河は「それはただの言い間違いだ」と答えて、頭を抱えた。

「いまの君になにを言い訳しても無駄なようだ」

「そうね。トルコ航空機の件を話してくれたら、裁判で証言してあげるわよ。逮捕後の取調べに大変協力的で、次のテロを阻止できたと。なにも話す気がないのなら、接触の段階であなたに二度もレイプされたと証言する」

律子は手元の書類袋から、被害届を示した。この聴取のために急ぎ偽造したただの紙切れだが、『十三階』の力で事件化は可能だ。

白河は目を丸くして、律子を見返した。

「あなたが逮捕された後に、レイプ検査をしてもらったの」

「嘘だ――！　君は」

「精液の検出も済んでいるわ。ピルを飲んでいると知って、あなた平気で――」

「やめろ！」

白河は激昂し、机を叩いて立ち上がった。

「この売春婦め……！」

「トルコ航空機のことを教えて」

白河は突然、笑い出した。不愉快な笑い方だった。

「あんたをレイプだと？　訴追すればいいさ。俺にはすでに北陸新幹線テロの容疑が降りかかっている。七十三人殺した。どっちにしたって死刑だ」

「この後、何人死んだとしても？」

白河が黙りこむ。律子は質問を続けた。

「トルコ航空機に乗ったことは？」

白河は浅い呼吸を繰り返す。律子の質問の意図を吟味しているようだ。

「――学生時代に乗ったきりだな」

「仕事で頻繁に中東に行くことがあったでしょう。トルコ航空機を使わなかったの？」

「あんなまずい機内食を出す航空会社、利用しない」

「まずい機内食？」

「ああ。あの豆料理――あんたが作った朝食と同じくらいまずかった」

「ありがとう。やっと本性を見せてくれた」

白河の視線が律子の足元に飛んだ。今日はメゾンマルジェラの黒のレザースニーカーを履いている。十万円は下らない代物だ。

「今日はゲンを担いで〝上等兵〟の出番か」

律子は答えない。じっと白河を見返した。白河にスニーカーの趣味はないはずだが、価値がわかる。あちらも律子を調べ尽くしているのだ。

「今度は二度と、スニーカーを履けなくなる。今日は白いエナメルの革靴でも履いておいた方が身のためだ」

不気味な言いぐさだった。背後の鉄格子の窓から、西日が射し込むせいか、白河の表情に独特の陰影ができている。

律子は右足のつま先に、かすかな反応を捉えた。なにかが靴先にしたたり落ち、表面を打つ音。父の血だった。律子の瞼の裏に、鮮明な赤い血が迸った。律子が履いた白い靴に、父の腹部から包丁の柄を伝って血がポタポタと垂れた。血の滴がエナメルの表面を打つ小さな振動が、足の甲に蘇る――。

今日、『名もなき戦士団』のテロが起こる。

律子は確信して、白河を見返した。白河はなぜだか、優し気な笑みを湛えていた。緊迫して張りつめていた取調室の中で、彼はすでにその空気に感化されないほどに昇華された存在になっていた。そういう、笑みだった。

「――なに」

「互いに嘘だった。でも、幸福と思えた」

「は？」

「もう二度と、俺のところには来るな」

最後は教師のように厳しくそう言うと、白河は右手で口元を覆った。喉仏が上下する。

「吐きなさい！」律子は叫び、デスクの上に飛び乗って白河の口を開けさせようとした。マジックミラーの部屋から古池が飛び込んできて白河を羽交い絞めにする。

「死なせない！　吐いて、吐きなさい‼」

律子は叫んで、白河の口腔内に手を突っ込んだ。喉に指先が届く直前に白河はもがき、律子の掌を嚙みちぎる勢いで歯を立てた。激痛をこらえ、律子は嘔吐させようとする。律子の掌の皮膚が破れ、血が滲むのと同時に、白河は悪寒で震え出した。青筋を立てて喉をかきむしり、数秒でこと切れた。唇の端から吹いた泡があふれる。独特のアーモンド臭がした。律子をずっと困ったように見つめ続けてきた瞳孔が残酷に、縮んでいく。死に向かう瞳は一方で優しくもあり、律子を捉えて離さなかった。


霞が関の警視庁本部庁舎から、内閣府の総理官邸まで車で五分とかからぬ距離のはずだが、桜田通りはすでに警視庁のパトカーや特科車両が埋め尽くし、大渋滞だった。

羽田空港は午後五時に全滑走路が閉鎖され、厳戒態勢が敷かれている。日本国家の中枢がひしめくこの霞が関界隈にもなんらかの暴動が波及する可能性があり、警視庁が各方面に緊急出動をかけたのだ。

「歩いた方が早そうだ」

古池は更なる渋滞を引き起こすことを承知で、溜池交差点で面パトを乗り捨てた。

白河の死を悼む暇も、なぜ彼が青酸カリを隠し持てたのか捜索する暇もなかった。

〈鏡〉がＩＳＩＳの威を借りて日本国内でテロを起こそうとしていると、校長に伝えなければならない。栗山は官邸での情報処理に忙殺されているようで、電話連絡がつかない。それで直接、総理官邸へやってきたのだ。

官邸や内閣府周辺は殺人事件現場さながらに、多数の警察官が行き交う。たったいま官房長官が、ハイジャック機が羽田空港に緊急着陸する旨を正式発表したこともあり、マスコミが殺到していた。

記者と揉み合いになっている立ち番の警察官に警察手帳を示し、総理官邸に足を踏み入れた。栗山から折り返しの電話がかかってきた。

「黒江です。いま、そちらに」

「先に状況を。総理がいま、緊急対策本部で検討を――」

「そんな暇はありません。すぐに治安出動を」

栗山は絶句したのか、一度言葉を切った。

「やはり〈鏡〉が絡んでいるのか」

律子は、白河が放った比喩の言葉をそのまま栗山に伝えた。しかし、白河は律子の父の死のトラウマを比喩に、テロが起こると挑発しただけだ。校長に一蹴された。

「もっと直接的な自供はないのか」

「ここまでが精いっぱいです」

「粘れ」

「白河は自殺しました」

言った自分の声は、鼓膜の外側から響くようで、まるで他人の声に聞こえた。口でそう言っているのに、誰よりも、律子は白河の死を受け入れられていなかった。いまそこに国家を揺るがす危機があってよかったとすら思う。休む暇があってじっと目の前の白河の死を見つめていたら、正気を保っていられる自信がない。

栗山は「なっ」と絶句した後、雷を落とした。

「ふざけるな！　勾留中の重要テロ容疑者が自殺だと⁉　そんなことは断じて許されない」

「いまはその件は後回しです。校長、とにかく首相に進言を」

「お前はおかしくなったか！　だいたいな、お前の幼少期のトラウマを、私が総理に説明するというのか⁉　他の官僚からいい笑いものになるだけだろう！」

律子は「他にも根拠はあります！」と声を張った。

「取調べ中、白河はトルコ航空機の機内食について証言しています」

「機内食なんか——」

「黙って聞いて‼」

律子が叫んで一気にまくしたてるのを、古池が目を丸くして見ている。

「トルコ航空機で出される豆料理がまずいと私の手料理を揶揄しながら証言したんです」

しかし調べたところ、日本に就航している便は豆料理を提供していなかった。トルコ航空が豆料理を提供しているのは、アンマン経由シカゴ便のみ、しかも今年の四月から。

「白河はハイジャック機を下見していたんです！　これは間違いなく——」

不意に、電話口からアラート音のようなものが聞こえてきた。栗山が震えるため息をついた。

「ハイジャック機が日本領空に入った」

「校長、首相に進言してください。一刻も早く治安出動を自衛隊にかけるように……！」

「黙れ！　この役立たずが」

憮然とする律子を、古池がじっと見つめている。栗山が電話越しに低い声で言い放った。

「時間切れだ。白い靴の話も豆料理の話もどれも、総理を納得させられるものではない！　しかも、情報収集が間に合わなかった挙句に重要容疑者に自殺された。自分たちの力不足をせいぜい嘆きながら、ハイジャック機がどこかに突っ込んで自爆しないよう、夜空に向かって祈っていろ。いま、お前たちにできるのはそれだけだ。私に進言など百年早い！」

通話は切れた。

「治安出動は一蹴されたという顔だな」

古池が静かに言った。

「その上、役立たずと罵られました」

古池は「羽田に行くか」と言った。律子は大きく頷いた。

「できることはまだあるはずです」

『十三階』にしかできない捜査がある。

総理官邸の敷地から引き返した。古池は本部で待機している三部ら作業班の面々に出動命令を出した。

「作業車で羽田へ向かえ。いますぐだ」

具体的な作戦内容を仰がれたようだ。古池は「道中で考える」とだけ答えた。

溜池交差点で乗り捨てた面パトに戻る。

桜田通りでは先ほど以上の混乱が待ち受けていた。デモ行進が始まり、各警察車両が立ち往生する事態になっている。

平和憲法を守れ！

平和憲法を破壊するな！

ここぞとばかりにやってきた護憲派が拡声器と赤旗を振って桜田通りから官邸へ入る道へ押し入ろうとして、機動隊と一触即発状態だった。

「こいつら、バカなのか。こんな大事な局面で政府の足を引っ張ってどうする」

古池は嫌悪感を滲ませて言った。

「こんな時だからこそ、来たんだと思います。総理が史上初の『治安出動』を発動して、テロ制圧の実績を作れば、改憲に弾みがついてしまう——それを恐れているんでしょう」

東から右翼の街宣車がデモ隊の列を煽るように数台、近づいて来た。やかましく軍歌を垂れ流し、平和憲法を守れという叫びを悉く潰していく。最前線で機動隊との小競り合いが始まり、最後尾では右翼団体とひと悶着が始まる。制服警察官が方々へ鎮圧に走る。面パトの周囲にもデモ隊の波が押し寄せ、車を一ミリも前へ出せなくなった。

「作業車に拾ってもらうか」

古池は三部に連絡を入れながら、車を降りた。律子も助手席の扉を開けたが、デモ隊に閉め返されて指を挟んだ。腹が立って、律子は思い切り扉を押し返した。デモ隊の三人が地面に尻もちをついた。誰かが車内の無線機器を目ざとく見つけ、叫ぶ。

「おい、これ覆面パトカーじゃないか?」

「警察か!」

律子は群衆に囲まれた。古池が赤い鉢巻の軍団をかき分け、律子の腕を強く引いて走り出した。何人かが怒号と共に追いかけてくる。

浴びせられる白い視線。律子の全身が粟立つ。古池の手を強く握る。古池が手に力を込めた。途端に、反対側に強く引かれて手が離れそうになった。デモ隊の男が律子の腕を強く摑み、引き倒そうとしている。肩甲骨が関節に留まろうと、ぐっと堪えるような音をあげる。律子は悲鳴を上げた。

古池が男の顔面を革靴の裏で蹴り倒す。相手は簡単に地面に倒れ、戦意喪失して逃げ出した。訓練を積み覚悟を持って最前線に立つ者と、プラカードを掲げて叫んでいるだけの者の差が、歴然とそこにあった。古池は律子を抱きかかえるようにして、爆発寸前の人の波をかき分け、突き進んだ。

地下鉄溜池山王駅に逃げ込み、ようやく難を逃れた。古池はジャケットとネクタイを直しながら苦虫をかみつぶしたように言う。

「あいつら——。監視カメラから個人を特定して全員公妨でしょっ引いてやる」

そして律子のジャケットの背中を見て「破れてる」とふっと笑った。

律子はジャケットの破損より、古池の一瞬の笑顔に目を奪われた。「作業車と合流するぞ」と古池が律子の腕を取り、再び走り出した。律子は右足を出せばよいのか、左足だったか、途端にわからなくなって足をもつれさせた。

ようやく気が付いた。ここ最近感じる心と体の違和感は、いつも古池を想うと顕著になる——。

これまで正常に回っていた心の歯車を完全に逸したのだ。白河がその死と共に律子から奪い去ってしまったように感じた。


二〇時四分。

トルコ航空機が羽田空港D滑走路に着陸したという情報が、作業車で羽田空港に向かっている律子ら作業班にも入った。

自爆テロは起こさなかった——。

本当に、羽田は給油が目的なのか。

着陸後、管制官を通じて二一時までに給油を済ませるよう要求があった。給油完了が遅れる五分ごとに、人質を一人ずつ殺害すると——。

米国の手前、日本政府は犯人の指示通りハイジャック機に給油させて羽田から離陸させることができない。だが、国家として米国の作戦行動に頼ることもできず、また自衛隊も憲法上出動させられないというがんじがらめの状態で、日本政府は警視庁刑事部捜査一課特殊犯捜査係――通称SITによる対応を決断した。いまは犯人側と交渉の真っ最中だろう。

SITももちろん、訓練されたプロフェッショナル集団だ。立てこもりや誘拐事件の捜査を専門に行う。だが、犯罪者を憎む気持ちは一級品でも、国家を守るという意識は低い。

そんな彼らが、国家混乱を目論む国際テロリストの相手をしなくてはならない。

日本領空に侵入してから、ハイジャック機にコバンザメのように張り付いていた新田原の空自機は、着陸することなく宮崎の基地へ戻った。現在、ハイジャック機はD滑走路に駐機している。

D滑走路は二〇一〇年に開通したばかりの新しい滑走路で、三つの巨大ターミナルビルを挟んでA・B・C滑走路がある敷地から離れている。滑走路の南端から、東西へ横に張り出す形で存在し、連絡橋のみで繋がる小島のようになっている。

なんらかの事象が起こった際に被害を最小限にするため、ターミナルビルから離れたこのD滑走路に駐機させることになったようだ。

作業車は首都高速一号羽田線から国道三五七号を経由して、羽田空港敷地内に入った。東京モノレール新整備場駅近くで、並行して走るA・C滑走路のど真ん中だ。テクニカル系の航空事業所の建物が連なるこの一帯と滑走路は、有刺鉄線つきの頑丈な二重フェンスで仕切られている。

滑走路脇の駐機場は足止めされた航空機がひしめきあっており、滑走路は赤色灯の明かりをまき散らす警察車両で埋め尽くされていた。周囲を包む一種異様な雰囲気は、日常的に空港に出入りすることがない律子にも感じ取れる。

作業車内の古池と南野は、この界隈を行き交う特殊犯捜査係のデジタル無線の傍受に乗り出していた。作戦参謀本部が空港内に設置されているはずだが、徹底的な保秘の下に作戦は行われるため、場所がわからない。

校長はもはや『十三階』の古池班を見離しており、上官から情報をもらうこともできない。古池がヘッドフォンを取った。

「わかったぞ。作戦参謀本部は三季石油羽田空港支社オフィス内に設置されているようだ」

柳田がマップ上で場所を探す。それはD滑走路連絡橋のすぐたもとにあるビルだった。三部が言う。

「なんだよ。東京空港警察署内じゃないのか」

古池が答えた。

「東京空港警察署は空港の北側。南端にあるD滑走路とは四キロ以上離れているからな」

距離的に最も近いビルが作戦本部設置場所に選ばれたのだろう。

作業車は三季石油株式会社羽田空港支社が入る敷地のゲート手前一〇〇メートルで停止した。

敷地内は滑走路を繋ぐ航空機専用の通路があるため、緊急時ではなくても一般人は立ち入り禁止だ。現在は制服警察官と捜査一課特殊捜査係の担当者によって厳重なセキュリティチェックが行われていた。公安で入場が許されているのは中東担当の外事三課の捜査員のみ。

古池が車内から双眼鏡で、セキュリティゲートを確認した後、言った。

「セキュリティチェックに立っているのは警察官のみだ。作戦Bでいける。南野」

呼ばれた南野は忙しくパソコンのキーボードを叩き「五分で作ります」と頷いて見せた。

三季石油の社員証を偽造しているのだ。

三部は小型のロッカーから箱を出し、色とりどりのストラップから赤いものを選び、各自に配った。

プリンターが動き出し、プラスチックカードを排出する硬い音が響く。南野が、印字されたばかりの社員証を律子に渡した。『山村里美《やまむらさとみ》』と偽名だが、律子の顔写真が入る。

「『十三階』は拒否されるのに会社員は作戦参謀本部に入れるなんて」

律子の愚痴に、南野が答えた。

「羽田空港の給油システムは全て、三季石油が請け負っています。ハイドラントシステムという地下に埋め込まれた払い出し施設を使用しなくてはなりませんから」

専門家の三季石油社員の知識がないと、ハイジャック機の給油に対応できないのだ。

「まずは対策本部の秘聴・秘撮。SITの交渉内容を傍受する」

古池が言った。

「その後、交渉のバックアップですか」

「内容次第だ」

基本はバックアップだが、内容によっては妨害も厭わないという顔だった。

「なにせ最前線が知らないのだからな。これが〈鏡〉によるテロだと——」

準備を終えた作業車は、三季石油の敷地に入るゲート前へゆるりと走った。特殊犯捜査係の捜査員は、運転席の柳田が示した社員証で、なんなくゲートを開けた。まずは第一関門突破だ。

航空機の通路を横切る形で、車を走らせる。

巨大貯油タンク群の隙間から、トルコ航空機の姿がようやく見えた。

コックピットは北東を向いており、滑走路の照明や鑑識課のLED照明車が機体を照らしだす。シンプルな白い機体に青い文字で『TURKISH』。そこまで目視するのがやっとで、コックピットや旅客席の窓は小さな黒い四角にしか見えない。

上空はマスコミと警視庁航空隊のヘリがやかましく旋回を続けており、海では海上保安庁の巡視船や、警視庁の警備艇が大集結し、周囲を航行する船に注意を呼びかけている。

三季石油羽田空港支社ビルの前に到着した。

すぐ目の前のD滑走路連絡橋には、数十台のパトカー、面パト、特科車両が赤色灯を忙しく回転させ、ずらりと並んでいる。

停車と同時に、ビジネスバッグに秘聴・秘撮機器を詰め込んだ柳田と三部がワゴンから降り、支社内部に入っていった。

律子も一旦車を降りて、警察車両と空港車両が駐車されている周辺を歩いてみた。作戦参謀本部は突入を想定しているのだろう、SITの突入部隊とSAT（特殊急襲部隊）、並びに公安機動捜査隊を乗せた護送車が二十台以上、並んでいる。中をのぞくと空っぽで、車体に触るとまだ熱が残る。たったいま到着したばかりというのが窺える。

作業車内に戻る。三部から緊迫感のある無線が入っていた。

〝本部に入り込めた。交渉は難航、首相より突入命令が出たようだ〟

律子は息を呑んだが、古池は淡々と答えた。

「だろうな。着陸から離陸までたったの五六分間で、アラビア語を母語とするテロリスト相手に、ただの地方公務員が交渉を有利に運べるはずがない」

三部が〝突入作戦本部は別の階のようだ、ちょっと待て。探す〟と言って無線を切った。ヘッドセットを取り、ため息をついた古池に、律子は思わずぼやいた。

「軍事突入のプロフェッショナルが、海を挟んだ千葉にいるのに……」

習志野駐屯地に所属する自衛隊第一空挺団。警視庁の部隊よりもよほど海外テロリストに精通し、それを想定した訓練を日々行っている。古池が答えた。

「彼らも出動待機はしているはずだ。自衛隊の特殊作戦群もな。警視庁の部隊が全滅してようやく『治安出動』という流れだろ」

最前線で警察官が多数死傷しない限り、彼らの出番は憲法が許さないというわけだ。

三部より〝突入作戦本部の音声、入れるぞ〟と無線が入った。本部の音声がヘッドセットに流れる。男性が説明する声。

〝航空機への給油は、基本的にハイドラント方式と呼ばれるもので行います。払い出し施設が駐機場の地中に一四二箇所ございまして、三一九機のハイドラントバルブが設置されています〟

続いて柳田から〝映像入ります〟と無線が入った。暗い画面に会議室の様子が映し出される。特殊犯捜査係の捜査員、五十名ほどがパイプ椅子に座っており、捜査会議が開かれていた。みな特殊アサルトスーツを身に着けている。現場に突入する最前線の突入部隊員たちだ。

古池は柳田に指示を出した。

「ホワイトボードをアップに」

スクリーンに表示された地図が、映像に映し出される。

「ハイドラントスポットの説明のようですね」

南野が言う。壇上で話しているのは、赤いストラップを下げた本物の三季石油の社員だ。

〝残念ながらD滑走路に駐機場はありませんので、ハイドラントスポットもございません〟

その言葉を受け、作戦参謀本部の上層部と思しき面々が一斉に頭を抱えた。スーツ姿が四名、アサルトスーツ姿の隊長と思しき人物が三名。

〝参ったな、ハイジャック機をターミナルビル側に動かすのか〟

〝D滑走路から動かさず速やかに突入せよと厳命されております〟

〝それに、現在羽田に駐機している一三〇機の航空機を保安上、移動させることになりますよ。一体どこにやれと〟

突入作戦本部の指揮官にあたる特殊犯罪対策官と管理官、並びに現場に駆け付けた特殊犯捜査一係と二係の係長の会話のようだ。

〝どうせ給油しないんだ。部隊を航空機に近づける絶好のチャンスじゃないか〟

航空機の左主翼の裏側にある給油口とハイドラントスポットを繋ぐ給油車、そして空のオイルタンクを積んだダミーのトラックをハイジャック機に差し向ける。そのダミー車に隊員を潜伏させる――。

「案の定だな」

古池がヘッドセットをかなぐり捨てながら、律子を見た。律子は神妙に言う。

「まずいですね。白河がトルコ航空機を下見していたことにしろ、〈鏡〉は周到に現場を下調べしています。D滑走路にハイドラントスポットがないことを把握していたら、飛行機をABC滑走路に移動させずにわざわざ給油車を差し向ける行為が、実は特殊部隊の投入にあると、犯人側に見破られます」

「直接SITの対策官に話をした方がいいんじゃないですか？」

南野の提案を、古池は却下した。

「よせ。どうやってSITの作戦内容を知ったのかと詮索されるだけだ。公安が同胞まで平気で秘聴・秘撮する組織だという理屈はプライドの高い刑事部には通用しない。激怒されて終わりだ」

秘撮映像の中、突入作戦本部の電話が鳴った。一係長が取ると、慌てた様子で対策官に受話器を渡した。

〝官邸からです。総理ご本人からです〟

〝な、なんだって〟

突入命令が警察上層部を経由した首相からのトップダウンであっても、突入作戦本部に一国のトップが直接電話をかけてくるというのは稀なことだ。

慌てて咳払いをした対策官は、興奮で手が震えるのを抑えきれぬまま受話器を手に取った。対策官は礼儀正しく相槌を打っていたが、やがて茫然と宙を見つめた。

「――本気ですか」

官邸で動きがあったようだが、電話の秘聴まで準備できていない。律子たちはただじっと待つ。電話を切った対策官はひとしきり顎を震わせた後、やっと一同に言った。

〝シリア政府軍から官邸に情報が入った。ハイジャック機が一時着陸したＩＳＩＳ支配地域内の空港のドローン映像を分析した結果、飛行機に新たに乗り込んだテロ要員は五十八名に及ぶことがわかったそうだ〟

五十八名！　前代未聞の人数だ。

古池と律子は思わず目を合わせる。

〝乗客搭乗員を合わせた人質の数は二〇四名だが、テロ犯が五十名以上いるとは――通路にうじゃうじゃとＡＫ小銃を担いだのが蠢いていると見ていい〟

〝我々の突入部隊は八個班でたったの五十名です〟

〝だから、首相自ら追加を厳命したんだ。SIT突入部隊並びに出動できるSAT全部隊、公安機動隊も全班出動だ。合計二七〇名投入される〟

律子は声を震わせ、言った。

「これはもう、絶対に自爆テロを起こすための要員でないことは明らかです」

「ああ。必要以上に多い。五十八名の情報……この数字に一体なんの意味が」

背後でパソコンと向かいあっていた南野が、突然声をあげた。

「CIAアダナ支局から〈ミスQ〉の最新秘撮動画が届きました！」

律子は「分析入ります」と南野の横に座った。背後で、古池が呟く声がした。

「D滑走路は戦場になるぞ――」

律子はごくりと唾を呑みこむと振り返り、言った。

「それが真の目的なのかもしれません。〈鏡〉はISISと共同作戦の下、日本警察と〝戦争〟するつもりです」


二〇時四五分。

作戦参謀本部が入る三季石油支社ビル前に、続々と追加の突入部隊を乗せた護送車が到着した。中では、最前線で突入する部隊員が、テーブルに広げられた日本国旗に、寄せ書きをしている姿が秘撮映像から見えた。

みな、殉職覚悟で作戦に臨むのだ。

気温は低いのに、対策官は髪がびっしょりと濡れて襟足の髪が浮いていた。本部の張りつめた空気が、映像からも伝わる。

律子は車内で作戦参謀本部の動きを視認しつつ〈ミスQ〉の秘撮動画の分析を進める。

時刻は十月五日一四時——現地時間の八時。律子が白河とセックスをし、Sファイルを解除させた時刻だ。

過去に作成した分析ノートを広げる。モスクの開放は九時から一四時。〈ミスQ〉はだいたい八時前に出勤し、八時半ごろからモスク内の清掃を始める。遅刻は一度もない。

新映像を見た。十月五日八時。〈ミスQ〉の姿はない。映像を早送りにする。八時半過ぎにようやくモスクに到着し、ここのお局と思しきイスラム女性から叱責を受けていた。

「〈ミスQ〉は当該時刻に三三分遅刻しています。これまで遅刻は一日もなかったのに」

律子は思わず古池に叫んだ。古池はヘッドセットを下げながら言う。

「Sファイルのパスワードが解除されたと、即座に気が付いた。その対処で遅刻したのか」

「リアルタイムでファイルの監視を行っていたということですか？」

「そこまで暇じゃないだろ。日中はモスクで働いている」

南野が尋ねた。

「アラート機能をつけていたとか？」

「しかし白河と共有していたファイルだぞ。いちいちアラートをつけていたらキリがない」

「共有などしていなかったのかも」

古池は静かに、律子を見返した。

「やはり――私は引き金を引いてしまったのかもしれません」

Sファイルの解除は目の前のハイジャック事件を開始する合図だったのだ。潜在テロリストというでっちあげのリストで公安の注意を逸らせ、その隙にISISのテロと見せかけた共同作戦を実行――。

古池は感情の片鱗も見せず、淡々と言った。

「引き金を引いたかもしれないが、弾は出ていない。まだ間に合う。諦めるな」

作戦参謀本部に潜入している三部から、慌てた様子で無線が入った。

〝犯人側からなにか申し出があったようだ〟

律子も古池も南野も、ヘッドセットを取って秘撮映像を注視した。

ハイジャック犯との交渉役は、管理官が務めていたらしい。コックピットと直接通話可能な特別受信機のマイクに、管理官が顔を近づけた。

〝イエス。ミスターアブドゥール〟

アラビア圏内にごまんといる名前だ。少年ではないかと思うほど幼い声で、アブドゥールは唐突に言った。

〝病人四名を解放する〟

管理官は上ずった声でいつだと聞き返した。念を押すように返事があった。

〝Ｎｏｗ！〟

アブドゥールの声はいら立っていた。

〝タラップ車を五分以内に準備しろ。さもなくば彼らを扉から突き落とす〟

背後で交渉の様子を聞いていた対策官が慌てて空港職員を呼びつけた。ジャンボジェット機の扉は地上から五メートル近く上にある。タラップが取り付けられた車両を早急に手配するように言いつけた。

上層部となにごとかひそひそ会話をした後、対策官は出動準備を進めるアサルトスーツの軍団に言った。

〝作戦変更だ。先行隊はタラップ車に身を隠匿して目標地点まで到達。内部映像の確認後、二一〇〇、突入とする〟

律子は助手席の窓から外を見た。五分ほどでタラップ車が到着し、先行隊が夜を忍ぶように音もなく車内に吸い込まれる。

先行隊八名が、油圧式で上昇するタラップと荷台の間に忍者のように身を潜め、Ｄ滑走路へ向かった。

対策官の指示で救急車が四台と、それを両方から取り囲むように東京空港警察署のパトカーが二台、追走する。

「ここへ来て人質の解放――」

律子の独り言を、古池が意味ありげに拾った。

「不自然ではない。給油が済み次第、米国へ向かって自爆の道を進む——ということなら、な」

「これは米国の攻撃を標榜するＩＳＩＳのテロではありません」

わかっていると言わんばかりに、古池が鋭く見返した。数秒見つめ合う。無言のうちに律子の意を汲んで、古池は南野に伝えた。

「お前は残って分析を続けていろ。参謀本部で作戦の変更があればすぐ知らせろ」

「え、どちらへ？」

「俺たちは人質と接線を持つ。黒江、道具一式持ってこい」

律子は返事をし、作戦行動中に持ち歩く基本用具が入ったバックパックを背負った。中には懐中電灯や鑑識の簡易鑑定用具、ピッキング用具などが入っている。

作業車を降りた。張りつめた静寂が地上にあるが、上空はやかましいほどに海上保安庁と警視庁のヘリ、各局の報道ヘリが行きかっている。

古池は建物の前にずらりと並ぶ捜査車両を品定めしながら行き過ぎる。緑色の空港内保安車両の前に立った。運転席の前に立ち、律子に首で合図する。律子は扉の前にしゃがみ、ピッキングした。古池が周囲に目を光らせる。五秒で開錠。

「あきました」

古池が運転席に滑り込む。助手席のロックを解除した。律子は助手席に回ってシートに座り込んだ。扉を閉め、バッグから懐中電灯を取り出す。ハンドルの下に両腕を突っ込んで作業をしている古池の手元を照らした。古池はケーブルをいくつか引っ張り出すとプロテクターに切り込みを入れて銅線をむき出しにし、接触させる。二度目のチャレンジでエンジンがかかった。

古池は車を発進させ、連絡橋のたもとにつけた。一同に無線連絡を入れた。

「拠点・古池より一同へ。これより古池と黒江は人質と接触を試みる。いまより乙点とする。甲点・三部。作戦参謀本部に変化は」

「甲点・三部より一同。人質の概要情報が本部に入っている。妊婦一名。男性怪我人二名、心臓に持病を持つ男性一名。以上」

作業車両にひとり残る南野から連絡が入る。

「拠点・南野より一同へ。ＣＩＡアダナ支局が現在、〈ミスＱ〉の秘撮動画をリアルタイムで監視中です。作業車で閲覧できるように態勢を整えました」

すかさず古池が質問する。

「タイムラグは？」

「五秒です」

律子はバッグからタブレット端末を出した。南野の無線に問う。

「よかった。いま現地は一四時くらい？」

「はい。モスクが閉鎖したところです。〈ミスＱ〉はいまのところ通常通りですね」

「通常通り――。なにか、ニュースを気にしていたり、スマートフォンを何度も触っていたりとか、そういうことは?」

「ありません。モスクにテレビはありませんし、スマホをいじる様子もないですね」

Sファイル解除時は遅刻という失態を犯すほどの反応があったのに、テロの真っ最中は通常通り——。

「戻ってきたぞ」

古池の声に、我に返る。警察車両を花道に、四台の救急車が連絡橋を引き返してきた。

「乙点・古池より甲点。これより追尾態勢に入る。作戦参謀本部に搬送先病院の情報は」

言いながら古池はアクセルを踏み、片手でハンドルを握る。三部が答えた。

「こちらに新たな人質情報は入っていない。突入開始まで五分を切った」

「乙点・古池より拠点・南野。救急車の無線を傍受できるか。大至急、搬送先の特定を」

救急車は一路、A滑走路を北上している。律子は助手席で、五秒遅れで届くシリアの〈ミスQ〉の動向を見つめた。遠く羽田でテロを実行中の仲間と連絡を取るようなそぶりがないか、目を光らせる。彼女は淡々と掃除をしていた。

いつものニカブで顔を全て覆ってはいるが、今日はずいぶん暑そうにしている。何度も胸元の黒布をつまんではたき、手をうちわの形にして仰ぐ仕草が見て取れた。

南野から無線が入った。

「拠点・南野より乙点・班長へ。傍受成功。男性三名は第二ターミナルビル内部のクリニックへ。妊婦は第一ターミナルビル内部のクリニックへそれぞれ搬送予定です」

「乙点、了解」

古池は言って思い切りアクセルを踏んだ。暗闇のA滑走路をひた走る。左手に見える駐機場には所狭しとジャンボジェット機が並ぶ。車からは全体像を捉えられないほど巨大だ。

途中、作戦参謀本部へ向かっていると思われる特殊犯捜査係の腕章をつけた女性刑事とすれ違った。一瞬で顔は見えなかったが、全速力で走っているのがわかった。滑走路だけで三キロ近い長さがある。人の足では本部まで一五分以上かかる。なぜこんなところをひとりで走っているのか、刑事部も混乱しているのだろう。

車でも、ターミナルビル到着まであと三分はかかりそうだ。律子はタブレット端末に表示された〈ミスQ〉の動向に注目した。

廊下で拭き掃除をしていた彼女は休憩でキッチンスペースに入った。冷蔵庫からペットボトルを出す。中身が半分ほど残っている。ストローを刺した。男性の目はないが、彼女はニカブを取らず、布の下にペットボトルを忍ばせ、飲む。やがて空っぽになったペットボトルをゴミ箱へ放り投げた。

律子ははっとして、思わず顔を上げた。

――この女は、白河美雪ではない。

「ラッカの〈ミスQ〉は替え玉です！」

叫んだ律子に、古池が声を荒らげた。

「なんだって!?」

律子はネットでシリアの気温情報を確認しながら、言う。

「今日、ラッカの気温は通常の十月の平均より大きく下回っていますが、映像の中の〈ミスQ〉はずいぶん暑がっています。ニカブを着慣れていない女性のように見えるんです」

「それだけでは――」

「しかも、水を飲み干しました」

古池の表情が一変した。美雪はいつも、飲み物を残す。白河にまで波及した幼少期の貧しさ故の癖。コップやペットボトルの飲み物を最後まで飲み干したことは一度もない。

古池は興奮から、声を上ずらせて言った。

「替え玉――。本人はどこへ行った」

「テロに参加しているとみるのが自然です」

「まさか――解放された妊婦か」

作戦参謀本部の三部から無線が入った。

〝タラップ車に潜入していた先行隊による内部映像の取得は失敗に終わったようだ〟

照明が落ち、暗闇で中を確認できなかったという。赤外線機能付きの小型CCDカメラはワイヤレスタイプの物がない。中の人質や犯人の配置を把握できぬまま、時刻は犯人側が定めたリミットの二一時を迎えようとしていた。

「おかしいです。テロリストが五十八名もいるのなら、中が暗闇では身動きが取れなくなってしまいます」

「本当に五十八人もいるのか――」

シリア政府軍から官邸に持ち込まれた情報について古池は懐疑的な表情になった。情報源を洗い直したかったが、いまは時間がない。無線で三部が話す作戦概要が流れてきた。

〝あと数分のうちに、給油車とダミー車、合計二十一台がD滑走路に向かう〟

ダミー車一台につき十個のオイルタンクを積んでいるように見せかけて、タンクは空っぽ。中に突入隊員が潜伏し、一斉行動をするという作戦のようだ。

上空を旋回している数機のヘリからも、五十名のSAT隊員が次々に降下、機体天井部に降り立ち、ジャッキで天井をくりぬいて突入する。

二七〇名の作戦部隊が一分で、現場を制圧する算段だ。

第一ターミナルビルに近づいてきた。救急車が一台、搭乗ゲート部の一階出入口に横付けしている。

他、三台の救急車は第二ターミナルビル方面へ向けてつり橋型の赤い連絡橋を渡っていく。古池は救急車の後ろに車をつけた。救急車はサイレンを鳴らさず沈黙しているが、赤色灯は静かに回転を続けている。滑走路に赤い反射が、雨のように降り注ぐ。古池と頷き合い、律子は車を降りた。

救急車後部の窓はカーテンが引かれ、目視ができない。古池は運転席側、律子は助手席側に回る。律子の目に、助手席で動かない救急隊員が見えた。顔を撃ち抜かれたのか、ガラスにぺたりと血まみれの頬をつけて死んでいた。

扉はロックがかかっている。律子はすぐさまピッキングし、扉を開けた。こちらは丸腰、犯人が中に残っている可能性があったが、躊躇している暇はなかった。

救急隊員の射殺体が地面に落ちた。革張りのシートに血だまりができており、それが筋を引くように足元に落ちる。

律子は様子を窺いながら、そっと血まみれのシートに上がり、車内に踏み込む。

車内の人間は全員、死亡していた。

運転席の救急隊員は背部に銃弾を四発も受け、ハンドルに身を任せている。

医療機器や担架がひしめく後部では、眉間に赤黒い穴をあけた隊員が、心電図モニターの下に座り込み死んでいる。担架には、黒いニカブをまとった女が横たわり、微動だにしない。

古池がバックドアから車内に入ってきた。車内のその惨状に、この道十五年のベテランである古池の顔にも、動揺と困惑、そして怒りが広がる。

「どうなってる。妊婦も殺されたのか」

律子は女のニカブをはぎ取った。日本人女性の顔。だが、白河美雪ではない。こちらも、眉間に銃弾を一発受けて、こと切れていた。

「誰だ」

「特殊犯捜査係の女性です。さっき作戦参謀本部の秘撮映像に映っていました」

人質解放の際、妊婦の世話役に指名された女性捜査員だろう。よく見ると全身を覆う黒いニカブは着用されておらず、下着姿の体の上を覆っているだけだった。

犯人は捜査員の衣服や装備品を奪った――。

律子は叫んだ。

「さっきすれ違った腕章をつけた女！」

「クソッ、作戦参謀本部に乗り込む気か」

「私、追います！」

律子は運転席の隊員を助手席に引き倒し、血まみれのシートに座った。

「待て、俺が運転――」

「古池さんは第二ターミナルビルへ。もう三台ある救急車を追ってください」

一緒に解放された他三名の男性は、白河美雪の協力者である可能性が高い。ＩＳＩＳのテロリストだろう。一刻も早く拘束しないと、日本国内に野放しとなる。

古池は二つ返事でバックドアから飛び降りた。律子はエンジンをかけるとＵターンし、Ｄ滑走路方面へ最高速度で救急車を走らせた。

古池はジャケットの裾を向かい風に翻しながら、羽田空港第一ターミナルビルと第二ターミナルビルを繋ぐ連絡橋を走っていた。ネクタイが風に舞い上げられ、背中に回る。首が締まる。各方面に無線で指示を出すことに精いっぱいで、ネクタイを緩める余裕もなかった。

三部に律子のバックアップを頼み、柳田と南野は早急に第二ターミナルビルへ向かうよう指示を飛ばす。だが、ここから作戦参謀本部があるＤ滑走路付近まで、三キロ近く距離がある。間に合うか。腕時計に一瞬、目をやった。二〇五七。三部が無線越しに叫ぶ。

〝どうなってる、あと三分で突入だ〟

「そっちは刑事部に任せろ。うちは脱出したテロリストを確保する！」

連絡橋を渡り切り、第二ターミナルビルの向かいにあるパーキングビル付近で、救急車が三台、妙な位置に停車しているのを見つけた。パーキングビル周囲の樹木に頭を突っ込む形で停車している。それを先頭に、後ろの二台が数珠繋ぎになって停車している。

エンジンは停まり、赤色灯も沈黙したままだ。

前方二車両のバックドアから、拳銃を下に向けた男が二人ほぼ同時に、出てきた。白いワイシャツに浴びた血飛沫《しぶき》が、強い照明でグロテスクに光る。車内の救急隊員や刑事を始末してきたところだと直感した。

最後尾の一台は、車体が大きく揺れ、人の揉み合う声と銃声が散発的に聞こえる。

拳銃を持った男二人は援護するように、最後尾の救急車に近づくと、窓ガラスを叩いて中にいる人物に銃口を向けている。

古池は自分が丸腰であることを呪いながら、武器になるものを探した。すぐ近くに、空港に出入りする長距離バスが数十台並ぶ専用駐車場があった。人の気配はない。古池は手前に停車していたオレンジ色のリムジンバスに近づいた。運転席脇の扉の窓ガラスに肘鉄を食らわせる。ガラスが割れ落ちる音が、静寂に響く。

二〇メートル離れたテロリストに聞こえたかと、身を硬くする。アラビア語の罵声や悲鳴、銃声、ドアの開閉音がひっきりなしに聞こえてくる。あちらはそれどころではないのだろう。救急隊員は丸腰だが、同乗しているSIT隊員はそれなりに訓練されている。

割れた窓からバス車内に忍び込み、最後尾席付近のトイレの近くにあった備品棚を徹底的に探る。武器になりそうなのは大型のプライヤーレンチだけだった。握り締め、バスの窓から落ちるように降りた。

レンチを右手に握り、重心を落として救急車の方へ突き進む。革靴がコンクリを蹴る音を消して歩く。アラビア語訛りの英語の怒声と、「プリーズ・ドント・キル・ミー」というカタカナ英語の命乞いが聞こえた。

先頭二台の救急車に死体しかないことを確認し、最後尾の救急車に近づいた。

SITの腕章をつけた男は新婚で、妻は妊娠中だと泣いている。アラビア語訛りの強い英語が、男に「車を出せ」と指示している。サクラダモン、サクラダモンと喚く。桜田門。警視庁本部庁舎に突っ込むつもりか。

この有事に、警視庁本部庁舎は空っぽに近い。実動部隊は殆ど出払い、本部に残っているのは年を重ねた幹部連中ばかりだ。その気になれば警視総監の首すら取れる状況ともいえる。

古池は救急車の右車体を、プライヤーレンチで思い切り叩いた。アラビア語訛りの英語がぴたりと止んだ。人質となっている男のすすり泣きは、なにかを呑みこむように一瞬途切れただけで、またすめそめと続く。

古池はすぐに救急車の下へ潜りこんだ。ひとりの男が降りてきた。人質のフリをしていたからジーンズ姿だが、軍靴のような編み上げ靴を履いている。拳銃をスライドする音。それほど大げさな音ではないから、恐らく機関銃の類ではなく、一般的な自動小銃だろう。いまのは弾倉を装塡した音だ。

古池は、目の前を通り過ぎようとしたその足首に、プライヤーレンチの口をぱっくりと開けて構えた後、いっきに食らいついた。ギリギリと締め上げる。軍靴でなければ皮膚が破れ、骨を砕くほどだっただろう。男は悲鳴を上げて地面に倒れた。古池は、もがきレンチを振り払おうとする男に引きずられる形で、救急車の下から這い出た。倒れた男の手から自動小銃が離れ、コンクリの地面に落ちていた。古池はプライヤーレンチを最後、渾身の力で締めあげた。何かがバチンと断絶した音がした。アキレス腱だろうか。

呻く男を横目に、古池は自動小銃を取り上げた。同時に、何事かと他のテロリストたちが救急車から飛び降りてきた。「フリーズ！」という、Rの発音で妙に巻き舌の英語が、次々と浴びせられる。こちらも自動小銃を構えて振り返る。

外国人の男二人が現れた。一人は肌が浅黒く髭を生やし、血に染まった白のワイシャツ姿。もう一人はチャコールグレイのスーツ姿だった。スーツの男は色白の典型的なペルシャ人の顔で、日本人の中東人のイメージを大きく覆す外見だ。日本にいても欧米人に分類されるだろう。

スーツの男は、人質を取っていた。ワイシャツの上に防弾ベストを着用したSIT隊員の口に銃口を突っ込んだ状態で、英語で「銃を捨てろ、殺すぞ！」と叫ぶ。アキレス腱を切られて倒れたままの男がアラビア語で何か言う。白ワイシャツの男が半笑いで答えた。拳銃を構える古池を、拳銃の先で乱暴に指しながら。スーツの男も、口の端に余裕が見えた。ニヤニヤと古池を見ている。

バカにされているのだ。日本警察は発砲できないと思っている。

彼らは日本政府のテロに対する弱腰対応をよく知っているのだ。かつて日本赤軍を野放しにし、世界中でテロを起こさせた原因は「人の命は地球よりも重い」と言って次々とテロ組織の要求を呑んできた当時の日本政府の軟弱な対応のせいだと。支払った身代金は次のテロの資金源になり、公安警察がその人生をかけて逮捕してきた活動家たちを、簡単に釈放してしまった。

そして、ずるずると続いた日本赤軍のテロのせいで、四半世紀経ったいまでも人生を狂わせてしまう者もいる――。一刻も早く、テロの芽は摘まなくてはならない。白河のような男を二度と世に出さないためにも。

SIT隊員は口の端から涎《よだれ》を、鼻からは鼻水を、そして両眼窩からは涙をとめどなく流し、助けてくれという瞳で古池を捉えている。

助けられないと、古池は目で答えた。そういう覚悟で警察官になっただろう、と。

古池は容赦なく、引き金を引いた。ニタニタ笑っていたスーツの男の顔面が赤く炸裂するが、条件反射で男も引き金を引いていた。SIT隊員の脳髄が周囲に吹き飛ぶ。後頭部をなくした屍が膝からくずおれた。スーツの男ともつれあうようにして、血で赤く染まる地面に落ちる。

白ワイシャツの男は一瞬、なにが起こったのかわからない顔をしていた。日本警察をなめていたことは、その戸惑いからすぐにわかる。

馬鹿者、と口先で吐き捨て、古池は容赦なく白ワイシャツの男を射殺した。

アキレス腱を断絶した男は生け捕りにすることにした。立ち上がろうとしているので、両大腿に一発ずつ銃弾を撃ち込み、二度と歩けないようにしてやった。ＩＳＩＳの生き証人を捕らえたと、タカ派の首相は大喜びで米国に餌を奉納するだろう。白河の自殺で失望させた栗山に、手土産ができた。

古池は白ワイシャツの男が着用していたシャツをはぎ取って破ると、悶絶して意識を失ったテロリストの大腿の付け根にきつく結び付けて、止血した。失血死したら困る。急いで『掃除班』を呼ぶ必要があったが、美雪を追った律子を援護しなくてはならない。

テロリストと揉み合ううちに外れた無線機を改めて耳に押し込んだ。

なにも知らない突入作戦本部の突入カウントダウンが、始まっていた。

律子は一旦救急車のハンドルから片方ずつ手を外し、パンツスーツの太腿をこすって手汗を拭った。時速百キロを超えているが、スピードメーターもアクセルの角度も、まだ加速する余裕があるように感じた。

隣と後ろに三人の死体があった。車内は血の匂いが充満し、死があふれていた。暗闇の中、滑走路をひとり走っていた黒いパンツスーツの女性を捜す。D滑走路の作戦参謀本部方面へ向かい、一分が経過した。一キロは進んでいるはずだが、まだ変装した美雪の姿は見えない。

古池が三人の部下に指示を出す声が聞こえた。三部が律子のバックアップに入ろうと現在地を知らせるように言うが、C滑走路上を南下中としか答えられない。

律子は腕時計をちらりと見た。二〇五九。

突入開始のカウントダウンが、すでに始まっていた。

〝五十九、五十八、五十七、五十六、五十五……〟

救急車のヘッドライトが、一瞬なにかを反射させて光った。特殊犯捜査係を示す金糸の刺繍文字が入った腕章だ。黒のパンツスーツ姿の女は滑走路の闇に溶けているが、律子はときおりヘッドライトに反射する腕章を目標に、アクセルを踏み込んだ。

女の姿がふいに消えた。周囲に目をやっているうちに、各航空会社のメンテナンスビルが連なる一帯と滑走路とを分かつフェンスが見えてきた。

律子は前かがみになり、フロントガラス越しに上を見上げた。

女がフェンスをよじ登っている。三メートル近くある上まで登りきると、ウエストポーチから出したペンチで、上部の有刺鉄線を手早く切断していく。全てシミュレーション済みといった軽やかな手つきだった。

無線から、作戦参謀本部のカウントダウンが聞こえる。

〝三十秒前。二十九、二十八、二十七……〟

割り込むように、古池の報告が入る。つい数分前の上気した雰囲気からはほど遠い、ひどく冷徹で静かな声だった。第二ターミナルビルへ向かった三台の救急車も全滅。現場は血の海。救急隊員九名、及び同行したSIT隊員三名は全員射殺された――。

三名のテロリストは野放しになってしまったのかと思った瞬間、古池が簡素に言った。

〝テロリスト二名は射殺、一名は確保〟

古池の妙に冷めた声音から、彼が殺したのだと悟った。女を使って性と心をテロリストに売り、今度は人を殺す覚悟を持てと、言われているようだった。

〝二十秒前。十九、十八、十七……〟

律子はフェンスの上を見た。フェンスを飛び越えるかと思えた女だが、上に留まり、足を器用にフェンスに絡めて姿勢を保っている。首から下げた望遠鏡を目にあて、しきりにD滑走路方面――恐らくハイジャック機を、確認している。反対側の手に持っていたスマートフォンをフリックしたのが見えた。

律子の脳裏で、これまで集まっていた様々な情報が交錯する。

人質や犯人が三〇〇人近くいるにも拘わらず、旅客機内は照明が落ちて暗闇だったこと。

そして犯人グループ四名が飛行機から人質を装って脱出し、ひとりは高所から高見の見物のようにハイジャック機を見ている。

このテロを計画した白河遼一も美雪も、公安――警察への憎しみを糧に結ばれていたこと。

テロの本当の目的は、警察組織の殲滅か。

もし旅客機内に爆発物が積んであれば——いま起爆スイッチを押すと、旅客機ごと二七〇人の警察部隊を粉砕することができる。

白河は話していた。接触した中東のテロリストたちは、携帯電話起動式のC４爆弾を製造していたと。すると彼女がいまフリックしたスマートフォンは……。

〝突入十秒前。九、八、七——〟

報告を入れても間に合わない。古池の声が遠く水の底から聞こえたような気がした。ずっと律子を、呼んでいた。

〝黒江！　応答しろ。〈白雪姫〉は⁉〟

「目の前にいます」

律子はもう覚悟を決め、シートベルトを今更引っ張り出し、装着した。ブレーキから足を離す。フェンスまであと二〇メートルの距離。アクセルをべた踏みした。急加速して、背中が血まみれのシートにぺたりと張り付いた。目まぐるしく羽田空港滑走路の景色がフロントガラスから流れ去り、フェンスが目前に迫った。

衝突。

強烈な衝撃と破壊音に、耳が一瞬、聞こえなくなる。救急車はフェンスをなぎ倒し、新整備場前の誘導路に頭から突っ込んだ。女が上から降ってきたのが見えたが、エアバッグが作動し、律子の視界を白く遮る。同時に、助手席の死体がフロントガラスを突き破り外に投げ出された。後ろの二つの死体は前方のシートに激突し、死んだ女の手がすき間から伸びる。

救急車のアラート音が静寂に響く。

〝突入！〟

耳から外れて首元にぶら下がる無線から、対策官が喉を嗄《か》らして叫ぶ声が漏れ聞こえた。

律子は両方の鼻の穴から血を流していたが、意識ははっきりしていた。誰の血かわからない赤く染まった左手で、シートベルトを外す。救急車の外に出たが、倒れた。体のどこにダメージを負っているのかわからない。確認している暇がなかった。

車外へ放り出された救急隊員の死体をまたぐ。よろめきながら、地面で呻く女の元へ、ふらふらと近づいていく。

プロペラの音に顔を上げた。D滑走路上空をホバリングするヘリから、一斉に黒い影が降下するのが蟻ほどに小さく見えた。首に激痛があり、視界が暗闇に侵食されていく。意識を失いそうだ。気力を振り絞り、かっと目を見開いた。

女は倒れひしゃげたフェンスの上で蠢いていた。そのすぐ先に、暗闇に強烈な光を放つスマートフォンが落ちていた。番号が表示されている。あとは通話ボタンを押すだけだ。そこへ左手を伸ばしながら動き出した女の顔が、街灯の注ぐスポットへ入り込んだ。

白河美雪。

『名もなき戦士団』犯行声明動画にあったような、女優にもアイドルにもなれそうなかわいげな相貌。それを汚すように額から血の筋が垂れる。行動は公安への憎しみにあふれ醜く蠢くのに、表情は清冽として迷いがなく、美しい。

美雪は、爆弾の起爆スイッチとなるスマートフォンにやっと手が届きそうになったところで、途端に弾かれたように体を引き戻し、呻いて右肩を押さえた。

美雪が切断した有刺鉄線の鋭利な先端が、彼女の右肩を貫通し、身動きを取れなくさせていた。歯ぎしりしながら有刺鉄線を引き抜こうとする美雪だが、突き出た棘が傷口を抉り、激痛に悶える。

律子の無線から、航空機内に突入した隊員たちの混乱した声が飛ぶ。乗員乗客も犯人の姿もない。旅客席も貨物室もコックピットも空っぽだ——。

美雪は呼吸を整えて覚悟を決め、肩から突き出る有刺鉄線を両手で摑んで、ぐっと引き抜く。苦悶に冷や汗を垂らし、喉を嗄らす。四方に突き出た棘が美雪の傷口を抉り、ブラウスに覆われた肩に、深紅の血の花が咲く。公安への憎悪に震えるその瞳は、数歩先に転がるスマートフォンを捉えている。凄まじい怨念と執着。律子は全身が震えた。もやっとしていた意識に鮮やかな輪郭がついていく。

無線から〝撤退しろ、爆弾だ！　座席の下にいくつも仕掛けられている！〟という突入隊員たちの悲鳴と怒号が漏れ聞こえる。

律子は美雪の元へ、のっそりと近づいた。

美雪の、鉄線が貫通し抉られた傷痕に、次の棘がさしかかり、肉の間に吸い込まれる。律子は美雪の右肩を、黒のレザースニーカーを履いた足で容赦なく踏みつけた。ぎゃあっ、と美雪の悲鳴。首をねじり上げて律子を睥睨《へいげい》しようとした。律子はやさしく教えてやった。

「あなたは負けたの」

スニーカーのゴム底を通して、針金が肉や骨を抉る感触が伝わる。その感覚が心に届くころには快楽となって、律子を昂らせた。容赦なく、足に力をこめ、美雪の肩の肉と針金を掻きまわすように踏みつける。このスニーカーに、勝利の痕跡を残すのだ。

自分でも驚くほど醜い哄笑《こうしょう》が口からあふれた。

「勝ったのは、私」

第六章　かわいそうな女

『名もなき戦士団』のトップ、スノウ・ホワイト。

公安からは〈白雪姫〉、ＣＩＡからは〈ミスＱ〉と符牒され、追われていた女——白河美雪がとうとう、逮捕された。

一夜明けた羽田空港は、午後になっても空港再開のめどが立っていなかった。ハイジャックされたトルコ航空機もＤ滑走路上に駐機したままで、その周囲を警視庁及び陸上自衛隊の爆弾処理専用特科車両がぐるりと取り囲む。

古池と律子は『十三階』会議室スクリーンでリアルタイムの空港映像を見ていた。

現在、爆弾処理班が、旅客機座席下に取り付けられた計五十八個の爆弾の凍結作業を行っている。

旅客機内はもちろん、Ｄ滑走路も立ち入り禁止だ。航空機コックピット内部から撮影ロボットが侵入できる経路を確保できたのが今日の昼のことで、全ての爆弾を撤去するのに丸三日かかる算段だった。

ロボット映像によると、爆弾はファーストクラスからエコノミークラスだけでなく貨物室にまでもあり、爆炎が隅々にまで行き届くように計算しつくされ、設置されていた。

携帯電話起動式の爆弾は、機体のほぼ中央にあたるエコノミークラス三十三列目、中央四人席であるE・Fシート下にまたがるように設置されていた。他の五十七個の爆弾に起爆装置はなかったが、E・Fシート下の爆発そのものが起爆剤となり、連鎖的に爆発が広がる仕組みだ。

柳田が解説する。

「サンプルとして、ファーストクラスにあった爆弾をひとつ凍結後に分析したようですが、中東で広く流通しているC4、いわゆるプラスチック爆弾の類ですね。内部に大量の釘が詰まっていました。爆発したら殺傷能力が数十倍になる上、遺体の損傷が激しくなることで知られています」

古池は肝が冷えた。律子の機転によって阻止できたが、間に合っていなかったら——。

二七〇名もの突入部隊が木っ端微塵、D滑走路のコンクリートの地面は、人体と機体の残骸で赤と黒に塗り替えられていただろう。

それでも、最終的に十二名の殉職者を出すことになった。人質のふりをしてハイジャック機から脱出したテロリストたちに襲撃された、刑事部捜査員と救急隊員たちだ。

古池が死なせたと言っても過言ではないSIT隊員も、そのうちの一人だ。彼は三十四歳の巡査部長で、岡野弘毅《おかのこうき》という名前だった。妻は第一子を妊娠中だった。個を知るのは辛い。

残された遺族へのカンパの箱が回ってきた。みな、千円とか三千円を投げ込んでいたが、古池は通帳ごと入れてやりたい気分だった。財布にあった五万円を箱にねじ込もうとしたが、たったの五万円で済むことなのかという気になる。結局、一円も入れられぬまま、カンパの箱は別のフロアへ運ばれてしまった。

二〇四名の乗員乗客はいまも人質になったままだ。

事件当初、トルコ航空機は離陸直後にハイジャックされ、シリアのISIS支配地域ラッカの空港に緊急着陸。二〇四名いた乗員乗客は全てそこで降ろされ、白河美雪ただひとりが搭乗し、爆弾が積み込まれ、共闘するISISテロリストと日本へ向かったとみられる。現在、人質の救出作戦が米軍主導で行われている。突入部隊にはほかに、乗客の国籍であるイギリス、カナダ、UAE、サウジアラビアなどの部隊が参加している。

標的が日本警察だった以上、この救出作戦に日本から派遣がないことに各国から批判が起こったのは言うまでもない。タカ派の首相はこうした批判を逆手に取って、いっきに改憲の道へ突き進もうとしている。

今朝がた、公安一課フロアに戻った律子は、むち打ち症で首にコルセットをつけた状態だった。美雪逮捕の際、車ごとフェンスに突っ込んだからだ。フロアの捜査員たちからどうしたのかと声をかけられると「タクシーに乗っていたら後ろから衝突されて」と言葉少なに語り、体ごと背を向けるにとどめた。

『十三階』の暗躍が表に出ることはない。

あのハイジャック爆破テロ未遂事件を阻止したのが律子であると、警察官ですら知らない。マスコミに報じられることもない。

ハイジャック機から逃亡し、射殺されたＩＳＩＳテロリスト二名は、古池が見捨てた特殊犯捜査係の岡野刑事が射殺したという筋書きになった。岡野は史上まれにみる警視庁の英雄になり、二階級特進、警視庁本部庁舎一階の殉職者碑にその名を刻む。

古池が足を撃ち、瀕死状態だったテロリストは、公安の『掃除班』が引き揚げた後に捜査一課特殊犯捜査係の刑事たちの手で逮捕された。あのテロリストがなにを証言しようと、その名を捜査員が突き止め真相を暴こうとしても、正式な調書に古池の名前が登場することは絶対にない。

誰がどのようにテロリストたちを見つけ、逮捕したのか。広報や書類上の整合性を保つのは、『十三階』校長の栗山の仕事だ。

事件当日、古池班は白河の自殺で校長の栗山を激昂させ、切り捨てられていた。だが校長は最終的に、勝手に動いていた古池班に救われた上、一名のＩＳＩＳテロリストという土産物までついてきたことで納得したようだ。白河の自殺について、古池班から処分者が出ることはなかった。

かといって、これまで通り栗山との蜜月関係が続くかと言えばそうでもなく、微妙な距離感を保ったままだ。

律子がスクリーンを見て、続ける。

「シリア内で飛行機に運び込まれたのは五十八人のテロリストではなく、五十八個の爆弾だった——シリア政府軍が示した情報が完全な誤りだったのはどうしてですか」

三部も同意する。

「あちらも内戦で混乱している——と多少同情してやったとしても、あまりにお粗末だ」

「テロリスト側に都合がいい情報だったことも気になる。五十八人もいると聞いたから、本部は突入部隊を五十名からいっきに二七〇名まで増やした」

なぜこんな怪情報がシリア政府から官邸に回ってきたのか、早急に分析が必要だった。

「白河美雪の聴取はどうです？」

続く律子の問いに、古池は肩をすくめた。

「アラビア語しか話さないそうだ。そのほとんどが人を罵るスラングばかりで、通訳官が疲弊している」

警視庁通訳センターにアラビア語が堪能な者は二名しかいない。うちひとりはハイジャック事件の際に銃殺されてしまった。たったひとりの通訳官がつきっきりで聴取に駆り出されている。

「Sファイルにあった〝潜在テロリスト〟たちの処遇は？」

Sファイルは公安部を油断させるための罠だった可能性が高い。逮捕された五十名が一貫して罪を認めないのは当然のことだ。

「罠をしかけるための餌だったということだろうな」

彼らは一般社会で雇用の調整弁にされ、『臨海労働者闘争』を頼ってそんな社会と戦おうとしたが——結局はテログループがテロを起こすための〝調整弁〟にされてしまったということだ。

美雪の逮捕から三日。『十三階』の律子に新たな仕事が舞い降りた。仕事というより、厄介な業務と言った方が近い。

白河美雪宛のファンレターや差し入れが、警視庁本部庁舎宛に届くようになったのだ。ISISと共闘できるほどの度胸と残虐性を持ちながらも、美雪の容姿はフランス人形を思わせる愛らしさがある。世間がそのギャップに釘付けになり、興奮するのは致し方ない。連日テレビやネットでその顔写真が流れ、一部に熱狂的ファンが育ちつつあった。

シンパの広がりを監視するのも『十三階』の仕事だが、手紙は数日で百通にも及ぶ。一連のテロ事件の捜査協力だけでなく、自殺した白河遼一の青酸カリ入手経路、官邸に流れた怪情報の分析など、捜査しなければならないことが山ほどあり、古池も他の作業員も手があかない。とうとう『投入』作業員の水橋までもがファンレターの確認作業に駆り出されることになった。

水橋は面倒だという態度を手紙の封を破る手つきにいちいち出しながら、律子に尋ねる。

「僕には全く理解できないね、テロなんて起こす女のなにがいいんだか——君だってそう思うだろ」

同意の返事が一瞬、遅れた。水橋は妙なところで鋭い。

「なに。いまのビミョーな間」

律子は渋々、手紙に目を通しながら答えた。「――私たちは紙一重よ」

水橋から答えがない。彼は困惑していた。

「なにそれ。どういう意味」

律子は答えなかった。白河美雪にこんな事件を起こさせたのは他でもない、公安という組織だ。〝体制の擁護者〟の名のもとに、裏切り者を徹底的に粛清することで秘密を保持し、見せしめで現役捜査員の統制を図ろうとした組織。国家のためなら、人権やプライバシーを平気で蹂躙する組織。

〝反体制〟のためなら暴力を厭わないテロ組織と、本質は何ら変わらない。

女性であるにも拘わらず、そんな世界で生きていくことを決意した律子と美雪。白河の母・藤村絵美子もそうだが、女性であるが故に男以上に残酷にならざるを得なかった現実。

――あまりに共通点が多い。

律子は思ったが、口には出さなかった。

「美雪の送検が済んだらさ、ちょっと長い休暇を取ろうと思ってるんだ」

水橋は唐突に話題を変えた。

「いいんじゃない。『投入』で疲弊した心と体をハワイとかで癒してきたらいいわ」

「一緒に行く？」

「は？」

水橋は目を細め、微笑んだ。

「古池さんなら許可してくれるよ。君だって白河に『投入』されていた。長期休暇が必要なくらい、精神がささくれ立っているはずだ」

律子は目を逸らした。水橋との会話は相変わらず疲れる。

「──もしかして、癇に障ったかな。古池さんなら許可するなんて言い方」

「別に」

「古池さんはもう脈なしとも取れる。いや、そういう意味じゃなかったんだけど」

「ねえ、しゃべってばかりいないで、仕事に集中したら」

水橋は手に持っていた手紙を乱暴にテーブルの上に投げた。

「冗談だよ、一緒に行こうと誘ったのは。でも、いつになったら本気で僕と向き合ってくれるのかなって」

「そういう話は、仕事以外のときにして」

「誘っても見向きもしないじゃないか」

「まだ〈白雪姫〉の逮捕から一週間も経ってないのよ。デートになんか応えている暇はない」

「でも僕にはあまり時間がないんだ」

「どういう意味？」

「早く忘れろよ」

水橋が律子の手を握った。熱い。

「古池さんとは無理だと思うよ。君の気持ちが報われることはない。あの人には忘れられない人がいるし――」

水橋は目を逸らした後、意を決した様子で言った。

「『十三階』以上に大切に思っているものはない。君が『十三階』にとって優秀な人材であればあるほど、古池さんは君を部下としてしか扱うことができない。せいぜい一度や二度、セックスをしてくれる程度だ。君の人生そのものを受け入れられるはずがない」

水橋の手は、不愉快なほどに熱かった。

「僕なら言うよ。『十三階』を辞めて僕と一緒になろうって」

「ええ。言ったわね。ハイジャック機が日本に向かっている真っ最中にね。軽々しかったわ」

律子の嫌味に少しのダメージも受けず、水橋は熱心に続けた。

「軽かろうが重かろうが、言った。でも古池さんはそんなこと、口が裂けても言わない。絶対に。作業員としての君が必要だからね」

ひとりの女として愛されることは決してない――律子がその事実を正面から受け止めかねていると、南野が乱暴に押し入ってきた。

「黒江さん！　古池さんが〈白雪姫〉の聴取に入っているらしいですよ」

律子は思わず「あり得ない」と立ち上がった。『十三階』は裏の作戦作業が主な任務で、基本的に被疑者の取調べはしない。白河遼一の時は異例だったのだ。

「それが、〈白雪姫〉本人からのご指名のようで」

律子は慌てて、地下にある取調室フロアに降り立った。

取調室横のマジックミラーの部屋に入るのと同時に、スピーカーからわめきちらすアラビア語が聞こえてくる。

部屋には美雪の聴取を担当する公安一課の課長と栗山がいた。共にキャリア官僚である二人が聴取を見学するなどないことで、それだけこの聴取がイレギュラーなものと推測できた。

律子は二人の上官に敬礼した後、言った。

「〈白雪姫〉が指名したそうですが、なぜ彼女は古池さんの存在を知っているんですか」

栗山が苦々しく言った。

「お前が教えたんだろう、白河に。美雪は〝夫を寝取った公安の女の上司と話がしたい〟と言った。そうすれば日本語で聴取に応えると」

律子はなおも首をひねる。

「――寝取った？　彼女は白河への作戦内容を知っているということですか」

情報を取るため、白河とセックスをしたことを……。あの時、白河が外部と連絡を取るそぶりは一切なかった。体の関係を持ったその日のうちに、白河は逮捕されている。律子の目の前で。思案顔の律子に、栗山は滲み出る侮蔑を面倒そうなそぶりで覆い隠し、言う。

「大方、白河は一回目と二回目の間とかにこっそり隠れて美雪にメールでもしたんだろ。お前、あの時ぐうすか寝ていた」

二度のセックスの合間、寝入ってしまったことを咎められているのだ。

「あの時は、普通の精神状態ではなく……そうだとしても、古池さんが監視していたはずです」

「古池もあの時は普通の精神状態ではなかった」

会話はそこでぶつ切りされたように途切れてしまった。

スピーカーから流れてくる美雪のアラビア語と通訳官の日本語、そしてその隙間を埋める古池の沈黙。

「してやられたな。彼女はどこまでも公安を罵りたいだけだ」

栗山が苦々しく呟いた。美雪は未だに氏名すら名乗っていないという。最初に聴取に入ったSITの女性捜査員は、容姿や体形を散々罵られた。それを男性通訳官が日本語で口にしなくてはならず、通訳官の方が音をあげたらしい。

「通訳官なしでやったらどうです」

「通訳官がそばにいないとダンマリだ」

いまも目の前で、古池に対する罵倒がいちいち通訳官によって日本語に訳されている。

「〝白河が、黒江律子とのセックスはあまりにひどかったと言っていた。あなたがちゃんとテクニックを教えないからだ〟と……」

古池の肩が揺れた。それ以上に動揺したのは律子の隣に立つ官僚二人で、咳払いをしたり、ため息をついたりする。

美雪は笑いながらアラビア語で続けた。通訳官が苦しそうに、日本語にする。

〝黒江律子を育てたのはあなただ。つまり、あなたが彼女に対象とセックスをするように教えた。テクニックを教えた。それはあなたの性癖か。あなたは現場を盗撮していた。あなたはそれを見ながら、じ、自慰……こ……〟

通訳官はこれ以上無理だと言わんばかりに言葉を途絶えさせた。古池は無言で耐えている。栗山が壁に備え付けのインターホンを押した。古池の耳に入る無線機と繋がる。

「もういい。聴取を終了しろ」

古池は大きくため息をついた後、「終わりだ」と立ち上がった。アラビア語で美雪が追い打ちをかけるようになにか言う。通訳官はもう訳さなかった。

じっと美雪を観察していた律子は、ふと栗山に尋ねた。

「今日って、十月何日でしたっけ」

「は？」と栗山が咎めるように律子に問う。日付を確認した律子は指を折って計算したのち、上官に直訴した。

「私に聴取させてください。三日で落とします」

古池の目から見ても、アラビア語通訳官の疲弊は激しかった。結局その日は聴取の再開が不可能となり、栗山の計らいで、新たに防衛省のキャリアが通訳として協力することになった。現在は警察庁に出向中で、栗山の大学時代の後輩だという。ＵＡＥの日本大使館に勤務歴があり、アラビア語に精通している。

古池は警視庁以外の人間が聴取に同席することに異を唱えた。美雪は白河を介して『十三階』がしたことを知っている様子だ。肉体関係にまで及んだ作戦に他省庁の人間が触れることに、言いようのない嫌悪がある。

それ以上に、律子が美雪の聴取に入ることに気を揉んだ。だが律子は凛乎とした表情で言う。

「なにを言われるかは想定しています」

「その想定していることを、防衛省の赤の他人が日本語に訳してお前に言う。俺は耐えたが、お前に耐えられるとは思えない。なによりお前は当事者だ」

「古池さんは確かに耐えましたけど、落とせませんでしたよね」

古池はついムッとして律子を睨んだ。そして、自嘲する。

「――手厳しいな。だが、事実だ」

自分を慕い、時に愛を乞うような視線を送る律子だが、仕事のこととなると従順ではなくなる。もっとも、愛情のあまり全てにおいて古池に追従するような女なら、古池もここまで彼女にのめり込むことはなかった。

律子は美雪の聴取に向けて、空き会議室の床に、何千枚にも及ぶ文書や画像を並べ分析を始めた。全て、作戦中に律子が書き記したものだ。寝食を忘れるほどの集中ぶりで、古池が〝三日で美雪を落とす〟根拠について質問をしても、律子は口が重かった。

「正直に話したら、反対するから。男の人は。絶対」

困惑する古池や他の作業員たちを前に、律子は「とにかく任せてください」とだけ言い放つと、古池に二つ、要求した。

「ホワイトナイトと、和歌山へ飛ぶ要員を準備して欲しいんです」

「ホワイトナイト？」

「経済用語ですいません。うちで言うところの〝いい警官〟役といえば早いんですけど、役割はより白馬の王子様に近いかと。彼女を落とすのに必要なんです。古池さんや三部さんはダメです。見た目が怖いから」

「――で、和歌山への要員というのは？」

「みかんが欲しいんです」

「はあ？」

「和歌山市内の旧串上邸に出向いて欲しいんです。そこにみかんの木があるはずです」

串上勝がかつて住んでいた家で、美雪の実家にあたる場所だ。美雪の戸籍を洗うため全国を飛び回っていた四班の刑事が、現在は別人が住むその家や土地を撮影していた。

話を聞いていた水橋が、手を挙げた。よほど、みかんを採りに行くだけの仕事が嫌だったのだろう、「ホワイトナイトは僕がやるよ」と軽々しく引き受けた。

翌朝、『十三階』に防衛省のキャリア官僚が到着した。前田《まえだ》という三十一歳の若造で、いかにも上流階級ぶった鼻につく男だ。

「僕は英語、フランス語、中国語、ポルトガル語、スペイン語、そしてアラビア語がいけますが、スラングは苦手です」

「わからない方が都合がいい」

古池はそれだけ言って、律子と前田を取調室に送り出した。自らはマジックミラーの部屋に入る。

美雪は逮捕時に三メートル上から落下しているが、倒れたフェンスがクッションとなって致命傷は免れた。傷を負った右肩にガーゼと包帯が巻かれているだけで、コルセットを首に巻く律子の方が見た目は痛々しい。

美雪は国選弁護人が差し入れた白いブラウスに黒のスラックス姿だ。シンプルな服ながら、律子の存在感が途端に薄くなるほどの圧倒的な美貌を誇っていた。

透き通るような白い肌。大きな瞳は猫のように吊り上がるが、横一直線の眉尻は下がり気味で目元のきつさを緩和している。上品にしまった小鼻と、頰に刻まれるえくぼ。いまはノーメイクのはずだが、素でここまで美しい女性とそうそうお目にかかることはない。

前田は一目見て、美雪の美貌に心奪われた様子だった。軽い調子で、アラビア語で声をかけた。美雪がアラビア語で律子を指さしながら何事か言った。途端に前田は困惑し、首を横に振った。美雪が強い調子で前田になにか要求する。「訳せ」「訳さない」を繰り返しているのは一目瞭然だった。

律子は静かに前田に言った。

「訳してください」

前田はため息の後、目を逸らして言った。

「み、醜い、と……」

美雪がアラビア語で強い一言を放った。せかされたようで、前田が言う。

「崩れた、キョフテ……。つまり、団子状の食べ物のことで……」

律子の頭部と、頭以上の存在感を放つ首のコルセットが、美雪に団子を連想させたようだ。

律子は真に受けず、淡々と返す。

「さあ、氏名と住所、生年月日を教えてください」

美雪のアラビア語。前田が「あなたは泥棒猫」と訳した。

〝私の夫を寝取ろうとした〟

「寝取ろうとしたんじゃない。寝取ったの。そんなに美人なのに、〝崩れた団子〟に夫を奪われてどんな気分？」

〝彼は道具。そんなに欲しいならあなたにあげたのに〟

公安への憎しみだけを糧に生きてきた女の正体を、ためらいもなく露わにする。白河をあれほど憎んだ古池だったが、その最期を想うと胸が痛んだ。目の前の女は、周囲の男たちの同情を引き、相手の弱点を周到に調べ「これで癒されて」と毒リンゴを配る悪魔だ。

「服部亜美」

夏に交通事故死した律子の姉の名前を、美雪は唐突に口にした。日本人の発音で。古池は嫌な予感がして、律子の背中を見た。その体から不自然な咳払いが一つ、出た。

〝あなたのお姉さん〟と、アラビア語で美雪は言った。

〝美しい人だったそうね。姉妹のうち、美人で気立てがいいお姉さんは太陽のような存在だった。インキ臭くて地味なあなたは月にすらなれなかったんじゃない?〟

同じ土俵に乗るまいと、律子もけしかける。聴取というより、この部屋での主導権争いが繰り広げられていると表現した方が、しっくりくる。

「あなたのお父さんの串上勝は——」

アラビア語で遮られた。前田が訳す。

〝太陽を亡くした家族は失望した。月にもなれなかった律子の方こそ死ねばいいのにとみんな思った〟

「串上勝は『チヨダ』の捜査員だったそうね。お父さんのこと、好きだった?」

〝あなたは諸星の運営に失敗して、北陸新幹線テロを阻止できなかった。敗北者よ〟

「お母さんは、お父さんもあなたも簡単に捨ててパート先の上司と駆け落ちした」

律子はあえて、美雪の不幸を笑って見せた。美雪は全く動じない。聴取を見守る古池の手に嫌な汗がじっとりと浮かぶ。

〝どうしてあなたは復帰したの。お姉さんが死んだ直後に、あなたは突然、現場に戻る決意をした〟

互いに一方通行のこのやり取りがいつまで続くのかと、前田は律子を咎める目つきで見た。律子が官僚を気遣う様子はなかった。ここで引いたら負けるとわかっているのだ。強く、こう言った。

「orange tree」

美雪がふと黙り込んだ。

「Sファイルのパスワード。公安を罠にはめる合図に、あなたがこの言葉を選んだ意味、重々承知しているわ」

美雪の表情に初めて、険が差した。

「お父さんは『チヨダ』を辞めた後、借金まみれで家を売らなくてはならなくなった。二人で小さなボロアパートに引っ越したのよね。あなたは元の家に帰りたくて帰りたくて、そして以前住んでいた一軒家を見に行って驚愕した。もう新しい家族が住んでいた。和歌山県警本部の公安課長が、よりによってその一軒家を買い取って住んでいたというじゃない」

口をぎゅっと横に結び、美雪は答えない。無表情だったが、顔がみるみる赤くなっていく。怒りの色に見えた。

「庭に、みかんの木があったわ。いまでも」

美雪が突然、爆発した。激昂ではなく、爆笑だ。

律子は虚を衝かれた恰好になった。

〝私は、あなたが新幹線テロからの復帰を決意した本当の理由を、知っている〟

今度は律子が口を閉ざす番だった。

〝上司に再三言われたからでも、上司を愛していたからでもない〟

律子の背中が微妙に揺れた気がした。古池は天井の監視モニターを確認した。表情は神妙に固まっている。美雪が続けた。

〝服部亜美が死んだから〟

律子の顔に赤みがさしていく。

〝あなたはずっと勝ちたかった。ブスなのに、どうにかして完全無欠の姉に勝ちたかった。勉強でしか勝てなかった。自分の存在意義がわからなかった。だから公安という、職務に忠実であれば絶対的な選民意識を与えてくれる組織を選んだ。けれどあなたは失敗してそこを追われた〟

律子の額に玉の汗が浮かぶ。公衆の面前で衣服をはぎ取られそうになり、羞恥にもがいているような顔つきだ。

〝今度こそ、女として、服部亜美に勝ちたいと思った。けれど、あなたの敗北は決定的になった。亜美は死んだ。女性として最高に幸福な瞬間に死んだ。エリートで優しい夫と、お腹に新しい命を宿すという女性として最高の瞬間に、死んだ。あなたは永遠に、姉に勝てなくなった。だから『チヨダ』に戻らざるを得なくなった。公安に魂を売ることでしか自分を肯定できない、かわいそうな女〟

律子は二の句が継げずにただ絶句している。通訳の前田は美雪の言葉を真に受けてか、さも気の毒そうな目つきで律子を眺めた。

あの官僚を通訳に選んだのは失敗だったと、古池は悟った。入室した瞬間から美雪の美貌に囚われ、律子を下に見ているのが手に取るように伝わってくる。取調室という狭い個室の中が、完全に律子に対する憐憫にあふれている。

今日の勝者は、美雪だった。

翌日、聴取二日目も、律子は圧倒されていた。圧倒された上に、惨めな気持ちにも苛《さいな》まれた。美雪の攻撃は容赦ない。今日、その対象となったのは白河と肉体関係を持ったことについてだ。

美雪は律子の身体的特徴について、乳房の小ささや性器の形、更にはにおいに至るまで〝白河から聞いたこと〟と罵る。途中で前田が通訳を放棄するほどにひどい内容だった。

昨日は姉へのコンプレックスを丸裸にされ、今日は他人に身体とセックスを晒され、笑われる。律子がなにより辛かったのは、聴取を見守る男たちの憐憫の視線だ。同情の色が濃くなるほど屈辱感が大きくなる。男はそれが真に女を傷つけることに気がつかない。

顔色ひとつ変えなかったのは、古池だけだった。これ以上の屈辱に耐えてきたからこその冷静さが、そこにある。

聴取三日目。

律子は首のコルセットを外した。美雪を落とすと宣言した日だ。

聴取に入ろうとした律子だが、前田が音をあげた。

「なあ、もう止めないか。あのアマはなにをどうしたって落ちない」

「落ちないのを落とすのが警察の仕事です」

「あきらめだって必要だ。君も傷ついているだろうし、とにかくいちいち通訳しなくてはならない僕の身になってくれ。精神が削られていく」

「——今日あたり、もっと前田さんには精神を削っていただくことになるかもしれません」

「なんだって」

「行きましょう」

ノックをせず、取調室の扉を開けた。美雪はお腹を両手で覆い、額をデスクにこすりつけるようにして上半身を倒していた。

——勝ちが見えた。律子は確信した。

前田は慌てている。アラビア語で美雪の体調を気遣う。美雪は途端に素知らぬフリをして背筋をピンと伸ばし、律子を睨んだ。今日の睨み方は尋常ではなかった。

「どこか体調でも？」

美雪は答えず、アラビア語でなにごとかわめき始めた。しかし調子が出ていないのは一目瞭然だった。何度も腰を浮かせて座り直す。座り方が浅い。聴取から三十分もしないうちに、トイレに行きたいと言い出した。

律子は了承し、立ち上がった。

いつもなら、女性留置場管理官がトイレに付き添う。今日は律子が付き添った。美雪は感情的に拒否した。なぜあなたが来るのとアラビア語で言っているようだが、前田はトイレにまで通訳に来ないので、律子は「日本語で言いなさい」と返した。

美雪は忌々しそうに律子を睥睨し、個室の扉を勢いよく閉めた。

トイレットペーパーホルダーが、ガラガラとやかましく、いつまでも音を鳴らす。

律子は確信を強めた。

美雪はしれっとした顔でトイレから出てきた。取調室に戻り、アラビア語で前田に訴えた。

「今日は体調が悪いからここまでにしてくれと言っているぞ」

「あなたが日本語で氏名と住所、生年月日を教えてくれたら、終わりにしていいわ」

美雪が射るように見返す。アラビア語で罵倒する。律子は前田に尋ねた。

「なんて言ったんです?」

「わからない。恐らくスラングだ」

律子は淡々と聴取を進めた。美雪はだんまりだ。なにを聞いてもそっぽを向き、アラビア語で罵ることも止めてしまった。一時間後、美雪がまたトイレに行きたいと訴え始めた。

「だめよ。一時間前に行ったばかりだわ」

「〝認めろ〟と言っている。体の調子が悪いのなら、行かせるべきじゃないのか」

前田の進言を律子は無視した。

「だめ。次のトイレは昼食が済んだ後よ」

美雪は目を剝き、アラビア語でまくしたてる。

「〝被疑者の人権を無視していいのか〟だと。トイレは認めないとまずい」

律子は前田を見向きもせず、頑としてトイレを認めなかった。

「おい、失禁したらどうするんだ」

「するはずない」

「腹が下っているとか、そういうことかもしれんぞ」

「それもないと思いますよ」

律子は言ってトートバッグの中から、一枚のナプキンと一本のタンポンを出し、デスクの上に並べた。前田はそれが一瞬なんだかわからなかったようだ。薬局で売っているように、花柄などいかにも女性らしいパッケージに入っていないと、それが生理用品だとピンと来ないのだろう。男性は人生の内、これを買う必要に迫られることなどほぼ皆無だ。

「これが必要なら、あげるわよ」

美雪は羞恥で顔をみるみる赤くしていった。やっと気が付いた前田は、気の毒そうに美雪を見た後、律子を軽蔑のまなざしで見た。

美雪は無言で手を伸ばし、ナプキンとタンポン両方を取ろうとした。律子はとっさに取り上げた。

「欲しいのなら、氏名と住所、生年月日を言いなさい。日本語でね」

「おい、やり過ぎだ……!」

前田が言う。マジックミラー越しに聴取を見守る古池から、律子と前田、双方の無線に指示が入る。

〝前田さん、黙ってください。聴取の邪魔です〟

前田は苦々しい顔で背後の鏡を睨みつけた。律子は調子づいて、美雪に言った。

「逮捕されて一週間も経つのに、あなたは未だに、この取調室の主導権が誰にあるのか理解していないようだから。悪いけど、強硬手段に出させてもらうわよ。欲しいなら、ナプキンをくださいと日本語で言いなさい。名前と住所もね」

美雪は激昂で下顎を歪ませた。それでもかろうじて面目を保とうとしたのか、改宗したわけでもないのに血走った瞳でコーランの暗唱を始めた。前田はその様子に戦慄したように、目をしばたたかせる。

美雪はもう、律子を混乱させるだけの情報を持っていないのだ。ネタ切れだ。

「白河からの情報で私の全てを丸裸にしたつもりだったかもしれないけど、手緩《てぬる》いわよ」

美雪が絶望的に律子を睨む。

「所詮、テロリストが公安を調べるなんてそんな程度。私たちの組織力の足元にも及ばないわ。ねえ、あなたのラッカでの活動はＣＩＡによって逐一監視されていたのよ。だから私は、あなたの生理周期まで把握しているの」

美雪は屈辱に唇を震わせながら、錯乱したようにコーランを唱える。

「脇が甘い。女なんだから、こんなことで足を引っ張られないようにしておかないと」

律子の言葉を、美雪が声高に唱えるコーランが潰していくが、それは美雪の敗北を色濃く浮かび上がらせるだけだった。

形勢が逆転したのだ。

美雪は予想以上にしぶとかった。律子はこのチャンスを逃すまいと、聴取を終了した後も担当留置場管理官を外させ、自分が対応した。取調室から留置所までの行き帰りもトイレも食事もシャワーも全て、律子が付き添い監視した。いつでもどうぞと言わんばかりにナプキンを手に持って。弁護人とは接見させず、差し入れには難クセをつけて生理用品だけを没収させた。

翌朝、独房まで迎えに行くと、案の定美雪は薄っぺらの布団のシーツに赤い染みをつけて羞恥に震えていた。

律子は汚れたシーツを美雪に外させた。ジャージのズボンを血で滲ませている状態で廊下を歩かせ、シャワー室に押し込む。

「自分で洗いなさい」

律子は衣服の差し入れも一旦ストップさせ、律子が選んだ衣服を着用させた。白いシャツに、白のコットンパンツ。美雪が激しく拒否すると、「それなら下着で来なさい」と律子は平気な顔で言い放った。

美雪は渋々、白のコットンパンツを穿いた。経血を漏らさないためだろう、一度のトイレでトイレットペーパーを半分近く使うほどだった。この屈辱に耐え抜こうとしている。すると律子は「トイレットペーパーは一日一個しか補充できない」と突っぱねた。美雪の目尻にとうとう、涙が浮かんだ。

美雪を取調室に押し込んだ後、古池に呼び出された。律子は一旦席をはずし、隣のマジックミラーの部屋に顔を出した。

古池は厳しい表情をしていた。美雪が落ちるのは時間の問題と見てはいるようだが、この作戦に嫌悪感を持っているのだ。持て余し気味に言う。

「前田は今日、来ない。通訳を拒否した」

「でしょうね」

「これはいつまで続くんだ」

「今日にも落ちると思いますよ。二日目ですから」

「二日目？」

「生理二日目は最も経血の量が多いんです。だいたい一度の生理で一〇〇ミリリットルほどの出血がありますが、そのうちの八割が二日目に集中します。つまり、美雪は今日八〇ミリリットルの出血をするということです」

　古池の表情がますます嫌悪感で歪んだ。

「――女は大変だな。椅子や床が汚れるほどか？」

「汚れたら彼女自身に掃除させます」

　言い切って律子は、取調室に戻った。極度の緊張状態の中で生理が始まったせいもあるのか、美雪はかなり具合が悪そうだった。下腹部の痛みが耐え難いようで、しきりにお腹をさする。律子がなにを言っても、アラビア語の罵倒が返ってきた。

「悪いけど、今日は通訳がいないのよ。日本語で言って」

　アラビア語の罵倒。唾が律子の顔にかかった。律子は顔をハンカチでぬぐい、嘲笑した。

「やめてよ。臭い。上から下から」

　羞恥と怒りで赤くなっていた美雪の顔から、すっと血の気が引いていく――。

　公安の裏切り者として父子ともに僻地の底辺で生きてきた女は、一時期、その美貌で〝プリンセス〟ともてはやされるほどに裕福で優雅な生活を送っていた。その全てを捨ててテロリストになることも厭わないほどの、公安への憎しみ。それは同時に、彼女の女としてのプライドの高さの表れでもある。一度自分を踏みにじったものは絶対に許さない。その存在を忘れることも、目を逸らすこともできぬほどに、プライドが高い。

　しかし失敗し、再びそのプライドを蹂躙されているのだ。ナプキンをもらえない、しかも相手は憎むべき公安の女という惨めな状況下で。こういう女は、たったこれだけのことで、勝手に壊れる。

ふっと、深すぎる沈黙の後、美雪は叫んだ。日本語で。

「死ね。黒江律子。死ね……！」

美雪が机を飛び越え、律子に飛びかかった。律子はパイプ椅子ごと後ろに倒れ、床に後頭部を強打した。痛んでいた首に鈍痛が響き、一瞬、頭が真っ白になる。美雪の指が首に食い込む。古池が飛び込んできて、すぐさま美雪は引きはがされた。

首を襲う激痛を、勝者としての強烈な悦びが吹き飛ばす。心のひだを一枚一枚剝がされるような、拷問のような闘いだった。これを制した者だけが手にできる、湧き立つような歓喜。律子は大笑いしながら、美雪を罵った。あまりに笑い過ぎて、目尻に涙が浮かぶほどだった。

「死ね？　死ねって、どうやってあなた、私を殺すっていうの。あなたはいま、自分の意思で下着にナプキンを貼ることすらできないのよ」

最後は殆ど言葉にならず、笑いが噴き出して止まらなくなった。美雪を羽交い絞めにし、座らせようとする古池が茫然と律子を見ている。美雪は猛り狂う獣のように目玉をひん剝き、律子を罵倒する。腹に力を込めたのだろう、噴出した経血がじわじわと真っ白なコットンパンツを赤く染めていく。律子はそれを指さし、腹を抱えて笑った。そして自分でも肌が粟立つほど優しい声音で美雪に問いかけた。

「いますぐにでも検察に送検してあげましょうか？　その方が人道的な取調べを受けられるに違いないわ。だけどその前に、あなたは経血に汚れたその姿を晒してマスコミのフラッシユを浴びながら護送車に乗り込むことになるわよ。世界中が〝ミセス・スノウ・ホワイトにナプキンを！〟と叫んで、警視庁に山ほど生理用品が届くわね」

美雪は喉を嗄らして叫んだのち、涙をこぼした。一筋許してしまえば、それは号泣に変わった。血が滲むほど唇を噛みしめ、日本語ともアラビア語ともつかぬ音声を喉から発する。

屈服させるのは、いまだ。律子は絶叫口調で美雪を叱咤した。

「言いなさい。名前、住所、生年月日、そしてナプキンをくださいと、言いなさい……！」

言い終わらぬうち、喉を潰すようなダミ声で美雪は絶叫した。

「白河美雪‼　昭和六十三年、六月十日生まれ。ナプキンを、ください……‼」

予定通り、「白馬の王子」役となった水橋が聴取を引き継ぐことになった。

美雪はシャワーを浴びることを許され、ナプキンと鎮痛薬を処方されたのち、黒いコットンパンツに穿き替えることも許された。改めて入室した取調室で、聴取官席に座る水橋が、美雪には救世主にも悪魔にも見えたようだ。

潜入捜査員としてＧＢＡに出入りしていた彼の情報が、ラッカの美雪の元にも届いていたのだろう。美雪は力なく笑った。

「――公安は本当にひどい。ＩＳＩＳにまで、潜入捜査員を送ろうとしていたなんて」

かわいそう、と水橋に同情を寄せる目に色香が漂う。ここにきてもなお、男を誘惑し、味方にしようとしているのだ。

水橋はこぶりの青いみかんを美雪の前に置いた。

「まだ収穫には早い時期だったね。和歌山市内にある、元公安課長が隠居生活を送る自宅の庭になっていたみかんだよ」

美雪は目を丸くし、真意を探るように水橋を凝視した。

「君の家の、みかんだね」

美雪の大きな瞳にみるみるうちに涙がたまっていった。悔し涙とは全く別の色をした、純粋な色だった。

「君にとってみかんの木――〝orange tree〟は、公安への憎しみの象徴だった。だからSファイルのパスワードに使った。公安への罠の引き金となる言葉だからね」

美雪は一旦目を逸らした。大きな涙の粒が落ちる。

「――警察の官舎は、嫌いだったの」

水橋はただ目を細め、静かに頷いた。水で固めた砂が水分を失ってさらさらと崩れ去るように、彼女は自供を始めた。

全て、律子の思惑通りだった。思惑以上と言っても過言ではなかった。

「和歌山県警の官舎は狭くてボロボロで日当たりが悪かった。あの一軒家は、家族の念願だった。夢にまで見たマイホームで、父も舞い上がっていた。実家からみかんの木を一本もらい受けて、庭に植樹したの。ここは俺の土地で俺の家なんだと――誇らしく思ったに違いないわ。あの時の父は自信に満ちあふれていた。『チヨダ』に呼ばれて何年かたって、警察庁の警備局長賞とかいうのを取ったときだった」

毎年冬になると、おいしいみかんが枝一杯になった。美雪は木に梯子をかけて好きなだけみかんを採って食べた。学校で嫌なことがあった日、お金のことで両親が喧嘩した日、美雪はみかんの木に登った。冬はみかんを食べ、夏は涼んで、癒された。

家族離散は、あっという間だった。

きっかけは、運営していた情報提供者の自殺。父は仕事を離れて探偵業についた。母は少しでも家計を助けようとパートに出て朝から晩まで働き詰めだった。父のわずかな退職金は、探偵事務所設立費用に吹き飛んだ。そのころから、自宅周囲にスーツ姿の男を頻繁に見かけるようになった。かつての父と、よく似た雰囲気の男たち。

父の商売は一年と持たなかった。どうしてだか悪評が立ち、事務所の周辺では中傷ビラがまかれた。支えてくれた父の親しい仲間たちもひとり、またひとりと距離を置くようになった。

探偵事務所の倒産で、父の借金は膨らむ一方だった。闇金に手を出し、暴力団員が連日連夜怒鳴り込むようになった。美雪は母に抱かれて息を殺して家に閉じこもった。泣くことすら許されない毎日が続いた。

ある日、母がパートに出て戻らなかった。一か月ほどして、学校を通じて手紙が届いた。いつか必ず迎えに行くからね——。美雪は住所を頼りに母を訪ねたが、パート先の上司だった男と寄り添い、部屋に入る姿を見て、踵を返した。

母とはそれから一度も会っていない。

父は身も心も枯渇していた。空腹を満たすことができぬのならせめて自尊心だけは満たしたかったのだろう、絶対に口外してはならなかった『チヨダ』時代の逸話を漏らすようになった。『運営者』を利用し、共産党から情報を取るスリルと達成感。そして働きぶりが認められ、警備局長賞の授与で拍手喝さいを浴びたあの瞬間――。

知り合いのツテで自費出版の話が巡ってきたのはその時のことだ。

そのころには公安のつきまといや嫌がらせもなくなっていた。だから父は、書いてしまった。公安の、『チヨダ』の全てを――。

地獄の始まりだった。

出版から一週間で、父が倒産後に働いていた探偵事務所は探偵業法違反で営業停止処分を受け、アルバイトをしていた警備会社は解雇された。それから、関西圏のどの職場に就こうとしても、入社してすぐの嫌がらせや怪文書で、父は職場を追われるようになってしまった。府警にいる『チヨダ』に気づかれマークされたのだ。大阪を出ようと父は言った。

「どこに行けば『チヨダ』はいないの」

美雪の問いに、父は絶望的に言った。

「『チヨダ』がいない都道府県警は日本中のどこにもない」

流浪の日々が始まった。

「最後は、沖縄だったの」

美雪の青白い頬に、ふと赤みが差した。

水橋は聞いている、と細かく頷く。

「恩納村。万座毛の近くのホテルに、父は住み込みの働き口をようやく見つけた。清掃係。そのころにはもう――人が変わったようになっていた。まだ五十歳にもなっていないのに、髪の毛は真っ白で、ぼさぼさで。顔はしわしわ。歯は抜け落ち、老人のようだった。酒で肝臓をやられて、皮膚は土色で」

そんな状態でも、沖縄県警に所属する『チヨダ』が嗅ぎつけて、嫌がらせを始めた。

沖縄の海や温暖な気候に癒される暇もなく――父娘は和歌山県に戻る決意をした。

「みかん農家をやっている父の実家に転がり込む形で、ようやく落ち着いたのだけど……父は実家に到着した数日のうちに肝硬変で倒れた。でも、治療を続けられなかった。無保険だったの。年老いた祖父母に高額な治療費を出させるわけにもいかなくて」

「――そのまま、亡くなったの？」

「ええ。私は徹夜で看病していた。空腹で喉がカラカラで。庭に出て、みかんの木に手を伸ばしたの。そうしたら父が――病床から出て、最後の力を振り絞るようにして、私にこう言ったの。みかんを勝手に採って食べるなと」

美雪は目を見開き、水橋と、そしてその背後にいる『十三階』関係者、そして全ての公安部員に言い聞かせるよう、絶叫口調で言った。

「そのみかんはじいちゃんとばあちゃんの物で、居候のお前が食べていいみかんじゃない。私が食べていいみかんは、和歌山市内の自宅の庭にあった、あの木のみかんだけだったと」

それが、父の最期の言葉だったと言う。

「誰になにを奪われたのか。私はあの言葉でようやく気がついた」

美雪の完落ちから二週間がたった。彼女はテロ、殺人、偽造など実に二十に及ぶ罪状で送検されることになった。

トルコ航空機ハイジャック事件での実際の乗員乗客二〇四名のうち、地元民やイスラム教徒などはシリアでとっくに解放されており、残りの外国人六十九名は人質として、各勢力に売り渡されていた。

現時点で三十名が米国主導の特殊部隊によって救出されているが、二十一名はすでに殺害、もしくは作戦行動中の戦闘により死亡が確認された。残りの十八名は未だ行方がわかっておらず、今後もISISの対欧米の切り札として命を脅かされる可能性が高い。

白河美雪が潜伏していたラッカ市内のアパートはトルコ航空機がハイジャックされた同日に放火で焼け落ちていた。火をつけたのは美雪本人であると、彼女は認めた。テロ計画の全ての資料を焼き尽くすことが目的だった。

米CIAアダナ支局から『十三階』に届けられた美雪の室内の押収品は全て黒焦げだった。ノートパソコンは火力でキーボードが溶けて混ざり、画面は煤を含み歪んでいる。

警視庁の科学捜査研究所の職員にＨＤＤの復元を依頼したのは十日前のことだ。その科捜研から「文書の一部が復元できた」と連絡が入った。律子が急ぎ向かおうとしたとき、私服姿の水橋がふらりと現れた。

「君はいつでも忙しそうだね。大好きな古池さんは？」

さわやかな笑顔で嫌味を言う。

「今日は非番よ。そんなことより、美雪のパソコンが一部復元できたそうなの。いまから科捜研に――」

水橋が行き過ぎようとする律子の腕を強く引いた。

「古池さんがいないなら都合がいい。最後にもう一回だけ、言わせてくれないかな」

「………」

「『十三階』を辞めて欲しい」

律子はただもう面倒で、困惑顔で水橋を見上げた。ふいに水橋は話題を逸らした。

「これからギリシャだよ」

「……ハワイじゃないのね。長い休暇？」

「いや。二週間ほどで戻るけど――。君が僕を受け入れてくれないなら、もう戻らないかも」

「え？」

「冗談だよ。ところで、美雪のパソコンって、焼けたんじゃなかったの」

なにかに蓋をするように、水橋はまた話を逸らした。コロコロと話が飛び、律子は混乱しそうになったが、誠実に答える。

「HDDは損傷がなかったみたい」

「そう。まあ、仕事を頑張って。元気でね」

律子は首を傾げた。

「――なに。その今生の別れみたいな」

「僕は『投入』作業員だよ」

「旅行から戻ったらまた『投入』が決まっているの？」

「話せないよ。君たち古池班が関わるのとは別の事案だ」

「まさか。またISIS絡みなんてことは」

水橋は曖昧に笑った。これまでになく寂しげで心細そうな顔をする。鈍感と思っていた水橋がそんな繊細な顔をするなんてと驚いたとき、ふと気がついた。

「――旅行というのは、嘘ね」

水橋は否定も肯定もせず、こう答えた。

「まだ人質が十八人もいる」

水橋は、米軍主導の人質救出作戦に参加するのだ。一連のテロ事件の首謀者に日本人がいる以上、日本側も現地になんらかの人員を非公式にでも送り込まなくてはまずいという判断があったのだろう。

律子は慌てて水橋を止めようとして、その痩せた手に遮られた。

「拒まないでね。お願いだから」

作戦行動を前に問題を起こしたくないから。水橋は律子の耳元でそう囁いて、律子をぎゅっと抱きしめた。悲しくて抵抗ができなかった。この人はずっとおかしいと思っていたし、白河美雪を前になんと呑気な取り組み方をしているのかとその精神を疑っていたが——。

あの時すでに、次の『投入』が決まっていた。ＩＳＩＳの支配が続くシリアへ。出発までのカウントダウンが迫っていたからこそ、律子に対してあんな不器用な行動を取ることしかできなかったのだ。

水橋は律子の前髪をかきあげて、額をくっつけてきた。結局キスまでにはならず、水橋は少し微笑んだだけで、体を離した。「僕が戻るまで、またスニーカーを履き続けてね」と軽く手を挙げて、水橋はいなくなった。

科捜研が入る警察総合庁舎に向かおうと、律子は警察庁中央合同庁舎を出て桜田通りに出た。とっさに、地下鉄霞ケ関駅方面を振り返る。水橋の姿を捜していた。

彼は生きて戻れるのか。表向きは存在しないことになっている『投入』作業員だ。どんな危機的状況に陥っても、彼に救いの手を差し伸べる国内機関はない。黙って行かせて、よかったのだろうか。なにかかける言葉があったのではないか——。

律子は迷いでスニーカーの足をふらつかせながらも、警察総合庁舎へ出向いた。しかし、科捜研職員が差し出した復元データを見て、個人的な感情の全てが吹き飛んでしまった。

『十三階・古池班』

と題された資料データ。表の所属は警視庁公安部公安一課三係。

班長、古池慎一（41）昭和五十年八月七日生まれ、静岡県出身。県立S高校卒業、W大学法学部卒。平成十年警視庁入庁。

古池だけではない。三部以下、柳田や南野、律子の経歴も含まれていた。

律子に至っては、家族構成まで記録がある。

一瞬、警視庁の職員名簿がなんらかの経緯で『名もなき戦士団』に漏れたのではないかと考えたが、律子のものだけ異様に詳細であるその経歴書が、名簿漏えいを否定する。

父が右翼に刺殺されていること。亜美が交通事故死したこと。亜美に対するコンプレックスと家族の中の孤独。白河に話した覚えがない詳細な記述も含まれていた。

『十三階』の情報がテロリストに漏れていたのだ。


律子は非番だった古池と夕刻、銀座で待ち合わせすることになった。銀座和光前の交差点で、顔を合わせるなりプリントアウトした復元資料を突き出した律子に、古池はひどく落胆して言った。

「なんだよ。こんなところで。風情がない」

「風情とか言ってる場合では。うちの情報がテロリストに漏えいしていた可能性が……」

通行人がえっと振り返る。古池は咳払いでたしなめ、流すようにページを捲っただけだった。

「白河経由で流れたものだろ」

「白河に話した覚えがない情報もあります」

「どれだよ」

律子は途端に言葉に詰まった。なにを話し、なにを言わなかったか。もう一度白河と接触時の秘聴・秘撮映像を確認し直さないと断定はできなかった。

「そんな気がするというだけで決めつけるな。だいたい、お前の情報ばかり膨大なところからして、白河以外考えられない」

「白河が取調室で服毒自殺した件だって――」

「逮捕時に十分な身体検査をしていなかったことが判明している」

「まだあります。美雪は私と白河の体の関係まで把握していたし、ハイジャック事件後にシリア政府からきた怪情報だってそうです」

古池は神妙に、律子を見返した。

「五十八名のテロリストが追加で乗ったという情報は、五十八個の爆弾が運び込まれた間違いだった。彼らはドローンで映像を確認したと言っていましたよね。だとしたらそんな間違いありますか。ドローン映像を確認した人間は、爆弾とテロリストを見間違えた挙句、乗員乗客全員がシリアで降ろされたこともわざわざ見逃したと？」

古池はため息をついた後、スマートフォンを出した。

「その調査がどうなってるのか、いま校長に確認する。それで勘弁してくれるか」

「え？」

「俺は今日、非番なんだ」

「――私は日勤ですけど」

古池は眉をひそめ、笑った。

「察しろよ。お前、ずいぶん鈍感になったな」

本当にわからず、律子はただ黙り込んだ。

「六年前のことは、申し訳なかったと思ってる」

頭が一瞬真っ白になった後、体の内側がかあっと熱くなっていく。思わず律子は目を逸らした。なぜいまそれを言うのか、古池こそおかしいと考え――ふと思った。『十三階』の人間はみんなズレている。

律子の無言に焦ったように、古池は言い訳を続けた。

「俺が謝っているのは、そういうことをしてしまったことじゃなくて、黙ってお前をひとり残して、帰ってしまったことで……」

「覚えてたんですね」

古池はまなざしだけで微笑んで見せた。胸がぎゅっと絞られる。なんて人だと思う。いつも一瞬で律子の心を支配する。

「——だから、待ち合わせ場所に銀座を？」

「そうだよ。あの日の晩、本当は行くはずだった。今日こそ一緒に酒でもと思って」

「でも古池さん、スーツで来たから……」

「こういう服以外、ろくなのを持っていない」

律子は意味もなくいくつか頷いた後、咎め口調にならぬよう、尋ねた。

「あの。古池さんには、忘れられない人がいるって。婚約者がいたと」

古池は乏しい表情のまま、首を傾げた。

「誰がそんなこと」

「水橋君が……。早宮事件の」

古池はもう言い訳するのも疲れたと言わんばかりに、天を仰いでみせた。

「いや。確かに彼女は、お前と重なるかもな。優秀だが作戦にのめり込みすぎていた」

「——違うんですか」

「……自殺、なさったと」

「ああ。もし、水橋が勘違いしているように、俺と彼女が実際に恋愛関係にあって婚約までしていたのなら、俺は『十三階』をとっくに辞めてる」

律子が意味を考えている間に、古池はスマートフォンを耳に当てて言った。

「とにかく、例の怪情報の件を確認する」

古池は校長に連絡をとりながら、勝手に歩きはじめた。どこに向かっているのかよくわからなかったが、知らなくても大丈夫だというふわっとした安心感があった。黙ってその背中を追う。

ふと湧き上がったのは、『投入』で中東に出た水橋の、孤独な背中だった。

突然、古池が立ち止まった。スマホを一旦耳から外し、先ほどよりいくぶん厳しい顔になって、言った。

「長引きそうだ。スニーカーでも見てろ」

古池は顎で、目の前のシューズショップを指した。また通話に戻りながら、古池は歩道の柵に腰かけた。律子は店の中に入った。何度、かき消そうとしても、水橋の背中が瞼の裏に浮かぶ。皮膚に、締め付けられるように抱きしめられた感触が残り、消えない。愛する男と大好きなスニーカーを前にしても、目の前の光景を脳が情報処理しきれていない。時間を置けば置くほど、混乱していく。

古池、白河、水橋。シリアからの怪情報、青酸カリ、情報漏えい——。

気が付くと律子は、キッズコーナーに迷い込んでいた。戻ろうとして、女の子のフォーマルシューズが並ぶ一角が目に入った。

スナップつきの、白いエナメルの靴。あれから二十年近い月日が流れたはずだが、いまだに小さな女の子やその親には、こんなレトロな形の靴が人気のようだった。

父が刺殺された日に履いていた靴。

つま先に、またあの嫌な感覚を思い出した。雨が雨どいを叩くように、父の血を受け止めた革靴。その小さな起点から、つま先へ、そして足へ全身へ、波状に広がる悲憤──。

ふと投入前の水橋にこの話をしたことを思い出した。古池にすら話したことがない、トラウマを。水橋には、話した。

もう会えないかもしれないという顔で、『十三階』の廊下を立ち去った水橋の姿が鮮明に脳裏に浮かぶ。

律子は慌てふためいて、店を飛び出した。

古池がちょうど電話を終えたところだった。今度はそのまなざしに、公安らしい翳《かげ》が差す。

「黒江。『十三階』に戻るぞ」

律子は大きく首を横に振り、古池に言った。

「ごめんなさい。私は、成田へ向かいます」


水橋は東京駅からのリムジンバスで、成田空港第一ターミナルに到着したところだった。二〇時成田空港発ドーハ経由アテネ国際空港行きまで、まだ二時間ある。水橋は小型のスーツケースを転がしてチェックインカウンターで手続きをした。手荷物は預けなかった。現地で余計な待ち時間を増やしたくない。

ふと気配を感じて、後ろを振り返った。特異な人物は見当たらず、ため息をついた。『十三階』の投入作業員となってまだ三年だが、もう傷だらけだった。作戦が失敗し、緊急離脱する間際、投入組織の者に「お前を必ず見つけ出し火あぶりにしてやる」と捨て台詞を吐かれたことがある。あの日から、自分の背後が気になって仕方ない。

これから、もっとその強迫観念が強くなる。

どこまで自分の精神が持つのか不安に思ったことがないと言えば嘘になるが、彼女だけが心の支えだった。初めて会った日から、彼女は迷いがない。いつも水橋の前に立ち、暗闇に浮かぶ灯台のように水橋の行く先を照らし出してくれた。

必ずまた会える。そして彼女を自由の身にしてやる——俺の手で。

水橋は出国審査場に並んだ。無言でパスポートを突き出す。出国の印が押される間、やはり背後が気になって尾行点検した。

パスポートが戻ってきた。照屋《てるや》誠一《せいいち》。これが水橋の本名だった。『十三階』は校長と先生以外誰も、水橋の素性を知らない。

出国の手続きを終えて、搭乗ゲートへ向かう。免税店が立ち並ぶ通路の一角に、白いビーチに透き通るような青い海の看板があった。ハワイ観光の広告だったが、故郷・沖縄の海とよく似ていた。立ち止まる。

「水橋君……!」

水橋は肩をびくりと震わせ、後ろを振り返った。律子が立っていた。

「なにやって……」

尋ね終わらぬうちに、律子は水橋の胸に飛び込んできた。水橋の青いコットンシャツは、律子の涙であっという間にまだら模様ができた。

「どうやって出国審査場を通ったの」

律子は涙の笑顔で言った。

「警察手帳見せて、強行突破してきちゃった」

「なにやってんの」

水橋は笑って、律子を抱きしめた。

「──来てくれたんだね」

律子は水橋の胸の中で強く何度もうなずいた。抱きしめてみて、気が付いた。彼女は見た目以上に小柄で痩せている。だが女性特有の体の柔らかさがあった。水橋の顔のずっと下で、上目遣いにまた瞳に涙を滲ませる。「行かないで」と絞り出すように懇願した。水橋は、無意識にその髪を撫で、笑った。

「終わったら、ちゃんと戻るよ」

「いや。絶対行かせない。私、辞めるわ。あなたのために『十三階』を辞める」

水橋は少し、この小さな女が怖くなった。なぜだかわからず、ただ律子を見返した。

「──つい数時間前とはえらい違いだね」

「あなたのことを誤解していたの。私、あなたはなにかちょっとおかしいとずっと思っていたけど──これからの『投入』のせいだと気が付かなくて。本当にごめんなさい」

痛みを感じるほどに、律子は腕に指を喰い込ませて握る。瞳からとめどなく涙があふれ、止まる様子がない。潤んだ丸い瞳でじっと水橋を捉え、痛々しいほどの従順さと恋慕の情があふれ出る。それはいつも、古池に向けられていたものだ。いまは自分にまっすぐ注がれている。

水橋はその事実に、心がじわりじわりと舞い上がっていくのを感じた。

「好きなの。行かないで」

愛を乞う律子の言葉はありきたりだった。その地味な顔つきと貧弱な体つきは、女の武器として使うにはあまりに頼りなく、律子は殆ど丸腰に近い。だがその奥に、絶望的に光る淫靡な輝きがあった。これは何だろう。白河と古池が溺れたものの正体か。

「――古池さんは？」

「もう。いまその名前を出さないでよ」

律子は水橋の胸を叩いた。その手つきが妙に艶めかしい。水橋の全身にこれまで感じたことのない悦びが湧く。『十三階』のエースと言われ、校長とも対等に渡り合うあの古池に勝ったのだという優越感が、乳房を押し付けて発情する女の体に触発されて、強烈な性欲となりあふれだす。

水橋は本能に急きたてられ、律子と唇を重ねた。通路を行きかう旅行者の気配も、免税店前に立つ販売員の声も、全てが消えて静寂だった。ただ、律子と絡ませた舌がいやらしく波打つ音だけが、脳梁に反響した。

情動のなすがままになった女が、潤んだ瞳で訴える。痕跡が欲しい――。

「愛しているという痕跡を、私の体に残して」

出発を一日遅らせることなど、簡単なことだった。

水橋は律子と共に、成田空港のホテルを取った。部屋は四階のダブルベッドルームだった。ベルボーイが荷物を持ってついてこようとしたが、水橋は断り、エレベーターという個室から締め出した。

扉が完全に閉まるのも待てず、二人は互いの唇を貪った。部屋まで待てないほど水橋は昂っていた。白河が溺れた女。古池が寵愛する女。いまは俺のもの。こんな天変地異がどんな理屈で起こったのか、全くよくわからなかったが、どうでもいい。水橋は昔から深く思考することが苦手だった。

律子のブラウスを裂く勢いで、彼女の胸を開かせた。

「そんなことされたら焦らしたくなっちゃう」

「そんなことされたら窒息する」

「時間はたっぷりあるのよ」

「ない」

二人は一瞬、悲しく視線を絡ませた。律子の胸の谷間にじっとりと滲んだ汗が、エレベーターのダウンライトを反射する。律子は興奮と緊張からか、かなり発汗していた。点々と浮く汗を、首から流れ落ちる汗が吸収して粒を大きくしていきながら、彼女の胸の谷間に妖しく吸い込まれていく。

水橋は溺れた。早く彼女の中に入りたい、一分でも一秒でも早く。

エレベーターが開いた。全て開ききるのもじれったく、二人は扉に体を打ちつけながら、廊下を経て、あてがわれた四一二号室に向かう。キスをし、絡みついたまま、律子はカードキーで開錠した。

「――私、気が付いたの」

「なにに気が付いたの。古池さんから僕に翻意した理由?」

律子は意地悪な言い方、と笑う。不敵な口元の笑みを水橋は唇でふさいだ。律子は息苦しそうに言った。

「あなたにしか話してなかったの」

「なにを?」

律子が扉を開けた。室内の明かりが同時についた。スーツケースを足で蹴りながら、水橋は彼女のスラックスの細いベルトを取りフックを外した。白い小さな下着が見えた。手を臀部に回した。みずみずしい肉が水橋の手を弾力で跳ね返す。

「あなたにしか話していなかったのよ」

律子は同じ言葉を繰り返し、下腹部に入り込もうとする水橋の手首を掴んだ。

「父が刺殺されたときのことを。白い革靴に父の血が点々と落ちたことを」

「――いまその話をする?」

律子はその入り口を探りあてられ、か細く呻いて腰をかくんと折った。「こんなに濡れている」と水橋は卑猥に耳元で囁いた。体つきは少女のような幼さがあると思ったのに、その内側はこんなにも熟し、いまにも水橋を呑みこもうと蠕動《ぜんどう》している。

「古池さんにすら、話していなかったの」

「そう。俺も知らなかった」

水橋はびくりと体を震わせ、一瞬のうちに律子の体から離れた。いまのは古池の声だった。律子の体から、体幹から聞こえた気がした。彼女をずっと支配していた——。

「俺はここだ」

水橋は反射的に室内を見た。小さなダブルベッドルーム。古池が、窓辺のソファセットにゆったりと腰をかけて、こちらを見ていた。

「なっ……」

水橋は思わず一歩二歩、引き下がった。『十三階』の男を、ここまで恐ろしいと思ったのは初めてだった。みんな、照屋誠一の真実を知らないバカな輩だと思っていた。目の前の律子だけが、手ごわいと思っていた。

だから色情で近づこうと思った。幸い律子は『十三階』では同期で、幸い同年代で、そして幸い彼女は、ふしあわせだった。

「でも、白河は知っていたのよ」

冷めた瞳で律子が言った。刑事が調書を示すような当たり前の手つきでブラジャーを直し、刑事が手錠をかけるような当たり前の手つきで下着とスラックスを引き上げ、ベルトを締めた。

罠に落ちたのだと、水橋は初めて気が付いた。

律子の体はもはや、犯人逮捕のための道具でしかないのだ。そして律子はそれをすること、命令されることに微塵の疑問も感じていない。

「ハイジャック事件のとき、白河は私にその話を持ち出して、警告したの。今日、また日本でテロが起こると」

水橋は沈黙した。美雪のパソコンのＨＤＤが復元できそうだと聞いて嫌な予感がしていた。だが、彼女が水橋の個人名を残しているはずがない。

「照屋誠一」

古池が容疑者のように呼び捨て、迫った。

「お前、『名もなき戦士団』に情報を流していたな」

「——なんの話だか」

とぼけてみたが、焦燥の汗が顔面から噴き出す。コントロールできない。必死に立候補してやっと呼ばれた警備専科教養講習では、発汗すらもコントロールするように訓練される。最近は上手にできていた。なのに今は自律神経が操縦不能だった。律子に誘われ、理性のタガが完全に外れていた。どうやって戻していいのか、わからない。勃起していたペニスが萎びていくのと同時に、抵抗しようとする気力が抜けていく。

これも、律子の作戦なのか。そこまで読んで、水橋を誘ったのか。

古池が容赦なく、責め立てる。

「そういえばお前、黒江に散々、俺には忘れられない自殺した婚約者がいると吹聴していたようだがな。彼女はただの同僚で、婚約の事実はない。作戦の過程で夫婦のフリをして監視活動にあたったことがある。それが誤解されて広まったただの噂だ。お前、それを鵜呑みにして白河美雪に流したんだろう」

「彼女が持っていた『十三階』のデータの中にも、間違った情報がそのまま残っていたの」

律子もそう加勢する。

「ちょっと待ってよ。そんなこと、僕が情報を流していたという根拠になる⁉」

水橋はやっとの思いで、反論した。

「白河に毒物を渡したのもお前だな」

聴取へ連行される廊下で、白河にわざとぶつかった様子が庁舎内の監視カメラ映像に残っていたという。

「美雪からあらかじめ預かっていたんだろう。あの女は二番目の夫も青酸カリで毒殺しているようだからな」

「本名がわかれば、あっという間なのよ。水橋君。あなたの出身地も」

「照屋誠一。本籍地は沖縄県恩納村。万座毛の近くだってな」

「美雪と接点があったのね」

「憶測だけで断定するなんて――」

水橋が慌てて言ったが、容赦なく遮られた。

「私が白河と寝た詳細を美雪に伝えたのも、あなた。白河にはその時間がなかったはずだもの」

言いながら律子が水橋から離れていく。それと引き換えに、古池がじりじりと近づき、壁際に水橋を追い詰めていく。弁解の余地を与えずに次々と言葉を投げつける。

「ハイジャック事件の際、シリア政府からとされるテロリスト側に有利な嘘の情報を官邸に流したのも、お前だな。こちらからの問い合わせにシリア政府が知らんぷりだったのも当然だ。身に覚えがない情報で、あちらは内戦中だ。そんなものにいちいち振り回されている余裕はない」

当時、官邸には『十三階』からの情報として入ってきた。古池班が校長と接触できなくなっていたことを利用したんだろうと古池は断言する。

「校長は、先生からのメモでシリア政府の情報と知ったそうだ。ちなみにそのメモを先生に渡したのは、警察官僚の総理秘書官。その秘書官は、メモを渡したのはお前だったと証言した。お前、古池と名乗ったそうだな」

なぜ嘘の情報が回ったのか、その調査が校長で止まってしまったのは当然だ。校長は、古池が持ってきた情報だと思い込んでいたからで、古池自身が情報源を調べていて、いずれ報告があると思っていたのだ。ハイジャック事件時のいざこざで、校長と古池の間に隙間風が吹いていたことも、水橋の偽証に有利に働いていた。

「お前は獅子身中の虫だった、ということか」

言葉の意味がわからず、水橋は逡巡した。そんな水橋を鼻で笑い、古池が迫る。

「わからないか。さすが、警視庁職員採用試験に三度も落ちるわけだ」

憤怒やるかたなく水橋は古池を睨みつけた。有名私立大学を出てさらりと警視庁に入った者と、高卒で四度目の採用試験でようやく合格し、階級ピラミッドの底辺からスタートした者との差が、歴然とそこにあった。

古池は水橋の劣等感を鼻息で吹き飛ばす。

「警視庁は年々応募者が減っているからな。張りぼての熱意だけで、お前のような馬鹿野郎を受け入れてしまう」

「お前らエリートに、なにがわかるんだっ」

水橋は上ずった声で、叫んだ。自分でも悲しくなるほど安っぽい言葉と声音だった。

「エリートというのは東大出の官僚のことを言う」

「同じノンキャリの中でもはっきりとした階級があるじゃないか。学歴、出身校だけで色分けされる空気が、警視庁にはあるじゃないか！　僕は、僕は役に立つ人間だと、認めて欲しかったんだ。警察のお荷物ではないと。警察の役に立つ人間だと、絶対に認めさせたかった」

どんな危険な任務も厭わず、エリート臭を漂わせた奴らが嫌悪する仕事も進んでやっていたら、熱意だけは買われるようになった。卒配後は公安部に行くと固く心に決めていた。どうしてもエリートと呼ばれてみたかった。

やがて、公安の中にも階級があることに気が付いた。

『十三階』だ。

一般の公安刑事すらも認知しない裏の任務につく彼ら。徹底的な選民思想を植え付けられ、警察官僚とも対等に渡り合う強権を持つ。

実際に配属された公安部で「お前には向いていないんじゃないか」とどれだけ言われても、必死に頼み込んでようやく警備専科教養講習に参加することが許された。

『十三階』への切符を摑んだ。

だが水橋は落ちこぼれだった。彼が『十三階』で生き残る道は――『投入』作業員として、どんな危険な任務も拒否しないこと、ただそれだけだった。

劣等感に次ぐ劣等感。もがけばもがくほどに劣等感を上塗りしていくだけの、警察人生だった。

そんな中『臨海労働者闘争』に『投入』が決まった。彼はそこで、美雪と運命の再会を果たした。思春期のほんの少しだけ一緒に過ごした彼女。二学期からは同じ学校だねと言ったのに、突然消えていなくなった彼女――。

父親が万座毛のホテルに住み込みで働いていると聞いた。彼女を捜しに行ったら、スーツをまとった偉そうな男と行き合った。勝ち誇った顔で、美雪を捜す水橋を鼻で笑った。

「あんな薄汚い親子と関わるなよ」と言って、水橋の肩を突いた男。

美雪と再会したとき、ふと水橋は思った。彼が抱いた最初の劣等感は、あれだったのではないか。あの沖縄県警の公安刑事だったのではないか。『十三階』の前身組織である『チヨダ』の——。

水橋が自身の所属先に牙をむくのに、そう時間はかからなかった。

水橋の身を裂くような劣等感を、律子は簡単なため息ひとつで理解した顔をする。

「校長に確認したわ。あなたの次の『投入』先は決まっていないと。ただ休暇申請に印鑑を押しただけだと」

「新たに『名もなき戦士団』を立て直すため、現地ISISの関係者と顔合わせをしておく必要があるだろうからな。ギリシャからなら、陸続きでシリアに入れる。黒江の作戦が成功したのはもちろんだが、お前が聴取に入った途端、美雪の口が軽くなったのも頷ける。彼女は——お前が『名もなき戦士団』を継ぐと理解した」

古池が水橋に迫る。口調は刑事の熱量を持っているのに、目は死んでいた。

「〝ホワイトナイト〟を買って出たのも、そういう意図があったからなんだろ。彼女の公安への憎悪は、自分が引き継ぐと——」

ふいに扉が乱暴に叩かれる音。水橋が必要以上にびくりと肩を震わせる横で、律子が扉を開けた。肩で息をした南野が、立っていた。「やっと出ました、逮捕状——」と言って、摑んでいた茶封筒を律子に突き出した。

水橋よりむしろ、古池の方が長いため息をついた。ジャケットの裾の下に手を突っ込み、ベルトのホルダーに入った手錠を取り出す。

水橋は脱力して、律子を見た。

「――逮捕状が出るのを待っていたら、僕が出国してしまうと思ったのか」

水橋は律子の答えを待たず、古池に向き直った。

「黒江にまた、女を売らせてなんとか出国させまいとしたというわけか⁉」

水橋は、壊れた猿の玩具のように手を叩いて笑った。涙を流して笑った。

「――あんた、なんて残酷な男だよ」

古池は無言で、水橋の両手首に手錠をかけた。水橋は全く抵抗しなかった。しかし、抵抗して殴るよりも強い衝撃と爪痕を残す言葉で、律子を罵倒してやった。

「あんたはつくづく、かわいそうな女だ」

＊

水橋の逮捕から一か月。ようやく警視庁公安部は水橋を送検し、『名もなき戦士団』は完全に壊滅したと警察庁が正式発表した。季節はもう秋が終わる十一月も下旬を巡っていた。

律子は『十三階』の校長室で、栗山と二人、のんびりと茶をすっていた。京都府警の警備部長が地元の高級宇治抹茶を持参してきたらしいのだが、誰も茶のたしなみがなく、淹れ方がよくわからないという。それで律子が呼ばれた。県議会議員の娘ということもあり、幼いころに茶の作法を習わされたことがある。

窓の外、皇居を囲む木々が静かに落葉していた。「黒江」と、静かに栗山は呼びかけた。

「白河のことなんだが」

律子は無反応に徹したが、心は曇った。茶に呼ばれたのは、白河の話が目的だったのではないかと思った。事実、律子は『十三階』の捜査員とはいえ、階級はまだ巡査部長だ。これまで校長にお目見えできたのは古池が一緒だったからだ。だが今日、古池は呼ばれていない。

「白河の遺骨がどこにあるのか、お前には教えておこうと思って」

「──なぜです」

「誰も知らないからだ」

律子は抹茶の苦みが喉から心に落ちていくのを感じ、目を伏せた。

「無縁仏になっているんですね」

「本人の希望だ」

律子は驚いて、顔を上げた。

「白河の遺族──長兄や次兄も、遺体の引き取りを希望していたらしいが、シリアから家族宛に遺書が届いた。恐らく白河は、美雪に遺書を託していたんだろう。美雪はあのハイジャックテロを起こす前、シリアから投函していたんだ。そこには、事件後に決して遺体も遺骨も引き取るなと記されていたらしい。引き取ったその瞬間から、公安の視察対象になってしまう、と」

律子の脳裏に、白河がさらりと言いのけた重すぎる言葉を思い出した。

〝生まれたその瞬間から公安の視察対象で、それが死ぬまで続く――〟

「長兄も次兄も、自分たちだってそうだったから、白河の気持ちが痛いほどわかるはずだ。だが、長兄の二人の子どもたちはその苦しみを知らない。特に、もう大学生になっている白河の甥っ子は、白河によくなついていた。なぜ引き取らないのかと、ひどく長兄をなじったらしい。警視庁にまで来たんだ。自分が叔父の遺体を引き取ると」

一旦、白河の甥が遺体を引き取ろうとしたようだが、後日、息子を説得した長兄が警視庁に遺体も遺骨の引き取りも拒否すると伝えにやってきたという。甥と肩を並べて。二人とも、号泣していた。白河が、公安の視察対象である血を、ここで断ち切らなくてはならないと強く願っていると、甥はようやく納得したのだろう。

そして二人は警視庁内の遺体安置所という無機質な空間で、白河と最後の別れをすることになった。後日、遺体は火葬されて無縁仏となってしまった。

栗山はデスクのメモを取ると、なにか書いた。折り曲げて、茶碗の横に置いた。

「そこの寺にいる」

心の動くままに、右手がメモに伸び掛けた。手の甲に、白河の歯が付けた傷跡がまだ微《かす》かに残っていた。白河が服毒自殺する際の抵抗でついたものだ。白河は最後、優しいまなざしで幸せだったと言った。だが、最後の言葉は厳しかった。

〝もう二度と、俺のところには来るな〟

律子は右手を太腿の上にひっこめた。栗山を見る。そのまなざしに、律子をジャッジする冷酷な色があった。これは、テストだったのだ。メモを受け取ったら最後、律子は公安の視察対象となる。『十三階』から照屋誠一という裏切り者を出したことで、栗山の〝駒〟を見極めようとする目が一段と厳しくなっていると、気が付いた。

律子は立ち上がった。「おいしいお茶を、ありがとうございました」とだけ伝え、校長室を後にした。白河に助けられたのだと思うと、涙があふれてきた。

律子は警視庁本部の公安一課フロアには戻らなかった。一つ上の、数々の公安資料が厳重保管された公安四課のフロアに、まっすぐ向かった。閲覧申込書に『二〇一五年三月二〇日北陸新幹線かがやきテロ爆破事件　11番ホーム防犯カメラ映像』と記した。それはいま、DVDに焼き直され、十五枚に分かれて保存されていた。

律子はそれを抱え、狭い閲覧室にこもった。

再生。金沢駅11番線ホーム。東京からの一番列車を待ち構える人々で、黒い山ができている。ホームに滑り込む、ピカピカの車両。人々の腕が伸び出て、そこに握られたカメラのフラッシュが瞬く。肩車の上に乗った子どもが無邪気に手を振っている。テレビの中継カメラがかがやきの華々しいデビューを捉える。アナウンサーがカメラに向かって興奮の声をあげる。

爆発。ほんの一瞬前、そこにあった人々の笑顔が、木っ端みじんに吹き飛ぶ。黒煙、爆風、人の頭、腕、足、血――。白河が殺した人たちだ。

「黒江」

自分を呼ぶ声に気が付き、律子は顔を上げた。古池が背後に立っていた。きた。勝手に入ってきたことを、律子は咎めなかった。古池はそういう顔で、律子を見ていた。「いま、校長から聞いた」とだけ言う。律子は椅子を蹴って立ち上がり、古池の胸に抱きつくと、ただ泣きすがった。


その晩、律子は古池の自宅に呼ばれた。

呼ばれた意味を、やってきた意味を互いに理解している。

泉岳寺にある高層マンションの十五階に、古池は住んでいた。1LDKの単身者向け分譲ルーム。古池がこの先、家庭を持つつもりもその期待も持っていないことが窺えた。

寝に帰るだけという古池の部屋は本当にシンプルだった。キッチンは使用していないから真新しく、ダイニングテーブルはない。ソファとガラスのローテーブル。寝室にシングルベッド。本当に、それだけだった。

だからこそ、テレビ台の上にぽつりと置かれた陶器の置物に目が釘付けになった。高さ二十センチくらいの、女性警察官の置物。シンプルすぎる部屋とも窓の外のまばゆいネオンとも調和しない、安っぽい代物だった。

律子の視線に気が付き、古池が言った。

「人事課と兼任していたときに本部からもらった褒章だよ」

「これが？」

「そう。学生をリクルートして実際に入庁すると、その人数分だけもらえる」

——私の分だろうか、と視線だけで問いかけると、古池はふっと笑っただけで冷蔵庫から缶ビールを取り出した。

「震災の時に落ちてな。首が取れた」

見ると、不自然にあいた赤い口とワイシャツの襟の間に、接着剤で補修した跡があった。

「あの時はまさかと思って、思わず丸の内署に電話してお前の生存確認をしたもんだよ」

丸の内署——律子の卒配先で、東日本大震災時、律子は内幸町交番の勤務に就いていた。勤務時間を延長し、帰宅困難者であふれた日比谷通りの交通整理に追われた夜のことをふっと思い出す。

ずっと、見守っていてくれた。

いかにも簡素な作りのそれをぎゅっと両手に握り締め、古池を振り返った。古池は缶ビールをガラステーブルの上に置くと、律子の手から置物をすぽっと抜き取った。元の位置にそれを戻す。古池が向き直った。唇が、重なる。自然なタイミングだったのかもしれないが、律子には妙に違和感が残った。

促され、ソファに腰かけた。古池も座り、缶ビールのプルトップを開けてひとくち飲んだ。古池がまた身を寄せる。覗き込んだ瞳が律子の唇を捉えていた。律子は慌てて言った。

「あの、古池さんて静岡出身だったんですね」

ここで尋ねるタイミングではなかった。古池は眉間にしわを寄せた後、まあなと肯定する。

「本当に私は長い間、古池さんのこと、なにも知らなかったなって。いま三十代後半くらいかと思ってました」

「もう四十一だ。お前と干支が一緒だよ」

「血液型は？」

「O型。なんだよ、血液型占いでもするのか」

笑って古池は、律子と唇を重ねた。ビールで冷えた唇がぞっとするほど冷たい。古池は決して女遊びをするタイプではないが、場数を踏んできたからこその余裕が、自然な動作に滲み出る。律子は顎を引いて、まるで意味をなさない質問を続けた。

「兄弟は？」

「弟がひとり。地元の信金にいる」

「ご両親は健在？」

「ああ。次男一家と同居してる。親孝行はもうあいつにまかせて、長男は東京で適当にやってるってわけさ」

国を、守っているのに。人生を、なげうって。律子は女を、性をなげうって職務を全うしている。だが、男は男をなげうつ必要がないのだろうかと、ふと思う。

古池がそうっと律子の腕を引き、包み込んだ。唇を覆われ、言葉と思考を奪われる。一瞬であの違和感が、律子の全身を貫いた。ズレている。体と心が。古池のことをこんなにも愛しているのに、ずっと愛していたのに、体が反応しない。まるで眠っているようだ。古池は一度唇を離し、律子を見た。顎に親指をやって下に引く。律子のあいた唇の隙間に吸い付いて、舌を這わせる。律子は愛に応えようとしたが、まるで舌が言うことをきかない。舌がコンクリートで固まったようだった。

古池が覆いかぶさってきた。全身がピンと強張る。古池の体重でぽきんと折れて、やっとソファにうずもれた。古池は大事そうに律子の上半身を抱きしめて、やがて舌を首や耳に這わせた。ふと、六年前のあの晩のことを思い出した。

古池のやり方を、大人だなと思った。ゾクゾクと全身が興奮で震えながらも、優しさに満ちて静謐だった。

いまは、なにも感じない。古池がブラウスを脱がせた。律子の胸に顔をうずめる。冷えた鼻先がひたひたと乳房に触れ、伸び掛けた髭が皮膚を荒く擦る。缶ビールで部分的に冷たくなった手が背中に回る。フックを器用に外してブラジャーを取っ払う。熱い舌先と唇が乳首を存分に舐めて愛撫した後、ゆっくりとその手が、スカートの中に入った。体がカラカラに乾いたままと悟られたくなくて、律子は身を起こし、ごまかしの台詞を吐く。

「私ばかり、ずるい」

古池のワイシャツのボタンに手をかけて、彼を裸にしようとした。興奮しろと必死に体に命令した。だが、指先が震えて、ボタンひとつきちんと外せない。ちょうどいい時間稼ぎになると思ったのに、古池はじれったそうに律子の震える両手を覆い、そのまま手を引いた。

抱きしめられて、また丁寧なキスを受けた。

唇だけで繋がりながら、古池はあっという間に自分のシャツのボタンを外し、上半身裸になった。幸せだという気がしたが、こみ上げるものがなにもない。皮膚も内臓も、ただ沈痛に息を潜めている。

古池はスラックスのベルトに手をかけた。キスをやめずに、反対側の手で律子のスカートの中に再び入った。嫌だと拒否する暇もなく、彼の手がストッキングを脱がせ、下着の隙間から指が滑り込んできた。

古池の動きが止まった。唇を離し「どうした」と囁く。傷ついたような顔をしていたので、慌てて言った。

「——緊張して」

古池は微笑み、キスを続けた。古池の指が、下着の中で卑猥に動く。やがて彼は下着を下ろし、律子の足の先から抜き去った。足を大きく広げられた。足が反射的に閉じた。「ごめんなさい」と思わず謝った。古池は足をまた開かせながら「俺も緊張しているよ」と囁いた。

古池の指がどうしようもなく干からびた入口を探しあてた。律子は痛くて悲鳴をあげた。

古池は胸の谷間に載せた舌先をすうっと腹の上まで滑らせてきた。へそのあたりに柔らかな音を立ててキスをすると、あとはもう一直線に舌を這わせて繁みの奥へと滑り込もうとした。律子は首を横に振った。猛烈に首を横に振った。

「やめて」

女が昂りの末についロ走る言葉と捉え、古池は構わず顔面を陰毛の奥にうずめた。ぬるりとした唾液が熱い舌先に乗って、律子の陰部を捉えた。どれだけ潤しても殺伐とするだけなのに。律子は「やめてったら!」と悲鳴をあげて古池を振り払い、足で蹴って拒んだ。やがてソファの上に堅く正座する。涙がどっと、むなしいほどにこぼれた。下半身は湯水にあえぐ砂漠のようなのに、眼窩からは洪水のように涙があふれる。

古池は床に尻もちをつき、なにが起こったのかわからない顔をしていた。室内の空気が一変する。律子は「ごめんなさい」とまた、泣いて謝った。

「――どうした。泣かなくていい」

「わからなくて」

「嫌なら無理しなくていいんだ」

「嫌なわけない。嫌なわけないのに――」

律子は無様に号泣した。古池はただ茫然と尻もちをついたまま、律子を見上げている。

「わからなくなっちゃったの。どうやってやるのか」

「――え?」

「作戦の途中から、こんな風に……当たり前にできていたことが、ふいにできなくなる。歩き方がわからなくなって、瞬きのタイミングとか、どうやって呼吸するのかもわからなくなる。心と体が分離しているようで」

古池が悲痛に、濡れた瞳で律子を見据えた。

『愛』も『セックス』も全部、『作業』の手段に使ってしまった。白河の時も。水橋の時も。

そして律子は、本物の感情の出し方が、わからなくなってしまった。

「――俺のせいだ」

呻くように古池は言った。か細く、頼りない声だった。古池はただ申し訳なさそうにうなだれている。なにかに取りすがるように、古池はタバコに手を伸ばし火をつけた。

苦々しい沈黙と濃い煙が複雑に絡み合い、更に室内の空気を淀ませる。

「――辞めろって、言わないの」

古池が、びくりと肩を震わせた。恐れていたものにとうとう捕まったという、絶望的な全身反応だった。

「『十三階』なんか辞めてしまえと。言えばいいじゃないですか。言ってくれたらきっと戻れる。

当たり前の、自分に。

「言えない」

はっきりと口に出した古池の目尻に涙が浮かんだ。

「――俺は、公安だ。『十三階』だ。俺には『十三階』しかないんだ」

そして律子は、『十三階』の作戦に必要不可欠な、女性捜査員だった。

「俺から、奪わないでくれ……」

古池はそう懇願し、落涙をこらえようと、視線を宙にさまよわせる。

律子は意味もなく、褒章に贈られたという女性警察官の置物を見た。制帽の警視庁のシンボルマークも、胸の階級章もうすぼんやりとした、雑な人形。誰かから喜ばれ、大事にされることを目的とせずに製作された、かわいそうな人形。

律子はソファから立ち上がった。古池の横に落ちた下着を穿く。空っぽになった器を少しでも補強するように。『十三階』に支配された張りぼてに少しでも人間らしさ、女性らしさを与えるために、ブラジャーを装着した。

「――言えない。言えないんだ」

古池はまだ言い訳していた。身なりを一人前の人間らしく整えた律子は、ハンガーにかけたトレンチコートを手に取った。

「帰ります」

古池は慌てて立ち上がり、律子の腕を摑んだ。顔を覗き込み、必死の形相で懇願する。瞬きをした時、とうとう涙が落ちた。

「お前、死ぬなよ」

古池の開いた瞳孔に、律子が映っている。それは作戦の失敗で自殺したかつての女性諜報員の死体のように見えた。藤村絵美子の死体かもしれない。白河が残した右手の甲の傷が、疼いた。今日、白河の最期の言葉に救われたと思った。違う。あの言葉は永遠に律子を『十三階』に縛りつける呪詛だったのだ。

「お願いだから、絶望しないでくれ。絶対に、自殺なんかするなよ……！」

いつの間にか古池が、律子の両肩を揺さぶり、必死に懇願していた。結局、目の前の男は自分を守ることしかできない。律子は古池の、『十三階』という硬い殻に覆われたあまりにも貧弱な正体に、寂寥《せきりょう》の滲む憐憫を覚えた。

律子は、古池に微笑みかけた。自然に笑顔がこぼれた。上手に笑えた。これまでずっと、古池の前でだけ、いろんなことができなくなっていたのに。

「なんで……。なんの笑いなんだ、それは」

古池はその笑顔に、戦慄していた。真の律子が心の器から消滅した瞬間を、見たのだ。

律子に残された言葉は、これだけだった。

「それじゃ、また明日。『十三階』で——」

解説

香山二三郎（コラムニスト）

「今いちばん乗ってる警察小説作家は誰かと訊かれれば、吉川英梨と答える」という書き出しでブックレビューを書いたのは、二〇一七年一〇月のことだった。俎上に載せたのは吉川の『警視庁53教場』（角川文庫）、警察学校を舞台にしたミステリーである。

吉川は警察もの以外の作品も発表しているので警察小説作家と決めつけるのはよくないし、「乗ってる」作家だというと、ただ作品を矢継ぎ早に送り出しているだけのように受け取られるかもしれない。だが注目すべきはその勢いだけでなく、新たな警察小説シリーズを続々と開拓していることにある。しかもシリーズごとに警察ジャンルが異なるのだ。

吉川は二〇〇八年、『私の結婚に関する予言38』で第三回日本ラブストーリー大賞エンタテインメント特別賞を受賞、作家デビューを果たす。だが恋愛小説だけでは飽き足らなかったか、二〇一一年一月に警察ものの第一作『アゲハ　女性秘匿捜査官・原麻希』（宝島社文庫）を刊行。以後「原麻希」シリーズは順調に巻数を伸ばして一〇作まで刊行されているが、二〇一六年九月に単発ものの『ハイエナ　警視庁捜査二課 本城仁一』（幻冬舎文庫）を出したのを皮切りに、同年九月に『波動　新東京水上警察』（講談社文庫）を、翌一七年八月に本書『十三階の女』（双葉社）を、さらに同年一〇月には前出の『警視庁53教場』をスタートさせた。

まさに破竹の勢いという言葉が相応しい活躍ぶりであるが、中でも原麻希シリーズとはまたひと味異なる女性捜査官ものとして注目されているのが本書『十三階の女』である。

物語は、警視庁公安部公安一課三係に勤める二八歳の巡査部長・黒江律子がバーである男を籠絡にかかる場面から始まる。男の名は諸星雄太、新左翼過激派グループ『臨海労働者闘争』の情報提供者。律子は彼から新幹線爆破テロ計画の情報を得ようとしていたが、レイプされそうになり思わず反撃、ピンヒールで彼の左目を潰してしまう。結局諸星は地下に潜り、律子は謹慎の身に。それから一週間後の二〇一五年三月二〇日、北陸新幹線開業日の朝、東京発一番列車のかがやきが金沢駅に進入すると同時に爆弾が爆発、七三名もの死者を出す大惨事となる。間もなく「名もなき戦士団」を名乗る一団のテロリスト「スノウ・ホワイト」の犯行声明動画がネットに出る。自爆した犯人は諸星だった……。

一年五か月後、諸星の一件で失敗した律子は資料室勤務に甘んじていたが、盆休みで帰省した彼女をさらに姉夫婦の交通事故死が待ち受けていた。彼女は葬儀に現われた元上司の古池慎一から、事故加害者には『臨海労働者闘争』と接触したとの情報があり、新幹線爆破テロ事件とも関わりがある可能性が高いといわれる。古池に現場復帰を促され、新幹線爆破テロ事件の防犯カメラ映像を渡された彼女はそこから新たな重大事実を突き止める。現場にスノウ・ホワイト本人が現れていたのだ。だが女はすでに海外に脱出し、トルコでイスラム原理主義過激派組織ＩＳＩＳと接触したと見られた。程なくＩＳＩＳの活動拠点モスクで働く東洋人女性〈ミスQ〉がスノウ・ホワイトである可能性が浮上。律子は一連の分析から『名もなき戦士団』と日本赤軍との相似性に気付き、やがて『赤軍三大美女』のひとりで中東で命を落とした女テロリスト・藤村絵美子と関わりのある女を見つけ出す。その女、平井美雪は藤村の三男・白河遼一の妻であることがわかる。遼一は中東の旧戦地での植樹を主活動とするNGO団体の代表を務めていた。かくして遼一の監視が始まるのだが……。

本書でまず注目すべきは公安警察ものであること。しかもただの公安ものではなく、『十三階』と呼ばれる警察庁直轄の秘密諜報組織ものなのだ。「かつてこの諜報組織は『サクラ』『チヨダ』『ゼロ』という符牒がついていた」といえば、このジャンルの読者にはわかりやすいかも。のっけから女性捜査官のアブない姿が出てくるので、現実の公安捜査はそこまでやるのかと不審に思われるかたもいるかもしれないが、ここで描かれているのは「活動内容は限りなく非合法に近く、時に完全な非合法活動も厭わない」十三階のミッション。万が一の時は性を売る覚悟で作業——工作、諜報活動に挑むのが『十三階の女』なのである。

その意味では、本書は公安警察小説であると同時に迫真の諜報小説、スパイ小説でもあるというべきか。

もっとも実際にこういう工作、諜報活動が行われているかどうかは定かではない。近年捜査活動の実態が明るみに出される機会が多くなったとはいえ、そこは秘密主義の公安警察、しかもその中でもさらに秘密のヴェールに包まれた諜報組織の内実ともなれば、容易に取材など出来るわけがない。著者は市販の資料と想像力を駆使して十三階という組織とその活動内容を描き出してみせたのである。

むろん十三階に牙を向ける『名もなき戦士団』やスノウ・ホワイトも架空の組織であり、テロリストである。金沢駅における爆破テロの描写や後半のさらなるテロのシーンはいずれもリアル極まりないが、幸いなことに二〇一九年初頭の日本においてはかような凶悪事件は未だに起きていない。しかしながら、著者は『名もなき戦士団』をＩＳＩＳ――イスラム国と結びつけたり、一九六〇年代から七〇年代にかけて世を震撼させた日本赤軍と関わりを持たせることで不気味なリアリティを醸し出すことに成功していよう。とりわけアイドル顔負けの容貌を持ち、爆破テロ現場でも旺盛な自己顕示欲を発揮してのけるスノウ・ホワイトの怪物的なキャラクター造型は背筋をぞっとさせる。

黒江律子とスノウ・ホワイトの対比は一方で、現代女性の生き方を浮き彫りにもする。片や長野県上田市の名家に生まれたものの、自分を可愛がってくれた県会議員の父親は幼い頃凶刃に倒れ、頼る者を失ってしまう。母親との折り合いは悪く、女の鑑のような姉と如才ない妹に挟まれ、シスターコンプレックスにも苛まれる律子。やがて「ごく一般的な、世俗まみれの女子大学生」となるが、「現役公安刑事顔負けの面識率」を持っていることを見抜いた古池にリクルートされて公安捜査官に。しかし男として慕う古池との仲は一向に進展せず、仕事のストレスをスニーカーの蒐集で晴らす日々。そんな男女関係の鬱屈は捜査にも影を投げかけ、彼女は白河遼一相手の捜査にも仕事の枠を超えて溺れかけるのであった。

一方の女テロリストはなかなか素顔をさらけ出さないが、二八歳で二度の離婚歴があるだけでなく、戸籍も頻繁に変え、一〇代の頃からすでにテロ活動の支度を整えていた節さえあった。清冽《せいれつ》な美女である外見とは裏腹にその半生はまさにいばらの道であったに違いないが、それは彼女を夜叉へと変えていった。その凄まじい女性像は終盤に至って炸裂する。共にトラウマを抱えた律子と彼女が直接対決するクライマックスは本書の読みどころのひとつであり、他の公安警察ものでは味わえないこの著者ならではの趣向ではなかろうか。

だからといって、本書は女と女の愛憎劇に収斂《しゅうれん》するありがちな心理サスペンスものでは決してない。本筋はあくまで十三階の対テロ捜査の行方にある。律子の白河相手の捨て身の捜査から新たなテロが浮かび上がり、それはやがて外国の航空機ハイジャック事件へと急転回する。該当機が日本に着陸してからの顛末は絵に描いたようなハイジャックアクション乗りで、ハイジャッカーと捜査陣との息詰まる駆け引きもさることながら、思いも寄らないヒネりも用意されており、ミステリーの妙味もきっちり味わわせてくれるのだ。

してみると、本書は骨太の対テロ捜査劇という男性的な活劇趣向と、男対女、女対女の愛憎が交錯する女性的な心理劇趣向とが見事に織り合わさって出来ていることに気付かれようか。前述したように著者のスタートは恋愛小説だったが、そこに男の世界である警察組織の人間関係劇をあらたに組み込むことで独自の警察小説世界を構築してみせた。律子と古池の関係もちゃんと片が付くが、その最終場面は世の男性読者を身震いさせずにはおくまい。

古池には律子を十三階の非情な世界に招き入れてしまった悔いがあるが、かといって自分がそこから抜け出すことも、彼女をやめさせることも出来ない。そうこうしているうちに、律子は一連の事件を通して古い自分から脱皮し、十三階の女である自分に覚醒してしまう。本書の最終シーンを読まれたかたなら、話の続きをひもとかずにはいられないはずだ。幸い、かつて地下鉄テロを起こした新興宗教を相手に律子が単独捜査に乗り出すというシリーズ第二弾『十三階の神《メシア》』（双葉社）はすでに刊行済み。本書を経てヒロインがどう変わったか、引き続き十三階の世界を楽しまれたい。

参考文献

『日本の公安警察』　青木理（講談社現代新書）
『警察官僚　完全版　知られざる権力機構の解剖』　神一行（角川文庫）
『新装版　公安警察スパイ養成所』　島袋修（宝島ＳＵＧＯＩ文庫）
『公安は誰をマークしているか』　大島真生（新潮新書）
『テロリストと呼ばれた女たち―金賢姫、ライラ・カリド、革命戦士たち』　アイリーン・マクドナルド　訳・竹林卓（新潮社）

・本書は、二〇一七年八月に小社より単行本として刊行されたものです。

双葉文庫

よ-20-01

十三階《じゅうさんかい》の女《おんな》

2019年2月17日　第1刷発行
2019年3月11日　第3刷発行

【著者】
吉川英梨《よしかわえり》

【発行者】
箕浦克史
【発行所】
株式会社双葉社
〒162-8540 東京都新宿区東五軒町3番28号
［電話］03-5261-4818(営業)　03-5261-4831(編集)
www.futabasha.co.jp
(双葉社の書籍・コミックが買えます)
【印刷所】
大日本印刷株式会社
【製本所】
大日本印刷株式会社
【CTP】
株式会社ビーワークス

【表紙・扉絵】南伸坊
【フォーマット・デザイン】日下潤一
【フォーマットデジタル印字】恒和プロセス

ISBN978-4-575-52188-7 C0193
Printed in Japan